PUIS-JE VOUS DIRE UN SECRET ?

MARY JANE CLARK

PUIS-JE VOUS DIRE UN SECRET ?

traduit de l'anglais
par François Thibaux

ARCHIPOCHE

Ce livre a été publié sous le titre
Do you want to know a secret?
par St. Martin's Press, 1998.

Notre catalogue est consultable à l'adresse suivante :
www.archipoche.com

Éditions Archipoche
34, rue des Bourdonnais
75001 Paris

ISBN 978-2-3773-5301-9

MAI

Prologue

Il tourna la clé dans la serrure, sous le brillant heurtoir de cuivre, et, avec un sourire de triomphe, pénétra dans la maison située en plein cœur de Manhattan. Il avait tout fait tout seul.

« Papa sera si content », pensa-t-il.

Il s'immobilisa un instant dans le vestibule, essaya de rester maître de ses mouvements, comme on le lui avait appris. Le trajet l'avait excité. Calme. Du calme.

La pendule de grand-père résonnait à ses oreilles. Dehors, les voitures qui passaient dans la rue klaxonnaient de façon agressive. Le téléphone sonnait, sonnait encore, mais il ne fit aucun geste pour décrocher.

Il sentit son bras remuer de haut en bas, à un rythme cadencé, étrange. Il serra les poings, tenta de se concentrer, de se contrôler. Peu à peu, il sentit le calme revenir. Bien.

Une pensée désagréable l'assaillit. Maman seraitelle fâchée d'apprendre qu'il avait fait le trajet tout seul ? Elle voulait toujours savoir où il était. Peut-être n'aimerait-elle pas ce qu'il venait de faire.

Il monta lentement les escaliers, vers la bibliothèque de papa. Il appela Millie, la gouvernante. Personne.

D'abord, il ne vit pas l'homme assis dans le coin de la bibliothèque. Il fit glisser la fermeture Éclair de son blouson, l'enleva, le posa sur le divan. Il s'avança vers la grande fenêtre et regarda Central Park. Lorsque papa rentrerait, ils joueraient à reconnaître les arbres. C'était un de leurs jeux favoris à tous les deux. Papa connaissait les noms de tous les arbres de Central Park. William s'efforça de dominer son impatience. Il avait hâte de jouer à ce jeu.

Doucement, il se retourna, s'écarta de la fenêtre. Ce fut à ce moment-là qu'il aperçut son père dans le fauteuil.

— Papa ?

Un grand sourire éclaira son visage innocent.

Son père ne répondit pas.

— Papa ?

Il fit un pas vers l'homme qu'il aimait. La tête de papa penchait sur le côté. Il avait les yeux ouverts. Il ne dormait pas. Alors pourquoi ne disait-il rien ? Quelque chose n'allait pas. William commença à frapper dans ses mains, doucement, puis de plus en plus fort.

Un pélican. Maman disait que, lorsqu'il cognait ainsi ses paumes l'une contre l'autre, il lui rappelait un pélican qui frappe l'eau avec ses ailes pour s'envoler. Arrête de taper, arrête.

Il porta sa main droite à sa bouche et mordit violemment la peau qui se tendait entre son pouce et son index. Cela ne lui faisait pas mal. Et cela l'aidait à se concentrer.

L'horloge de grand-père se mit à carillonner, très fort. Bong, bong, bong, bong, bong. Le téléphone sonna de nouveau. Pourquoi papa ne se levait-il pas pour répondre ?

— Papa, papa, qu'est-ce qu'il y a ?

L'étonnement puis la peur déformèrent les traits de William au moment où, s'avançant un peu plus, il secoua avec insistance le bras de son père. Le visage de papa ne bougea pas.

Rien, chez papa, ne bougea.

1

La vague sensation de fourmillement, partie de son orteil au vernis transparent, se répandit rapidement le long de la courbe de son mollet.

— La barbe ! s'écria Eliza Blake en ouvrant le dernier tiroir de son bureau.

Ses doigts explorèrent le fouillis de pansements, de fil dentaire, de laque, de produits de maquillage et de tampons, heurtèrent la bouteille de vernis, avant d'atteindre enfin des collants. Elle en avait déjà filé une paire au cours de cette journée qui durait depuis déjà quatorze heures.

Sa longue jambe au galbe parfait étendue sur le bureau, Eliza entreprit de se vernir les ongles de pied, tout en se remémorant les incidents de la journée. Aux difficultés de transmission par satellite qui avaient perturbé les émissions de la matinée, venait de s'ajouter l'annulation brutale, par le service de presse de la première dame des États-Unis, de l'enregistrement d'un entretien prévu de longue date. Les responsables de « Key to America » avaient dû trouver en catastrophe un sujet de remplacement susceptible de combler le temps réservé à Angela Grayson dans l'émission du lendemain matin. Ils s'en étaient sortis à merveille, se rabattant sur une starlette à la mode devenue célèbre en quelques jours. L'actrice, toutefois, refusait d'être interrogée si tôt en direct. Elle ne voulait pas non plus se rendre dans les locaux de la chaîne. Eliza devrait, cet après-midi, la rencontrer dans la suite de son hôtel pour y enregistrer l'interview.

Sur le chemin du Plaza, entourée de son équipe de tournage, elle parcourut à la hâte les notes biographiques qui, fournies par un documentaliste, l'aidèrent à rédiger les questions qu'elle poserait à la demoiselle. Accompagnée de son équipe bardée de matériel, elle fut accueillie dans le somptueux hall de l'hôtel par l'agent de la star qui, se confondant en excuses, lui annonça que la jeune femme venait de tomber malade. Une grippe la clouait au lit. Tandis que l'équipe, résignée, remballait caméras et projecteurs dans la voiture, Eliza aperçut l'actrice main dans la main avec le séduisant comédien qui partageait avec elle la vedette de son dernier film. Ils étaient sortis par un côté de l'hôtel et se dirigeaient vers Central Park.

— Devons-nous considérer cela comme de la provocation ? demanda-t-elle, ironique, à son équipe.

— Bah, quand les hormones prennent le dessus… rétorqua Gus, cameraman en chef de Key News, en observant les tourtereaux d'un œil goguenard.

De retour au studio, Eliza avait interrogé au pied levé un écrivain à succès dont les élucubrations occuperaient le temps laissé vacant par la défection de Mme Grayson. L'écrivain avait accepté avec empressement cette convocation de dernière minute. Tout est bon pour vendre quelques livres supplémentaires et figurer encore une semaine ou deux sur la liste des best-sellers du *New York Times*, pensa, amusée, la jeune journaliste.

Elle était fatiguée et avait une envie folle de rentrer chez elle, où Janie l'attendait. Une bouchée au chocolat qu'elle gardait dans le tiroir de son bureau la retint encore quelques minutes. Tenaillée par la gourmandise, elle résista cinq secondes avant de capituler. Avant, elle n'avait nul besoin de se préoccuper de ce qu'elle mangeait. Ce n'était plus le cas. Ces dernières années, depuis la mort de John et la naissance de Janie en fait, elle avait tendance à prendre du poids et le perdait difficilement. «Arrête ! pensa-t-elle. Si tu dois faire une bêtise, au moins fais-la avec plaisir.»

Alors qu'elle froissait le papier du bonbon, la délicate chaîne en or entourant son poignet attira son regard. Elle prit entre ses doigts le minuscule médaillon ovale qui y était attaché et se mit à jouer avec lui. Sa grand-mère le lui avait offert pour son dixième anniversaire. La vieille dame, qui avait passé toute une vie de labeur à briquer une des grandes demeures de Newport, avait longtemps économisé pour l'acquérir. Enfant, Eliza lui prêtait des vertus magiques. Elle ne cessait de le triturer en formulant des vœux. Quand les choses tournaient comme elle le souhaitait, elle en attribuait le crédit au médaillon. Lorsque, au contraire, elle n'obtenait pas ce qu'elle désirait, elle n'y voyait qu'un effet de la malchance, refusant d'admettre que ce petit objet ne possédait peut-être pas tous les pouvoirs auxquels elle voulait croire.

Elle savait bien, à présent, qu'il n'influait en rien sur son destin. Pourtant, elle n'avait cessé de le serrer au creux de sa paume, au point de le bosseler et d'en écraser le mécanisme d'ouverture, au cours de ses longues heures de prières à Sloan-Kettering. Son vœu ne s'était pas réalisé.

Chassant ce triste souvenir, elle commença à rassembler les papiers épars sur son bureau. Elle avait vraiment envie de rentrer chez elle. Elle avait décidé d'offrir le médaillon à Janie pour son dixième anniversaire, dans six ans. Jusque-là, elle continuerait à le porter, comme un talisman. Elle savait que c'était ridicule, mais chaque fois qu'elle le touchait, il se passait quelque chose. Quelque chose de bien ou de mal, mais quelque chose. Stupide. Que penseraient les téléspectateurs de Key News s'ils apprenaient qu'elle prêtait foi à cette superstition ?

Elle fourra dans son sac de toile le travail qu'elle aurait à terminer chez elle en prévision de l'émission du matin. Au même moment, Harry Granger, qui animait avec elle « Key to America », parut à la porte de son bureau, un journal à la main. Ses traits ne laissaient place à aucune équivoque : Harry n'était pas de bonne humeur.

— Qu'est-ce qu'il y a, aujourd'hui ? demanda Eliza, habituée depuis longtemps à ses récriminations contre la direction de Key News.

Granger, d'ordinaire si direct, hésita.

— Allons, Harry, qu'est-ce qui ne va pas ? Que t'ont-ils encore fait ?

Elle ne put s'empêcher de sourire. Ils avaient joué cette scène des centaines de fois, se servant l'un à l'autre de déversoir, échangeant tour à tour leurs rancœurs à l'égard de « Key to America » et de Key News. Ils savaient bien qu'ils ne faisaient que se défouler. Jamais ils ne quitteraient la chaîne. Ils aimaient leur travail.

— Je voulais te montrer ceci avant que quelqu'un d'autre ne le fasse.

Harry déroula lentement le journal. Eliza reconnut le logo flamboyant du *Mole*, un des tabloïds les plus populaires du pays, fleuron, comme l'indiquait son titre (*La Taupe*), de la presse de caniveau. On apercevait, dans le coin gauche de la première page, un rongeur d'un noir d'encre doté d'énormes dents, près de cette devise : « Nous déterrons tout. »

Juste en dessous s'étalait un titre gigantesque. Eliza le fixa, sentant sa poitrine se serrer. Elle laissa le téléphone sonner avec insistance et se plongea dans la lecture de l'article. Il relatait la période la plus douloureuse de son existence. Furieux, Harry marchait de long en large.

— Chacun sait que ces torchons racontent n'importe quoi. Ils sont en procès avec la terre entière. Plus personne ne prête la moindre attention à leurs ragots.

— Toi, tu l'as fait, dit Eliza.

2

— Eliza, grâce à Dieu, tu es encore là ! Pourquoi as-tu tant tardé avant de décrocher ?

Sans attendre la réponse, Range Bullock poursuivit :

— Bill n'est pas encore arrivé. Il faut que tu restes. Je ne sais pas ce qu'il a, en ce moment. Il n'a pas appelé, Jenny n'est pas au courant de ses rendez-vous et nous passons à l'antenne dans trois quarts d'heure. Il me rend dingue. En tout cas, Eliza, est-ce que tu peux descendre et commencer à regarder ses fiches ?

Range Bullock, directeur de la rédaction de « À la une ce soir », reposa le combiné, poussa un gros soupir et s'empara d'une tablette de vitamines dans une boîte posée en permanence sur son bureau, tout près d'un tube d'aspirine. Il croqua la tablette blanche et pensa, comme à peu près dix fois par jour : « Ce boulot me liquéfie. À toute berzingue. »

Où diable se trouvait Bill ? Il n'avait jamais été l'homme des absences inexpliquées. Du moins jusqu'à une date récente.

Présentateur du journal du soir depuis douze ans, Bill Kendall était fiable, solide, sans surprises. Connaissant sa façon de travailler, Range et l'ensemble des reporters admiraient sa discipline. Le matin, à 6 h 30 tapantes, il appelait la rédaction pour se mettre au courant des principaux événements qui s'étaient déroulés à l'étranger pendant que le pays dormait. Ensuite, invariablement, il déclarait :

— OK, merci. Je prends ma voiture. Vous pouvez me joindre sur mon portable.

Avec une exactitude infaillible, un Kendall impeccablement habillé arrivait au studio à 8 h 30. Il avait un mot aimable pour chaque membre de la rédaction et gagnait son bureau. Là, il faisait le point de la journée avec Jenny, sa secrétaire, écoutait les messages sur son répondeur et s'enfermait pour étudier son emploi du temps. Il achevait ensuite la lecture du *New York Times* et du *Washington Post*, qu'il avait entamée dans sa limousine en venant. À 10 h 30, il assistait, écoutant mais n'intervenant pas, à la conférence de rédaction consacrée aux informations nationales, qui réunissait les responsables de ce secteur et les réalisateurs de « À la une ce soir ». La réunion se terminait toujours par une entrevue en aparté avec Range Bullock, au cours de laquelle il donnait son avis sur les sujets du jour et sur ce qui, selon lui, devait être couvert par Key.

Ce matin-là, Range avait de nouveau trouvé Bill préoccupé. Il paraissait de plus en plus souvent ailleurs. Range essayait de ne pas s'en formaliser. Après tout, n'importe qui avait le droit de décrocher de temps à autre, y compris Bill Kendall.

Range consulta sa montre. Impossible d'essayer encore de gagner du temps. Il allait devoir appeler Yelena Gregory, présidente de Key News, pour lui dire qu'Eliza Blake présenterait le journal du soir à la place de Bill. Range préférait de loin Eliza à cet imbécile du bureau de Washington, Pete Carlson. Pour une raison que nul ne comprenait, Yelena Gregory tenait Carlson en haute estime. Elle avait signé avec lui un contrat mirobolant, incluant une clause qui l'instituait remplaçant prioritaire de Bill. Grâce à Dieu, il était trop tard, ce soir, pour le faire venir de Washington.

Range se demanda si Eliza avait pris connaissance de l'article du *Mole*. « Si elle l'a lu, pensa-t-il, pourvu que cela n'affecte pas sa prestation. » Quelle sordide affaire ! Il se souvint des difficultés qu'ils avaient eues, quatre ans plus tôt, à garder secrète l'hospitalisation de la jeune femme. Pourquoi s'acharnait-on, aujourd'hui, à ressortir cette histoire ?

D'ailleurs, où était-elle ? Elle était censée lui donner un coup de main pour préparer le journal du soir.

Bon sang, ce boulot finirait par le tuer.

3

Le juge Dennis Quinn régla son dîner : crevettes grillées, saumon accompagné de nouilles sautées et d'un bol de riz. Repas typique de célibataire. Le juge, malheureusement pour lui, ne pouvait compter sur aucune femme pour approvisionner son réfrigérateur. Quant à faire lui-même la cuisine, il préférait ne même pas y penser.

En attendant sa monnaie, il tira du présentoir de presse un exemplaire du *Mole*. Friand du malheur d'autrui, il adorait ce genre de canards.

À en croire cette feuille de chou, Eliza Blake, la ravissante animatrice d'une des émissions télévisées les plus en vue du pays, se droguait à la cocaïne et avait, quelques années plus tôt, subi une cure de désintoxication à la clinique Carrier de Belle Mead, dans le New Jersey, établissement bien connu pour soigner des cas de déséquilibre psychologique, de toxicomanie et d'alcoolisme. L'article citait la phrase d'un « anonyme » de Key News, qui disait : « Le public est en droit d'exiger de ceux qui l'informent une solidité mentale à toute épreuve », puis s'interrogeait sur les capacités d'Eliza Blake à assumer ses fonctions.

Dennis Quinn glissa le journal dans le sac en papier qui avait contenu son déjeuner. Il lirait plus tard l'article à sa mère. Inconditionnelle d'Eliza Blake, elle serait soufflée d'apprendre la nouvelle.

Après avoir soigneusement vérifié son addition et sa monnaie, il se dirigea, son sac à la main, vers le parking.

— Bonjour, monsieur le juge.

Oh, non. C'était Amber. Dennis eut un mouvement de recul en apercevant la femme aux jambes épaisses qui, sourire aux lèvres, martelait le macadam en s'avançant vers lui. Pourquoi s'obstinait-elle à s'exhiber en minijupe ? Ne se rendait-elle pas compte du spectacle abject offert par ses cuisses grasses qui se frottaient à chaque pas ?

Bien sûr, il n'avait pas toujours trouvé Amber répugnante, surtout le mardi soir, après les audiences du tribunal de grande instance de Westvale, ni d'ailleurs fait la fine bouche devant ses rondeurs plus qu'avantageuses. Mais il y avait deux ans de cela. Il n'était à l'époque, avant sa nomination à la cour d'appel de Bergen, qu'un petit magistrat de rien du tout. Amber, alors, faisait très bien l'affaire. À présent, pour un homme aspirant à de plus hautes ambitions, elle manquait singulièrement de classe.

— Salut, mec. Ça fait une paye.

Elle le dévisagea avec un sourire entendu, en mâchonnant un chewing-gum. Cette vulgarité l'insupportait.

— Bonjour, Amber. Quelle joie de te revoir.

— Tu n'as pas eu mes messages ? Tu ne me rappelles plus. N'importe quelle nana penserait que tu t'en balances.

Elle leva les yeux vers lui en minaudant d'un air pathétique. « Effectivement, n'importe quelle nana, comme tu dis, aurait compris », pensa-t-il.

— Oh, tu sais ce que c'est, Amber. Je croule sous les dossiers. Tu connais la lenteur de la justice. Le travail s'accumule et… Bref, je n'ai plus une minute à moi.

— C'était mieux avant.

— C'était certainement moins compliqué, en effet.

— À propos, demanda-t-elle d'une voix pleine d'espoir, tu n'aurais pas besoin d'une collaboratrice ? Tu as toujours affirmé que j'étais une bonne secrétaire.

J'aurais dit n'importe quoi pour obtenir ce que je voulais.

— Malheureusement, Amb, il n'y a pas beaucoup d'embauche en ce moment.

La voyant tordre la bouche, il s'empressa d'ajouter :

— Écoute, j'adorerais poursuivre cette conversation, mais du travail m'attend. J'en ai pour la soirée. Tu sais ce que c'est.

— Ouais, dit-elle, je sais ce que c'est.

Elle resta là, à le regarder prendre place dans sa Lincoln Continental noire, avec l'autocollant JUGE sur sa plaque minéralogique. Douze ans à peine après avoir quitté la faculté de droit, il était devenu le plus jeune juge de cour d'appel de la région. C'était déjà quelque chose. Mais il n'en resterait pas là. Avec les capitaux adéquats, il pourrait monter bien plus haut. Il fallait qu'il rappelle Nate Heller au plus vite. Pourquoi traîner ?

Il s'engagea, détendu, dans l'allée menant à sa belle maison de campagne, longue et blanche. Et puis il se souvint. Il devait payer une autre échéance à Bill Kendall.

4

Après le coup de fil de Range, Eliza reposa le combiné et se demanda s'il avait déjà pris connaissance de l'article du *Mole.*

Toxicomanie ! Cocaïne ! Et puis quoi, encore ?

Elle sentit son cœur battre, ses joues s'empourprer. Cette horrible affaire pouvait tout anéantir, ruiner tout ce pourquoi elle avait tant travaillé. La détruire, elle, et Janie.

Janie.

La petite fille ne savait pas encore lire, et elle était trop jeune pour que ses camarades de classe lui fassent des réflexions méchantes sur le sujet.

« Ressaisis-toi, se dit Eliza. Tout le monde va guetter ta réaction. Prends sur toi. Redresse la tête. Fais ce que tu as à faire pour mener à bien le journal de ce soir. Chaque chose en son temps. »

Elle appela chez elle, demanda à Mme Twomey de rester avec Janie deux heures de plus.

— Je sais que je suis déjà en retard, madame Twomey. Je suis navrée.

— Ne vous faites pas de souci, madame Blake. Ma petite fée et moi, nous nous entendons à merveille, comme d'habitude. Elle s'apprête à finir son dîner. Quant à moi, je lui prépare un bain moussant.

Eliza ne put s'empêcher de sourire. « Ma petite fée », cette expression sentait bon l'Irlande, où Mme Twomey était née et avait été élevée. Décidément, l'affection que cette femme portait à Janie l'apaisait.

— Ne vous inquiétez pas, ajouta la gouvernante. Faites ce que vous avez à faire et arrêtez de vous ronger les sangs.

Ensuite, comme toujours, Eliza pensa à John. Elle ne cessait de penser à lui, quoi qu'il arrive, partageant avec lui tous les instants de sa vie. Ce deuil, cette sensation de perte qui la taraudait ne faiblissait pas. Elle aurait pourtant dû s'y habituer, après quatre ans. Mais l'habitude n'empêche pas la douleur.

Elle porta à ses narines l'intérieur de son poignet, se souvint tout à coup d'une des dernières nuits à l'hôpital. John s'était assoupi et ne l'avait pas entendue entrer dans la chambre. Elle était restée là, à le contempler. Elle l'aimait tant… Aucun des traitements douloureux qu'on lui avait administrés n'avait eu le moindre effet. Squelettique, dévoré par la fièvre, il avait une respiration sifflante. Sa cage thoracique se soulevait péniblement sous la fine couverture de coton.

Il avait ouvert doucement les yeux, immenses dans son visage décharné déformé par la souffrance. En la voyant debout au pied de son lit, il avait alors eu un pauvre sourire qu'elle lui avait rendu en se raidissant, avant de s'approcher de lui pour l'embrasser. Faiblement, il l'avait serrée contre lui. Elle sentit alors sa chaleur et la sentait encore aujourd'hui. Je vous en prie, mon Dieu, ne me l'enlevez pas. Pas encore. Jamais.

Il avait murmuré d'une voix à peine audible :

— Tu sens si bon.

Jamais elle n'oublierait cet instant. John était proche de la fin. Il le savait. Pourtant, il avait en lui encore assez de vie pour jouir de quelque chose d'aussi simple, d'aussi essentiel que son parfum.

Jamais elle n'en changerait. Arrête ! Arrête de te torturer !

Elle se leva d'un bond, se dirigea vers le miroir accroché au mur gris du bureau et s'observa. Trente-quatre ans, un visage reflétant l'honnêteté et l'intelligence. Les chroniqueurs de la presse écrite y voyaient autre chose : de la beauté, de la vivacité, du charme. Ainsi la percevaient, tous les matins, les millions de téléspectateurs de « Key to America ».

Elle contempla ses yeux d'un bleu profond dont Harry Granger, qui présentait avec elle l'émission du matin, disait : « Rien ne leur échappe » et dont le blanc, en cette fin de journée, se teintait légèrement de rose. Elle revint vers son bureau, saisit le petit flacon de collyre toujours en évidence sur la table, renversa la tête et mit quelques gouttes du précieux liquide au coin de ses paupières.

Elle se força à sourire, retourna devant son miroir, détailla ses dents du haut, celles qui apparaissaient à l'antenne, blanches, bien alignées. Ses dents du bas, elles aussi à l'émail parfait, étaient moins bien plantées. L'orthodontiste ne lui avait rien prescrit pour celles-là. Il est vrai, pensa-t-elle avec une pointe de regret, qu'elle ne le lui avait pas demandé. Elle s'était contentée de porter à contrecœur et de façon épisodique un appareil qu'elle avait d'ailleurs mal supporté sur ses dents du haut. Elle songea à ses parents, à leurs éternelles difficultés financières, aux problèmes qu'ils avaient dû affronter. Elle leur fut reconnaissante d'avoir trouvé l'argent nécessaire à l'achat de ce correcteur qu'arboraient nombre d'adolescentes de son âge.

Elle leva le menton, orné d'une petite cicatrice, vestige d'un plongeon trop profond d'une gamine de onze ans dans une piscine. Heureusement, la marque s'arrêtait juste sous la partie de son visage que cadrait l'œil impitoyable de la caméra.

Elle savait que la nature l'avait gâtée en bien des points. Un chirurgien esthétique lui avait dit un jour que des gens dépensaient des fortunes pour pouvoir s'enorgueillir d'un petit nez droit identique au sien. Ses cheveux brillants et noirs, tombant impeccablement sur ses épaules depuis son dernier passage chez le coiffeur, avaient des reflets naturels, ce qui laissait sceptique le personnel incrédule de Key News. Quant au mètre soixante-quinze de sa silhouette, la naissance de Janie en avait à peine, grâce à des efforts constants, atténué la minceur.

Oui, selon les critères en vogue, elle n'avait pas à se plaindre. Pourtant, notant les rides minuscules qui creusaient patiemment le coin de ses yeux et la peau de son front, elle savait bien que les événements de ces dernières années avaient laissé des traces.

Ne pense pas à tout cela, se dit-elle, rejetant l'anxiété qui s'insinuait en elle.

5

Le service de presse de Key News appela. Le *New York Times* exigeait de la direction de l'information de la chaîne un communiqué répondant aux allégations du *Mole* sur la toxicomanie d'Eliza Blake. Était-il vrai qu'elle prenait de la cocaïne ?

— Dites-leur d'aller se faire voir ! tonitrua Yelena Gregory, excédée.

Quelle serait la prochaine catastrophe ?

6

Tout au long des six années qu'Eliza Blake venait de passer au siège new-yorkais de Key News, les dieux semblaient avoir veillé sur elle. Débauchée alors qu'elle travaillait à la filiale de Providence, où elle présentait les journaux de 6 et 11 heures, elle avait commencé à la chaîne comme simple reporter. Quelques mois à peine après son entrée en fonction, les vents dévastateurs de l'ouragan Anthony s'étaient abattus sur le sud de la Floride. Mal évalué par la météo, l'ouragan avait totalement surpris les habitants et les médias. La plupart des correspondants permanents étant, en cette fin du mois d'août, partis en vacances, la direction de l'information avait hâtivement dépêché Eliza sur les lieux. Elle avait tenu l'antenne vingt-quatre heures sur vingt-quatre, le visage trempé, les cheveux hirsutes, les pans de son imperméable battant furieusement, criant souvent pour que sa voix couvre les rugissements du vent. Dramatique mais sérieux, son reportage avait suscité un sentiment de solidarité face à cette catastrophe qui anéantissait les habitations et ruinait l'existence de milliers de gens. Comme tant d'autres en Floride du Sud, elle s'était recroquevillée dans une baignoire avec un matelas sur la tête tandis que les murs et le toit de son hôtel commençaient à s'effondrer. Elle s'était encouragée à haute voix, priant, comme si ses prières pouvaient la protéger des éléments déchaînés. Lorsque d'autres correspondants arrivèrent, le lendemain, pour couvrir le désastre, le sujet, sans l'ombre d'un doute, était devenu le sien.

L'étude des taux d'audience montra que le public avait apprécié ce qu'il avait vu. Impressionnée, la direction en avait tiré les conclusions qui s'imposaient. Subodorant une star potentielle, Yelena Gregory, présidente de Key News, décréta que les sujets susceptibles de faire de l'audience seraient désormais confiés à Eliza Blake. La jeune femme apparut de plus en plus souvent à l'écran et son indice de popularité augmenta rapidement. Les sondages révélaient que les téléspectateurs reconnaissaient, appréciaient Eliza et avaient tendance à la croire. Lorsque la présentatrice de l'émission du matin quitta Key pour une autre chaîne, Eliza obtint le poste.

C'était à ce moment-là que ses migraines avaient commencé. Tout était arrivé en moins d'un an : sa promotion, le bébé, la mort de John, qui avait abouti à son séjour à la clinique Carrier. À présent, quatre ans plus tard, la douleur de cette perte faisait à ce point partie d'elle-même que, certains matins, il lui arrivait presque de l'oublier.

En une autre occasion, Eliza aurait été ravie de remplacer Bill Kendall. Présenter « À la une ce soir » était déjà un privilège. Mais se couler dans les chaussures de Bill Kendall, ne fût-ce qu'une fois ou deux, voilà qui était plus que grisant. Pas ce soir, pourtant. Ce soir, elle ne souhaitait qu'une chose : rentrer chez elle.

Alors que ses talons claquaient dans le long couloir qui menait au studio, elle pensa à Bill. Depuis quelque temps, il arrivait souvent en retard. Tous ses collaborateurs s'interrogeaient là-dessus. Et elle était désormais concernée elle aussi.

Lorsque Key News avait fait venir Eliza de Providence, Yelena Gregory lui avait suggéré de commencer par suivre le travail du présentateur en place. Bill s'était montré un guide charmant et patient, lui faisant découvrir le fonctionnement des services d'information de la chaîne. La jeune femme l'avait observé, effarée de voir ses matinées s'emplir de coups de téléphone, de réunions et d'enregistrements. Il avait presque chaque jour un déjeuner professionnel avec un personnage influent, au 21, au San Pietro ou au Quatre Saisons. Il se faisait un devoir de regagner le siège à 14 h 45, pour mettre la dernière touche à son article qui serait diffusé lors du bulletin radio de 15 heures. Kendall adorait la radio, où il avait fait ses débuts. Jamais il ne serait résolu à laisser tomber ses anciens collègues. Après une dernière mise au point avec Jenny et une dernière entrevue avec le rédacteur en chef, il se mettait à étudier le contenu du journal du soir. Il prenait sa fonction très au sérieux. Peu de choses lui paraissaient plus importantes que « "À la une ce soir", *sur Key, avec Bill Kendall.* »

Eliza chassa Bill de son esprit et monta sur l'estrade. Elle se glissa dans le fauteuil de Kendall, derrière le *desk* du présentateur, et déposa son sac à main sous la table, hors du champ de la caméra. Dans le studio, l'atmosphère était lourde. Chaque personne autorisée à y pénétrer à cette heure de la journée avait une fonction précise, qu'elle maîtrisait sur le bout des doigts. Le régisseur, l'équipe de techniciens de plateau, le responsable du prompteur, la maquilleuse, le personnel de la rédaction, tous allaient et venaient avec fébrilité, parfaitement au fait de leurs responsabilités individuelles ou collectives, qu'ils assumaient de façon précise. Pour certains, « À la une ce soir » représentait une part essentielle de leur vie.

Range Bullock quitta son bureau aux murs de verre et se dirigea vers l'estrade. Surnommé « l'aquarium » par le personnel de l'info, ce bureau en était le centre nerveux. Les réalisateurs et les correspondants s'y succédaient tout au long de la journée. Toutes les décisions finales concernant le contenu du journal se prenaient là. Les mauvaises langues ne se gênaient pour évoquer le nombre de piranhas qu'on aurait pu pêcher dans cet aquarium…

Le directeur de la rédaction s'exprima sur un ton purement professionnel.

— Ce soir, nous ferons la une sur le typhon en Inde. En l'état actuel de nos informations, on estime le nombre de morts à trois cent mille. Les dégâts pourraient s'élever à un milliard de dollars. Peu de chose selon les critères financiers américains, mais la vidéo est cauchemardesque et Roberts sera en direct à l'antenne pendant deux minutes. Nous poursuivrons avec un sujet d'une minute trente de Snyder sur la lutte contre la pollution. Ensuite, une pause de publicité. Nous irons alors à Washington, avec deux reportages : un sur la journée du Président, l'autre sur la Cour suprême.

Il se tut un instant, regarda sa feuille et passa sa main libre dans son épaisse chevelure rousse.

— La troisième partie traitera des ennuis de la navette spatiale et du nouveau lavage de linge sale chez les Windsor. Dans la quatrième, nous aurons deux volets sur les actuels candidats à la présidence, un sur les républicains, l'autre sur les démocrates, et leurs positions respectives après les primaires d'hier. Nous terminerons par *Au cœur de l'Amérique*. McBride a mené une enquête sur l'état de l'industrie funéraire américaine, qui risque de donner de l'urticaire aux croque-morts. Bien sûr, conclut-il en regardant Eliza par-dessus ses lunettes tout en croquant une tablette de vitamines, il peut y avoir des changements de dernière minute. Mais tu y es habituée, non ?

La jeune femme n'ignorait pas que cette observation visait surtout à le rassurer, lui. C'était la quatrième fois qu'on lui demandait, à sa grande surprise, de remplacer au pied levé un Bill Kendall dont les absences inhabituelles commençaient à poser des problèmes. Elle savait que Range n'appréciait guère les défections subites du présentateur, qui perturbaient le travail de toute l'équipe.

Elle espérait que rien de vraiment grave n'était arrivé à Bill. Elle se promit de l'appeler le lendemain pour l'inviter à déjeuner. Peut-être pourrait-elle faire quelque chose pour lui ? Il avait été si gentil lorsqu'elle avait eu besoin de soutien. Elle tenait aussi à avoir son avis sur l'article du *Mole.* Il savait si bien remettre les choses à leur place…

Et Range ? Avait-il lu l'article ? Difficile à dire. Il se montrait brusque avec elle, mais après tout, cela ne le changeait pas de son comportement habituel.

— Parfait, dit-elle.

Bullock tapota la pile de papiers posée sur le *desk* et grommela, avant de quitter le studio pour s'enfermer de nouveau dans l'aquarium :

— Relis-moi tout ça.

Elle s'exécuta, en silence tout d'abord, puis à haute voix. Elle constata que le journal diffuserait aujourd'hui un maximum d'images. Sur une demi-heure, il comportait toujours huit minutes de publicité. Et ce soir-là, sur les vingt-deux restantes, il y aurait au moins dix-neuf minutes de reportages, ce qui ne laisserait à la présentatrice que trois minutes d'antenne. Bill Kendall, Eliza le savait bien, en avait bien davantage. D'accord, d'accord, se dit-elle. Contente-toi de bien jouer ton rôle et réjouis-toi de cette occasion.

Yelena Gregory traversa la studio en direction de l'aquarium, gratifiant Eliza d'un salut distrait. Avait-elle déjà lu l'article ? De toute façon, si elle ne l'avait pas fait, cela ne tarderait pas.

L'autorité de Yelena était aussi sobre, aussi discrète que son chemisier gris perle dont le col se recourbait sur son cou, ou que ses sandales noires à talons plats. Rien de tapageur dans son allure. Il émanait d'elle une dignité qu'accentuaient sa silhouette un peu forte et l'expression grave de son visage. On sentait que personne ne pourrait jamais l'obliger à agir contre son gré. Presque tous les soirs, elle regardait le journal en compagnie de Bullock.

Lucille, la maquilleuse, annonça à Eliza qu'il ne restait que dix minutes avant son passage à l'antenne. La jeune femme continua à relire son texte à haute voix tandis que Lucille, tournant autour d'elle, poudrait ses joues et lui mettait du rouge à lèvres. Un dernier coup de laque à la chevelure foncée d'Eliza et Lucille disparut.

— Dix secondes ! cria le directeur de régie.

Eliza pensa une dernière fois à Bill Kendall en entendant la musique du générique. Elle releva la tête, regarda par avance en direction de la caméra. Elle sentit alors la sensation de fourmillement courir le long de sa jambe, jusqu'à sa cuisse.

7

Dans la bibliothèque luxueusement meublée d'une maison en briques de style colonial de la banlieue de Washington, une femme impeccablement habillée, aux ongles manucurés avec soin et à la coiffure irréprochable, sirotait un San Pellegrino devant la télévision. Sur l'écran, une publicité vantant un colorant pour cheveux proclamait: «La quarantaine n'est qu'un début.» C'est bien vrai, pensa Joy Wingard, qui venait de fêter ses quarante et un printemps. Et si je me maintiens, mes cinquante, mes soixante et même mes soixante-dix ans ne seront pas mal non plus.

Épouse du sénateur Haines Wingard, Joy avait de bonnes raisons de croire qu'elle se maintiendrait. Élancée, blonde, mince, elle prenait grand soin d'elle. Son agenda était rempli chaque semaine de rendez-vous chez son coiffeur, sa manucure, son esthéticienne, sa masseuse et son professeur privé de gymnastique.

Elle observa avec attention le président Grayson et sa femme, Angela, qui venaient d'apparaître sur l'écran géant en couleurs. Les Grayson, côte à côte, congratulaient des bénévoles méritants à qui ils faisaient les honneurs de la roseraie de la Maison Blanche.

Joy Wingard scruta chaque plan de la *First Lady*. Elle nota le tailleur bien coupé d'Angela Grayson, sa façon d'utiliser ses mains, le geste gracieux avec lequel elle repoussait une mèche rebelle. Joy étudiait Angela Grayson depuis des années. Sa fascination n'avait jamais faibli.

Elle l'avait rencontrée à peine un mois plus tôt. Tous les ans, selon la coutume, les familles des membres du Congrès étaient invitées à participer à la recherche des œufs de Pâques dans les jardins de la Maison Blanche. Bien que leurs maris fussent dans des camps politiques opposés, Joy avait perçu de la sympathie dans les yeux bruns d'Angela Grayson. En regagnant l'intérieur de la Maison Blanche, Mme Grayson s'était arrêtée devant elle, lui avait souri avec chaleur en lui serrant la main et lui avait dit :

— Bonne chance à vous.

Dieu sait que j'en aurai besoin, songea Joy. Elle n'avait pas soupçonné à quel point cette course à la présidence serait épuisante. Et elle ne faisait que commencer. La victoire de Haines Wingard serait une longue, une pénible bataille.

À tous points de vue, Haines Malcolm Wingard, jeune sénateur de quarante-six ans élu dans le Michigan, avait accompli un parcours sans faute. Bien qu'issu d'une famille aisée, Wingard – ses hagiographes ne manquaient pas de le rappeler – avait payé ses études lui-même, Wingard senior estimant que cela lui forgerait le caractère. Âgé d'à peine dix-huit ans, le jeune Wingard avait très vite pris son destin en main. Athlétique et brillant, il avait obtenu une bourse de l'université d'État du Michigan. Admis dans une des plus prestigieuses confréries d'étudiants, il s'intégra sans difficulté. Ces quatre années d'études passèrent vite. Wingard obtint de brillants résultats tout en travaillant vingt-quatre heures par semaine comme maître d'hôtel dans le fameux restaurant Dooley et ne manquant jamais une bacchanale de sa confrérie.

La tradition familiale lui enjoignait, suivant les traces de son père et de son grand-père, de faire une école de droit. D'excellentes notes le conduisirent directement à Yale. Là, un nouveau monde s'ouvrit devant lui. Il comprit rapidement que, pour la plupart de ses camarades, réussir à entrer dans la prestigieuse institution représentait l'aboutissement d'un long rêve. Tous les heureux élus savaient, avant même de suivre le premier cours, que ces trois années d'études et le diplôme qu'ils obtiendraient pèseraient de façon décisive sur leur vie professionnelle et, souvent, personnelle. Le savoir et la compétence qu'on leur inculquerait, la renommée de l'établissement leur ouvriraient toutes grandes les portes de la réussite.

Jusqu'à son entrée à Yale, Wingard s'était contenté de vivre intensément au jour le jour, jouissant de tout, de ses études, de la compagnie de ses amis, du sport. Il avait trouvé tout naturel de faire partie du club que fréquentait sa famille depuis des lustres et où, enfant, il s'était tant ennuyé. Les leçons de piano et de voile, les vêtements de marque, les chemises et les polos bien repassés remplissant sa commode, les étés dans la maison de vacances de la famille sur les bords du lac Michigan, tout cela, pour le jeune Wingard, allait de soi. Alors qu'il avait grandi à moins d'une demi-heure de Detroit, il ne s'était jamais soucié de ce qui pouvait se passer hors des opulents quartiers de Bloomfield Hills. À l'université du Michigan, il s'était joyeusement mêlé à une confrérie de jeunes gens nés, comme lui, dans des familles huppées. Nul, parmi eux, ne se posait de questions sur les iniquités de ce monde. Leur environnement immédiat leur suffisait amplement.

Haines Wingard n'ouvrit vraiment les yeux sur la réalité environnante qu'après sa rencontre, à Yale, avec un autre étudiant en droit nommé Nate Heller. Issu d'un milieu radicalement différent du sien, Nate deviendrait, près de vingt ans plus tard, son directeur de campagne. De petite taille, ce qui lui avait valu, enfant, de nombreux sarcasmes, Heller était un jeune homme fruste et agressif. Son père avait abandonné sa famille alors qu'il n'avait que huit ans. Sans ressources, livrée à elle-même, sa mère s'était saignée aux quatre veines pour les élever son frère et lui.

Dès son plus jeune âge, Nate semblait voué à une existence sans éclat. Il avait pourtant réussi, par sa seule volonté, à coups de petits boulots, de bourses d'études et en consacrant ses plus petits instants de liberté à son travail scolaire, à se frayer un chemin jusqu'à Yale. Bouche bée, fasciné, Wingard écoutait les récits de Nate, abasourdi par sa propre ignorance des conséquences de la pauvreté et de l'absence de « relations ».

Nate, en retour, idolâtra tout de suite son camarade, si séduisant et si populaire. À lui aussi, cette amitié faisait découvrir de nouveaux horizons. Alors qu'il avait toujours vécu isolé, il fut même admis, à contrecœur il est vrai, dans la bande de Wingard.

Il ne fallut pas longtemps à ce dernier pour réaliser que Nate se montrait un peu trop dépendant de leur relation, ce qu'il utilisa à son avantage. Les étudiants avaient un rythme de travail éreintant. Wingard s'appuya de plus en plus sur son ami pour en venir à bout. Quant à Nate, désireux de maintenir et de resserrer leurs liens, il acceptait volontiers cette situation. Nombre de mémoires, signés par le futur candidat à la présidence des États-Unis, furent en réalité rédigés par son ami. Et puis, les deux hommes partageaient un autre secret: Wingard avait séduit une secrétaire qui travaillait dans le cabinet d'un juriste, examinateur lors de l'examen de fin d'études. La jeune fille lui avait transmis les questions de l'épreuve écrite, ce qui permit aux deux amis de réviser le sujet à fond.

Cela, Nate n'irait jamais le raconter à la presse.

L'amitié qui les liait, Haines et lui, avait résisté aux années. Leurs liens s'étaient maintenus tout au long de leurs stages, de leurs activités juridiques, et jusqu'à l'entrée de Wingard en politique. Wingard avait le bon profil, Heller l'entregent et l'énergie. À la fin d'une législature du Congrès, Wingard avait obtenu un siège de sénateur. Nate, qui gérait dans l'ombre la carrière de son ami, s'était alors acharné à le convaincre qu'il avait toutes les qualités pour accéder à la présidence.

Début avril, après avoir gagné les primaires du New Hampshire, Haines Wingard était donné favori pour devenir le candidat de son parti. Et le parti était très heureux de l'avoir.

Wingard était intelligent et séduisant. Peut-être manquait-il un peu de finesse, mais les démocrates ne voyaient en cela qu'un défaut mineur. Une chose comptait par-dessus tout pour eux: il ne collectionnait pas les aventures. Il n'avait qu'une maîtresse: la politique. On ne risquait pas de voir surgir, pendant la campagne, une starlette en pleurs ou une professionnelle de haut vol se vantant d'avoir entretenu avec lui une liaison torride.

Joy fixait toujours l'écran réglé sur « À la une ce soir » lorsqu'elle entendit des voix dans l'entrée.

— Mme Wingard est dans la bibliothèque, déclara mollement Trudy, l'employée de maison.

Un instant plus tard, Wingard apparut dans l'encadrement de la porte, suivi de près par le nabot qui lui servait de directeur de campagne.

— Est-ce qu'on est déjà passés ? demanda anxieusement Wingard, alors que les deux hommes s'installaient dans des fauteuils en cuir de la même couleur caramel que le bourbon, intact, dans un verre posé près de Joy.

Ni bonsoir, ni comment vas-tu, pas de baiser poli sur la joue, nota l'épouse du candidat.

— Pas encore.

— Génial ! s'écria Nate Heller en se renversant avec brusquerie dans son fauteuil, les yeux rivés sur l'écran. Je veux vraiment voir comment Key traite les résultats d'hier soir. Une bière ne serait pas de refus.

Fais comme chez toi, pensa Joy en se dirigeant vers le bar en acajou. Elle fit tinter les glaçons dans son verre ; sur l'écran, un reportage montrait la navette spatiale *Endeavor*. Joy remplit le verre de Wingard de son habituel mélange de jus de canneberge et d'eau gazeuse. Elle extirpa ensuite du minuscule réfrigérateur incrusté dans le mur une bouteille verte, la décapsula et la tendit à Nate. Elle savait par expérience qu'il ne demanderait pas de verre.

Même si Wingard avait essayé, se dit-elle, il n'aurait jamais pu trouver un directeur de campagne plus adapté à sa tâche. Nate ne pensait qu'à son travail, n'était qu'énergie et efficacité. Il avait aussi l'esprit aigu et une véritable passion pour la stratégie. Il s'enorgueillissait de ce que, pendant que les autres étudiants lisaient *L'Attrape-Cœur* de Salinger, lui dévorait *Le Prince* de Machiavel et *La République* de Platon. Il s'y référait sans cesse, y puisait des idées, les adaptait aux circonstances. Il considérait la politique comme un champ de bataille.

Il était conscient de sa valeur et n'hésitait pas à se vanter.

— John Kennedy Junior en personne m'a appelé aujourd'hui, dit-il. Il veut faire un portrait de moi dans *George*. On touche au but, Winboy. Notre seule menace, c'est Semanski, et encore, je dis ça pour ne pas laisser croire que tout est gagné d'avance. Ne vendons pas la peau de l'ours, mais, nom de Dieu, je la sens, cette nomination. Ensuite, il ne nous restera qu'à battre Grayson en novembre et à nous la Maison Blanche ! Nous recevons déjà des coups de téléphone de gens quémandant des postes dans l'administration Wingard.

Le sénateur l'écoutait en hochant la tête et ne leva pas les yeux vers sa femme lorsqu'elle lui tendit le verre d'un rouge clair. Il semblait captivé par les images télévisées des jeunes princes de la famille royale britannique.

Eliza Blake apparut sur l'écran et annonça l'imminence des sondages. Les deux hommes admirèrent en silence le joli visage qui les regardait. Ce fut Heller qui demanda :

— Où est Kendall, ce soir ?

L'épouse du sénateur sentit sa gorge se nouer. Discrètement, elle serra ses mains l'une contre l'autre pour qu'ils ne puissent remarquer à quel point elles tremblaient.

8

Eliza tressaillit, tous ses muscles tendus, en entendant sonner le téléphone rouge d'urgence posé sur le *desk*. En plein journal, cette sonnerie agressive de la ligne qui la reliait directement à l'aquarium pouvait annoncer n'importe quoi : le reportage prévu n'était pas disponible, une personnalité publique avait été assassinée. Elle impliquait de toute façon un changement brutal.

La gorge serrée, Eliza saisit fébrilement le combiné, priant pour que ce qu'on allait lui annoncer ne soit pas trop sanglant. Elle était encore sous le choc d'un fait divers qu'elle avait commenté la semaine précédente. Un homme étranglait des enfants avant de les dévorer. « S'il vous plaît, épargnez-moi un autre cauchemar », pensa-t-elle.

Instinctivement, elle fit pivoter son siège et fixa l'aquarium. Range ne la regardait pas. Penché sur son bureau, il plaquait contre son oreille l'écouteur de son téléphone, sa main libre crispée sur son estomac. Mauvaises nouvelles, à n'en pas douter.

— Range ?

Il ne répondit pas, ne détourna pas les yeux de son bureau. À travers le mur de verre, Eliza vit Yelena Gregory bondir hors de son siège et rapprocher, par-dessus la table, son buste de celui de Range.

— Range ? Qu'est-ce qui se passe ? demanda Eliza d'une voix sourde, sentant son cœur cogner et le sang lui monter aux joues.

Au cours des semaines à venir, elle se souviendrait de la peur qu'elle avait ressentie à cet instant, avant que Range ne lui révèle ce qui était arrivé, et de l'angoisse qui avait suivi.

Yelena secoua le bras de Range. Le directeur de la rédaction leva les yeux vers elle et parut tout à coup émerger du brouillard. Il se tourna vers Eliza. Leurs regards se croisèrent à travers la vitre.

— Eliza…

Silence.

— Dis-moi ! Dis-moi ce qui se passe !

Elle essayait de garder son sang-froid. Elle savait que, quelle que fût la révélation que Range allait lui faire, elle serait obligée de maîtriser son émotion, de paraître, à l'antenne, impavide et sereine. Plus vite il parlerait, mieux cela vaudrait.

Range se décida enfin.

— Eliza, il s'agit de Bill. On l'a trouvé. Mort.

— Quoi !

Elle serra violemment le récepteur.

— Il est mort. C'est tout ce que nous savons. Nom de Dieu, c'est mon meilleur ami !

La voix de Bullock se brisa. Sa main repoussa une mèche qui retombait sur sa tempe. Il avait le visage torturé de quelqu'un qu'on vient de frapper.

— Oh, mon Dieu, Range ! Non, ce n'est pas possible !

Réponse instinctive qu'elle murmura presque malgré elle. Bien sûr que c'était possible. Elle était bien placée pour savoir que les tragédies, les événements horribles s'abattent sur nous sans crier gare. La vie ne nous y prépare pas. Mais, l'expérience venant, le cerveau les assimile rapidement, sans faux-fuyants. Et la douleur, elle aussi, vient plus vite.

Tout en réalisant l'énormité de ce que venait de lui apprendre Range, elle se rendit compte que les secondes passaient, que l'intermède publicitaire touchait à sa fin et que la caméra braquerait de nouveau son objectif sur elle. Elle s'était souvent émerveillée de l'aptitude des humains à réagir de façon quasi automatique en situation d'urgence, se focalisant sur les gestes élémentaires et indispensables, gommant l'aspect exceptionnel de l'événement. Elle avait envie de pleurer, mais ne pouvait s'offrir ce luxe. Pas encore. En ce moment même, tout le monde dépendait de sa capacité à assumer la situation. Elle aurait le temps, tout le temps, plus tard, de se laisser envahir par le chagrin. Pour l'instant, et rapidement, elle devait prendre des décisions.

Le directeur de la rédaction le savait lui aussi. Le fixant toujours, Eliza apprécia le ton professionnel qu'il utilisa après s'être définitivement ressaisi.

— Voilà ce que nous allons faire, déclara-t-il sur un ton précis. Après la pub, tu attaques bille en tête le sujet sur les démocrates, puis celui sur les républicains. Cela nous donnera quatre minutes pour monter des documents vidéo relatifs à Bill, sur lesquels tu improviseras après avoir annoncé la nouvelle. Personne ne risque de nous doubler. Nous sommes les seuls à savoir. Pas une chaîne ne nous coiffera au poteau sur ce terrain-là. Nous pouvons nous permettre de perdre quatre minutes pour nous organiser.

— Bien.

Eliza n'ajouta rien.

— Cinq secondes ! beugla le directeur de régie.

« Oh, Seigneur, aide-moi », murmura Eliza.

Elle enchaîna sur le sujet politique. Dès le début du reportage, Bullock se précipita dans le studio. Eliza avait l'impression d'assister à la scène sans y participer. Elle se voyait, assise face à l'écran de contrôle sur lequel défilaient les images des candidats, puis le tableau du vote des délégués, des citoyens faisant part de leurs espoirs à propos de la présidentielle. Il régnait dans le studio un silence absolu, hormis le cliquetis du clavier d'ordinateur du rédacteur assis hors champ, non loin de la jeune femme, qui tapait l'annonce de la mort de Bill.

« Concentre-toi, se dit-elle. Concentre-toi. »

Elle entendit la voix du directeur de la rédaction.

— Nous avons envoyé McBride et une équipe de tournage chez Bill. Nous aurons ainsi un direct pour la côte Ouest. Mais en ce qui concerne le journal de ce soir, tout ce dont nous disposons, ce sont des images d'archives. En attendant, lis ça.

Bullock posa devant Eliza la biographie de Bill depuis son entrée à la chaîne. Elle lut rapidement que le présentateur de Key, l'homme qui déjeunait avec les présidents, s'introduisait, à l'heure du dîner, dans le foyer de millions d'Américains et gagnait plus de sept millions de dollars par an, était né à Omaha et était sorti diplômé de l'université du Nebraska, après des études de journalisme et d'histoire. Ses activités à la station de radio du campus lui avaient permis de trouver tout de suite un poste dans une station de la région. La biographie ne mentionnait pas qu'il y avait assuré les fonctions de reporter, de journaliste météo et de démarcheur publicitaire. Key ne retenait que ce qui pouvait servir sa propagande. Qu'un journaliste ait eu des activités purement alimentaires ne correspondait pas à son image de marque. Kendall n'en avait d'ailleurs parlé à Eliza que tardivement, au cours de la réception de Noël offerte chaque année aux correspondants de la chaîne. La scène lui revint subitement en mémoire. Elle se souvint du regard amusé de Bill, de son sourire lorsqu'il lui avait dit: «Je viens de loin.» La gorge de la jeune femme se noua. Ne pense pas à Bill maintenant. N'évoque pas l'affection que tu éprouvais pour l'ami merveilleux qu'il fut pour toi. Ne te remémore pas maintenant l'aide qu'il t'a apportée alors que tu en avais si désespérément besoin.

Elle s'efforça de se concentrer sur la carrière de Bill Kendall. Des postes dans diverses stations de radio, chaque fois plus importants, l'avaient conduit à Chicago. Puis, la couverture de la traque d'un tueur en série avait occupé son existence et les médias pendant des mois, et lui avait donné l'occasion de sa première apparition à la télévision. Le reporter chargé de l'enquête sur la chaîne locale avait eu une crise cardiaque vingt minutes avant de passer à l'antenne. On demanda à Kendall, non seulement de le remplacer au pied levé, mais de dévoiler au public les rebondissements de l'enquête. Il s'en sortit si bien qu'une proposition d'emploi permanent lui fut aussitôt soumise.

Kendall avait toutes les qualités d'une star du petit écran. Il était observateur, spontané, rapide. Même s'il arborait le physique passe-partout et propre sur soi de presque tous les reporters de l'époque, il possédait quelque chose de plus: ses yeux. Ils accrochaient la lumière et retenaient le public. Kendall avait des yeux qui inspiraient la confiance et rassuraient.

Ils ne passèrent pas inaperçus. Au bout de quelques années, Bill Kendall reçut des offres de toutes les grandes chaînes nationales. Il opta pour Key.

Range Bullock et Mary Cate Ryan, l'une des plus brillantes réalisatrices de la chaîne, se tenaient devant Eliza, blêmes, le visage chiffonné. Range tordait entre ses doigts une boucle de son sourcil droit.

— Dis à Eliza ce que tu as, déclara-t-il sèchement.

— Remercions Jenny, commença nerveusement Mary Cate. Elle a récemment rassemblé des documents destinés à un montage qu'on aurait projeté cet été pour le cinquantième anniversaire de Bill. On l'y voit en reportage dans tous les coins du monde. Bill pendant la chute du mur de Berlin, à Koweit City pour couvrir la guerre du Golfe, en Russie, en Chine, en Somalie, à Haïti, en Israël, en Égypte, en Bosnie, en Roumanie. Nous avons quelques documents sur ses débuts à Chicago, des images de lui lors des principales catastrophes naturelles qui ont frappé ce pays au cours des douze dernières années ; Bill commentant des inondations et des tremblements de terre ; Bill interrogeant le président Grayson et ses deux prédécesseurs ; une vidéo de Bill à la Maison Blanche, au dîner donné en l'honneur des athlètes des Jeux olympiques, etc.

Range l'interrompit.

— Il y en a d'autres, mais gardons-les pour l'émission spéciale de cette nuit. Quand tu auras fini, Eliza, enchaîne sur l'annonce des informations régionales. Bonne chance.

La jeune femme entendit la fin du reportage sur les républicains tandis que Range et Mary Cate reculaient, sortant du champ. Le directeur de régie lui fit signe. C'était à elle. Elle ouvrit la bouche. Aucun son n'en sortit.

Elle se racla la gorge, avala sa salive. D'ordinaire si droite, elle paraissait effondrée sur son siège. Elle sentait tous les regards converger vers le studio, plus ceux de millions d'Américains rivés sur son visage. Elle laissa retomber ses épaules, redressa le dos. Enfin, sa voix, tremblante, se fit entendre.

— C'est avec consternation et tristesse que nous venons d'apprendre une affreuse nouvelle, réussit-elle à articuler. Bill Kendall, présentateur et directeur de la rédaction de «À la une ce soir», a été découvert mort à son domicile new-yorkais, tôt dans la soirée. On ignore la cause de son décès.

Fixant l'écran de contrôle, elle se concentra sur ce qu'elle voyait en même temps que les téléspectateurs. Comme eux, elle regarda se dérouler le montage d'images sur la vie de Bill Kendall et les commenta d'après les renseignements qu'on lui avait fournis, se taisant d'instinct au moment où il le fallait, laissant les images parler d'elles-mêmes.

Elle apparut de nouveau à l'écran. Alors que la caméra la cadrait en gros plan, elle se détourna, tentant de retrouver ses esprits. Puis, faisant face, elle reprit:

— Ici, à Key News, nous sommes tous sous le choc. Bill Kendall était pour nous un collègue de valeur, un ami très cher, un homme sensible et généreux. Il nous est impossible d'imaginer la vie sans lui.

Sa voix devint presque inaudible. Elle prit une profonde inspiration, tentant désespérément de se donner une contenance, d'affermir son corps presque inerte.

— La police s'est rendue sur les lieux du drame. Key News diffusera une émission spéciale à 23 h 30, heure de la côte Est, 22 h 30 pour le Centre, après nos informations régionales. En mon nom et au nom de tous mes collaborateurs de Key News, bonsoir.

L'écran de contrôle s'éteignit. Eliza, enfin, laissa couler ses larmes.

9

À Washington, Pete Carlson regarda avec délectation Eliza Blake terminer l'émission.

— Trouve-moi un chauffeur pour me conduire à l'aéroport. Sur-le-champ ! cria-t-il à l'intention d'un de ses assistants.

Il n'en revenait pas. La vie était pleine de surprises. Une demi-heure plus tôt, il ressassait sa rancœur, sa jalousie contre Eliza qui présentait le journal à la place de Bill Kendall dont il était, lui, le suppléant attitré.

À présent, il devenait le présentateur de « À la une ce soir ».

Prenant garde à ne pas utiliser la ligne de son bureau, il sortit son téléphone portable de sa serviette. Il savait que ses communications pourraient, sur cet appareil, être facilement enregistrées. Il lui faudrait faire attention à ce qu'il allait dire.

— Enfin, ça y est. J'ai le job. Mais souviens-toi, je n'ai pas l'intention de passer mon existence à New York. Ma vie est à Washington.

— Ne t'inquiète pas. Je m'en occupe, lui répondit une voix rogue.

Son jeune assistant vint lui dire que le chauffeur attendait. Il aurait pu jurer que Carlson fredonnait.

10

Ce soir-là, sur la côte Ouest, McBride, filmé devant le domicile de Bill Kendall, dans la partie Est de la 88e Rue, commenta en direct la mort du présentateur. On manquait de détails.

Après l'avoir enregistré, Eliza, torturée par sa migraine, pénétra dans l'aquarium. Jenny White, la secrétaire adorée que Kendall appelait son coach, pleurait. C'était elle qui avait reçu l'appel de la gouvernante de Bill.

— Je n'arrive pas à y croire, sanglotait-elle, les yeux rouges. Et tu sais ce qui me choque par-dessus tout ? Lorsque j'ai reçu l'appel, mon absurde fidélité à Key a pris le dessus. Je ne voulais pour rien au monde qu'une autre chaîne traite l'information avant nous. J'ai dit à Millie de ne pas appeler la police avant d'avoir parlé à Louise.

Jenny s'essuya les yeux avec un kleenex roulé en boule.

— Tu te rends compte que j'ai pensé à la concurrence dans un moment pareil ? Je suis folle ou quoi ?

Tous ceux qui étaient présents dans la pièce la regardèrent tristement, avec un piètre sourire d'approbation. Chacun savait qu'il aurait eu le même réflexe. Il s'agissait presque d'une seconde nature. Quelle honte pour eux si une chaîne autre que leur bien-aimée Key avait annoncé la mort de leur présentateur ! Ils l'auraient ressenti comme une insulte à la mémoire et à la dignité de Bill !

Eliza extirpa une petite boîte du sac qui pendait à son épaule et déposa une gélule verte au creux de sa paume. Elle prit la carafe posée sur le bureau de Range et se versa un verre d'eau. Elle réfléchit un instant à l'esprit de compétition de la télévision. Les téléspectateurs, elle en était sûre, se moquaient éperdument de connaître le nom de la chaîne qui dévoilerait la première une information de dernière minute. Mais au sein de la profession, ce genre de détail était capital.

Elle avala la gélule contre la migraine et poussa un profond soupir, accablée par une tristesse soudaine. Bill Kendall était mort. Le reste, la concurrence, le scoop, ne changeait rien à la nudité sinistre de ce drame.

Le visage gris, Yelena Gregory aboyait ses instructions au service de presse de Key. Tous devaient s'accorder sur les réponses à donner aux radios et à la presse écrite. Tassée dans son fauteuil, sa silhouette massive paraissait soudain fragile. Eliza nota que sa main gauche, celle qui ne broyait pas le récepteur, tremblait.

Range Bullock avait pris une autre ligne. Les yeux au plafond, il déclara :

— Ne quitte pas, Mack. Je mets l'amplificateur.

Eliza entendit la voix de McBride. Une voix calme, autoritaire, parfaitement maîtrisée.

— Bill a été découvert par son fils.

— Par William ? s'exclama Bullock d'un ton incrédule. Comment va-t-il supporter quelque chose d'aussi affreux ?

Nul n'ignorait, à Key, que le fils de Bill Kendall était mentalement retardé. À dix-huit ans, William venait de trouver un emploi à la salle du courrier d'une grosse entreprise, dans le nord du New Jersey. Il habitait depuis peu un foyer pour handicapés, où il vivait cinq jours par semaine, et passait tous ses week-ends avec son père.

Bill adorait William.

— Il est très choqué. La gouvernante l'a emmené dans sa chambre pour qu'il ne voie plus son père. Elle m'a laissé entrer avant que la police ne mette les scellés. Pauvre gosse. Il mordait sa langue comme un malade et n'arrêtait pas de sautiller. Plus aucun contrôle sur lui-même. Je lui ai dit que je travaillais avec son père, ce qui a semblé le calmer un peu.

McBride marqua un temps d'hésitation.

— Si j'avais insisté, j'aurais peut-être réussi à le faire venir devant la caméra. Je n'ai pas pu m'y résoudre.

— Tant mieux ! s'écria Jenny. Cela aurait été la pire des choses !

— Bill était si tendre avec cet enfant, murmura Yelena.

McBride n'entendit pas ou fit semblant de ne pas entendre.

— La gouvernante, poursuivit-il, se trouve à ses côtés. Et sa mère, Louise, ne va pas tarder. Elle a insisté pour que personne, pas même la police, n'approche William avant son arrivée.

— Quand ? demanda Bullock.

— D'un instant à l'autre. Nous la filmerons et je resterai sur place.

— Que dit la police ?

— Pas grand-chose. Les flics ont investi la maison mais n'ont pas encore évacué le corps. L'un d'eux m'a appris qu'on avait trouvé Kendall assis dans son fauteuil, le dernier numéro de *Newsweek* à ses pieds. Surréaliste. Ils parlent de crise cardiaque. L'autopsie nous en apprendra davantage. Mais lorsque je leur demande quand nous aurons les résultats, ils se contentent de me répondre : « Tout dépend.» Qu'est-ce que vous attendez de moi pour ce soir ?

Range soupira lourdement.

— Je n'en sais foutre rien.

Il appuya la tête contre le dossier de son siège et ferma les yeux. Des larmes apparurent au coin de ses paupières. Les autres le regardaient, à la fois effrayés et gênés. Il se ressaisit vite, fit pivoter son fauteuil vers l'écran de son ordinateur.

— Prépare un sujet de deux minutes, Mack. Tu feras l'ouverture. Fais-nous savoir ce dont tu as besoin. Mary Cate sera ta réalisatrice. Elle est près de moi et voudrait te parler.

Mary Cate décrocha un combiné à l'autre bout de la pièce. Aussitôt, la voix de McBride disparut de l'amplificateur.

Range continua à taper sur le clavier de son ordinateur, tout en détaillant à haute voix, à l'intention des réalisateurs présents dans la pièce, les images qu'il envisageait d'intégrer à l'émission spéciale. Chacun serait responsable d'une tranche de cette demi-heure, mixant et coordonnant divers ingrédients : les informations fournies par le correspondant et le service éditorial, plus les éléments vidéo, pour arriver à rendre claire et complète la partie de l'émission dont il était chargé.

Après avoir donné ses instructions, Bullock demanda à tout le monde de quitter la pièce, hormis Yelena et Eliza.

— Tu as fait du bon travail, ce soir, dit-il à la jeune femme.

Yelena approuva d'un signe de tête.

— Très professionnel, ajouta-t-elle.

Eliza les remercia, attendit la suite, qui ne tarda pas.

— Peter Carlson vient de quitter Washington. C'est lui qui présentera l'émission spéciale.

— Cela changera-t-il quelque chose si je vous dis que j'ai envie de le faire ? interrogea la jeune femme en les regardant tour à tour, sans illusion sur la réponse.

— Hélas non, répliqua Yelena. Tu connais l'ordre hiérarchique, Eliza. Le contrat de Carlson en fait le remplaçant attitré de Bill.

Mal à l'aise, Eliza se demanda s'il ne valait pas mieux jouer cartes sur table. Même si Yelena et Range n'avaient pas encore pris connaissance du papier, ils le feraient sous peu.

— Est-ce que cela a quelque chose à voir avec l'article du *Mole* me concernant ?

Ni l'un ni l'autre ne manifestèrent la moindre surprise. Donc, ils savaient. Les bonnes nouvelles vont vite.

— Eliza, je t'en prie, déclara fermement Yelena. Fais preuve d'un peu plus d'estime envers nous. Et envers toi-même. Nous te connaissons, nous apprécions ton travail. Ne te sens pas menacée par un article dégueulasse paru dans un canard merdique. Tu es au-dessus de ça. En ce qui concerne ta question, je te réponds non. La décision de confier à Carlson la présentation de l'émission spéciale n'a rien à voir avec l'article du *Mole*. Il est vraiment spécifié dans son contrat qu'il remplacera Bill en priorité.

Range fixait une tache sur le tapis.

— Nom d'un chien, laissa-t-il échapper d'une voix plaintive, la tête entre les mains, il sera notre prochain présentateur. Je rêve !

— Je suis tellement navrée, murmura Eliza. Cette situation est si difficile à supporter pour toi. Je sais à quel point tu l'aimais.

Range lui jeta un regard reconnaissant.

— Merci, Eliza. Je sais que toi aussi, tu l'aimais.

Elle hocha la tête et baissa les yeux. Depuis la table de verre et d'acier qui lui faisait face, les visages de Haines et Joy Wingard lui souriaient, en gros plan sur la couverture de *Newsweek*. Elle frissonna, se remémorant une conversation qu'elle avait eue récemment avec Bill à propos de cette année d'élection. Il avait du mal, lui avait-il confié, à manifester de l'enthousiasme à propos des primaires. Il se demandait s'il réussirait, cette fois, à se montrer impartial. Il n'aimait pas Haines Wingard, qu'il appelait « le merlan froid ». Il avait également laissé entendre qu'il était peut-être temps pour lui de passer la main à Key, de prendre sa retraite, d'écrire un livre. Il avait eu ensuite un petit rire ; la perspective d'être remplacé par Pete Carlson suffisait à lui redonner l'envie de rester.

Elle n'avait jamais vu Bill si déprimé. En même temps, elle s'était sentie flattée de la confiance qu'il lui témoignait, au point de lui avouer sa vulnérabilité. Cette spontanéité le différenciait de la plupart des autres membres de Key, pour qui la moindre manifestation de fragilité ne pouvait être perçue que comme un signe de faiblesse.

11

Joy réussit à supporter le dîner.

Wingard et Nate se jetèrent goulûment sur le rôti de veau, que Trudy avait accompagné d'une purée de pommes de terre maison, d'asperges et d'une montagne de biscuits aux herbes. La conversation tourna autour de la nouvelle annoncée par Eliza Blake. Les deux hommes avaient rencontré Bill Kendall la semaine précédente, pour une interview à propos des primaires et de leurs chances dans la course à la présidence.

— Ce type, c'était un as, dit Nate. Ses taux d'écoute étaient ahurissants. Les annonceurs ne s'y sont pas trompés. Ils voyaient en lui le miroir de l'Amérique. Voilà pourquoi je me souciais autant de l'image que Key donnait de nous. Même si ce Kendall n'était, comme tant d'autres, qu'une pute bon chic bon genre, les téléspectateurs ne juraient que par lui.

Wingard se resservit de salade.

— Désarmant. Tel est le mot qui, à mon sens, le définissait le mieux. Même si je savais, chaque fois qu'il m'interrogeait, qu'il allait me balancer une question vicelarde, il le faisait avec un tel charme que j'en étais presque séduit. À propos, Joy, il m'a demandé comment tu supportais le stress de la campagne.

Joy leva les yeux de son assiette, à laquelle elle n'avait pas touché, et se contenta d'un hochement de tête sans faire de commentaire. De toute façon, ni Wingard ni Nate n'attendaient la moindre réponse de sa part.

— Je me demande ce qui a bien pu se passer, poursuivit Heller. Un type dans la force de l'âge, en pleine forme si j'en crois ce que j'ai vu. Tu te souviens de sa dernière partie de golf, l'automne dernier, avec les membres du Congrès ? Il a fait un soixante-seize sans problèmes. Alors quoi ? Crise cardiaque ?

Il hocha la tête d'un air dubitatif.

— Après tout, c'est possible. S'il existe un boulot lessivant, c'est bien le sien. Tout comme le mien. Tu ne crois pas, chef, que je mériterais une augmentation ?

Nate ricana, occultant, selon son habitude, le malaise qu'il ressentait devant la mort d'un homme de son âge par une boutade.

Wingard grommela quelque chose à propos de la prime qui attendait son directeur de campagne après les élections de novembre. Dès lors, la conversation rebondit sur la stratégie électorale. La sonnerie du portable de Nate l'interrompit brutalement.

D'une oreille distraite, Joy l'entendit brailler : « Nate Heller. »

Ne pourrait-il pas dire bonjour, comme tout le monde ? Il déclara :

— Ne t'inquiète pas. Je m'en occupe.

Joy aurait voulu se trouver n'importe où sauf à cette table, feignant de s'intéresser à cette campagne qui les obsédait. Quand même, décrocher son portable en plein dîner... Nate était si grossier. Après que Trudy eut débarrassé la table et servi le café, elle s'excusa, prétextant du travail à finir.

— Super, chérie, dit Wingard. Je suis vraiment heureux que nous fassions cette tournée ensemble la semaine prochaine. Pour moi, tu es vraiment une chance, hein, Nate ?

— Sûr. Les Américains ont encore le béguin pour les couples sains, beaux et charismatiques. Et vous deux, vous formez la paire dont on rêve. D'un point de vue photogénique, on enfonce tout le monde. Mais, même bien roulée, une *First Lady* aujourd'hui se doit également d'être bien informée, d'exprimer ses propres idées et de ne pas avoir peur de les mettre en avant. Sauf, bien sûr, si elle ne dit que des conneries. Mais ce ne sera jamais ton cas, pas vrai, Joy ?

– Jamais, répondit-elle en se forçant à sourire. Voilà pourquoi je dois monter dans ma chambre pour potasser mes dossiers. Bonne nuit, messieurs.

Elle quitta la salle à manger, traversa le couloir au tapis persan rouge vif, s'arrêta un instant pour écouter les élucubrations de Nate.

– Mon pote, j'aimerais pas, ce soir, être rédacteur en chef de Key News. Non seulement ils ont perdu leur locomotive, mais le *Mole* vient de sortir un papier assez dégueu sur Eliza Blake. Mauvais pour eux, tout ça.

Joy s'engouffra dans l'escalier, pressée d'échapper à Wingard, à cette campagne menée par cette pipelette de Nate Heller qui, même si les gens sérieux auraient refusé de le croire, raffolait des tabloïds, non seulement du *Mole*, mais aussi du *Star*, de *The Enquirer* et de *Spy*. « Il n'y a pas de fumée sans feu », disait-il.

Elle ferma la porte de sa chambre à clé. Protégée par la soie blanc cassé qui recouvrait les murs, elle se dirigea vers sa coiffeuse, s'assit sur le siège matelassé et se regarda longuement dans le miroir. Ses yeux d'un bleu vif mettaient son visage en valeur. Nez droit, bouche bien dessinée, cou long et gracile. Le genre de physique qui permettait d'obtenir tout ce qu'on voulait. Lorsqu'elle était enfant, les adultes avaient du mal à lui résister. Adolescente, elle fascinait les garçons de son âge. Et elle avait captivé immédiatement ses camarades de classe qui, lors de la fête précédant les vacances, l'élisaient immanquablement reine du collège. Ce visage-là l'avait aussi aidée à séduire le brillant Haines Malcolm Wingard Jr. À présent, selon Nate, il lui servirait encore, ensorcelant des millions d'Américains. Ce soir, ses yeux étaient très tristes.

La pendule de cuivre posée sur la cheminée indiquait 21 h 15. L'émission spéciale passerait à 23 h 30. Joy se déshabilla et gagna sa salle de bains. Elle prit une douche bouillante, laissa l'eau couler longtemps sur son corps, ce qui l'apaisait toujours.

Elle se sécha, tamponnant soigneusement une tache sur le haut de sa cuisse, qu'on venait de débarrasser d'un grain de beauté. Elle s'enveloppa dans un peignoir de soie, enroula autour de sa tête une serviette à ses initiales. Après un dernier coup d'œil au miroir, elle appliqua un lait hydratant sur son front et ses joues. Il n'était que 21 h 40.

Elle repoussa le lourd dessus-de-lit, se glissa dans le lit géant. Deux épais dossiers l'attendaient sur la table de nuit. Le premier avait pour titre « Délinquance ». Le crime. Aux États-Unis, on ne parle que de ça, jusqu'à la nausée. Ce soir, elle ne se sentait pas d'humeur à se plonger là-dedans.

Le deuxième dossier s'intitulait « Sida ». Autre sujet à la mode, sur lequel Nate avait planché, proposant à Wingard d'annoncer à New York, durant la campagne pour les primaires, le projet d'une action d'envergure. « Croisade contre le sida ».

Pas ce soir, pensa-t-elle. Non, pas ce soir. Elle se leva, gagna son dressing, aussi vaste qu'une chambre d'enfant et qui contenait, groupés par couleurs, des dizaines de chemisiers, de pantalons, sans compter les robes de grands couturiers sur une rangée complète. Elle avait décidé, dès le début de la campagne, de s'habiller exclusivement chez des couturiers nationaux, du moins lors de ses apparitions en public. À cela s'ajoutaient les vêtements de tous les jours, tailleurs, jupes courtes ou longues, de toutes les couleurs et de toutes les formes.

Si nous ne gagnons pas, se dit-elle, je pourrai toujours monter une boutique de fringues. Elle raffolait des beaux vêtements. Taillés sur mesure, ils lui donnaient le sentiment d'être unique, désirée pour elle-même. Ce soir-là, pourtant, examinant la rangée de dizaines de paires de chaussures parmi lesquelles elle aurait à faire son choix pour la tournée électorale de la semaine prochaine, elle sentit en elle une sorte de vide, comme si tout cela n'avait plus la moindre importance.

Bill Kendall. Elle l'avait vu pour la dernière fois trois mois plus tôt. Wingard venait de remporter les primaires du New Jersey, suscitant un engouement des médias pour cet inconnu qui, du jour au lendemain, avait acquis une chance sérieuse de devenir le prochain président des États-Unis.

Le matin suivant, Wingard avait été interviewé par toutes les grandes chaînes du pays. Key l'avait filmé en extérieur, devant un pont couvert. Wingard, furieux, s'était plaint du froid polaire. Nate Heller l'avait calmé en lui faisant valoir qu'une couverture de Key valait bien quelques claquements de dents. « Réjouis-toi d'être le type qu'ils veulent interroger aujourd'hui dans la neige », lui avait-il dit.

C'est Eliza Blake qui avait fait l'interview. Bill Kendall était arrivé devant le pont alors que Wingard passait déjà à l'antenne. Joy se souvint de lui s'arrêtant derrière elle et murmurant :

— Vous voilà lancée, on dirait.

— En quelque sorte, oui.

— Comment prenez-vous ça ?

— Cela change certaines choses. Et d'autres arrivent à leur terme.

Elle n'eut pas le loisir d'en dire davantage. Son interview terminée, Wingard s'avançait vers elle, en compagnie de Nate. Bill l'avait félicité en souriant. Ils avaient alors échangé quelques propos anodins, des rires de convenance. Ensuite, Nate rappela aux Wingard qu'ils avaient un avion à prendre. Il y eut des serrements de main.

Le reste s'était réglé par téléphone.

On frappa à la porte de la chambre.

— Joy, c'est moi.

Elle alla ouvrir. Wingard, tout sourire, se tenait dans l'encadrement.

— Alors, ces cours du soir ?

Elle haussa les épaules.

— J'ai bien peur de ne pas être très studieuse. Du moins aujourd'hui.

Wingard dénoua sa cravate et déboutonna sa chemise, encore tendu par la longue journée qu'il venait de vivre. Joy le regarda et se demanda : « Comment fait-il ? » Les heures interminables sous le feu des médias, l'obligation de paraître toujours disponible, et il restait en permanence maître de lui, calme, serein. Il ne perdait jamais son sang-froid, même seul avec elle. Il ferait certainement, pensa-t-elle, un excellent chef de l'exécutif.

Elle se remémora sa récente fausse couche. Elle en avait beaucoup souffert. Wingard, au contraire, s'était montré plus solide qu'un roc. Sans rien changer à son emploi du temps, il avait continué ses meetings, ses discours, mettant tout de même un point d'honneur à passer, chaque soir, un moment avec elle. Elle ne cessait de pleurer. Il s'efforçait de la consoler, de lui dire que tout finirait par s'arranger. Il attendait qu'elle s'endorme pour redescendre, pressé de préparer sa prochaine journée de sénateur.

Cette fausse couche avait eu lieu deux ans plus tôt. Depuis, ils avaient renoncé à avoir un enfant. Joy avait fini par se faire à l'idée qu'elle n'en aurait jamais. Cela ne l'empêchait pas de ressentir un pincement au cœur chaque fois qu'elle se trouvait en présence des bébés des autres.

Wingard accrocha soigneusement son pantalon, attentif aux faux plis éventuels.

— Comment s'est passée ta séance de travail avec Nate ?

— Comme d'habitude. On n'a pas levé le nez des dossiers. Je suis satisfait de l'évolution des choses, mais qu'est-ce que je suis fatigué !

— Tu n'arrêtes pas. Tu devrais te reposer un peu.

Le sénateur se dirigea vers la salle de bains.

— As-tu l'intention de suivre l'émission spéciale sur Kendall ? cria-t-il une fois sous la douche.

— Oui. Mais je peux très bien aller regarder la télévision en bas, si tu as envie de dormir tout de suite.

— Non, ça ira. Regardons-la tous les deux. Accordons-nous quelques moments ensemble.

En fait, il s'endormit au beau milieu des informations régionales. Joy regarda l'émission spéciale présentée par Pete Carlson, le candidat à l'élection présidentielle respirant paisiblement à ses côtés.

Elle écouta le présentateur rappeler les principales étapes de la carrière de Bill. La dernière partie de l'émission se déroula sans commentaires.

Il s'agissait d'un montage de courts documents vidéo montrant Bill en compagnie de plusieurs chefs d'État, ou signant des autographes à des enfants lors des Jeux olympiques, le tout accompagné du thème musical de « À la une ce soir ». Sur la dernière image, on le voyait sourire d'un air radieux, le bras autour de l'épaule de son fils William. Quoi de plus touchant ?

Joy quitta son lit, prenant garde à ne pas réveiller son mari. Elle descendit l'escalier tapissé d'une moquette épaisse, traversa le salon jusqu'à la véranda. Dans la fraîcheur de la nuit, elle rabattit les pans de son peignoir, s'assit sur un banc en fer forgé et regarda les étoiles en sanglotant.

12

Confortablement installé dans son cabinet de travail lambrissé, le juge Quinn achevait son troisième verre de chardonnay lorsqu'il entendit Eliza Blake annoncer la mort de Bill Kendall. À la fin de l'émission, il éteignit la télévision, s'étira sur son divan recouvert d'un plaid, ferma les yeux et sourit.

Il était tiré d'affaire !

Le cauchemar qui avait commencé le jour où Kendall s'était mis à exiger ces maudits versements était terminé. Dennis n'aurait plus à s'inquiéter des vagues que pourrait susciter Kendall à propos de sa nomination comme juge fédéral. Et puis, il aurait, chaque mois, 5 000 dollars supplémentaires dans sa poche. Une aubaine !

Il avait eu du mal à mettre une telle somme de côté. Son style de vie en avait pâti. Après tout, un juge de cour d'appel ne gagnait pas plus de 100000 dollars par an. Après avoir réglé ses impôts, qui lui en prenaient une bonne partie, et payé ses 60000 dollars à Kendall, il ne lui restait plus grand-chose.

Or, il fallait bien vivre ; d'autant qu'un juge devait sauvegarder les apparences. Bien sûr, il y avait l'argent qui, avait-il fait croire à Kendall, s'était volatilisé, et qu'il avait en fait mis à l'ombre. Mais il essayait de ne jamais y toucher. Il devait le garder pour le grand jeu. Un demi-million ne représentait plus autant qu'autrefois. Il en avait déjà utilisé 100000 pour arroser le responsable politique du comté, ce qui avait abouti à sa nomination à la cour d'appel. Mais auparavant, il avait aussi graissé la patte du président du conseil municipal de Westvale, ce qui lui avait permis de se retrouver juge au tribunal de grande instance. De l'argent bien dépensé.

Il en restait un bon paquet, qui rapportait des intérêts. Mais il ne pouvait l'utiliser pour payer sa dette : il le réservait à la campagne électorale de Nate Heller et de Wingard. Ensuite, après les élections, sa nomination au niveau fédéral ne serait plus qu'une formalité. Il aurait enfin la respectabilité qu'il méritait. Sa mère serait si fière de lui !

Il n'avait plus à s'en faire. Kendall ne serait plus là pour lui mettre des bâtons dans les roues. Le contrôle du FBI sur sa candidature ne serait plus qu'une broutille. Quant à ceux qui avaient empoché ses pots-de-vin, ils ne se montreraient guère empressés de collaborer avec les fédéraux.

Dennis se leva, examina la pièce.

Il pourrait se permettre, à présent, d'y apporter des modifications. Ce décor devenait lassant. Il allait dès demain faire appel à un peintre, installer peut-être une nouvelle moquette et disposer par-dessus des petits tapis orientaux. Oui, un décor oriental, voilà qui conviendrait mieux à un juge fédéral.

La disparition de Kendall allait rendre son existence tout à fait agréable.

13

Pete Carlson se demandait s'il avait suffisamment donné le change en présentant l'émission spéciale. Paraître sombre le plus beau soir de sa vie avait représenté pour lui une véritable performance. Et ce n'était pas fini. Il lui faudrait continuer à arborer un air de circonstance au cours des heures à venir.

Yelena Gregory était encore dans l'aquarium. Tous les autres membres de l'équipe étaient rentrés chez eux, épuisés par cette soirée. Yelena discutait au téléphone avec le réalisateur chargé du journal du lendemain.

— Oui. Je pense que nous devrions consacrer, toutes les heures, quelques minutes à la mort de Bill. Pas davantage. Après tout, ce n'était pas le pape.

Carlson, impassible, l'observait. Professionnellement, cette femme en imposait. À l'époque, cela lui avait suffi. Il avait eu besoin d'elle, de son pouvoir, de sa position, pour arriver où il voulait. Mais à présent, il avait de plus en plus de mal à poursuivre leur relation.

Eliza Blake. Elle, c'était une autre histoire. Dans la mesure où elle devenait chaque jour une rivale plus redoutable, il rêvait de finir la nuit dans son appartement. Une belle façon de célébrer sa victoire.

Raccrochant d'un air las, Yelena se tourna vers lui.

— Tu es prêt ?

— Prêt.

Il ouvrit sa serviette en cuir et y glissa l'écouteur qu'il avait oublié d'enlever à la fin de l'émission spéciale. Yelena aperçut dans l'attaché-case un exemplaire du *Mole*. Elle grommela :

— Qu'est-ce que tu fais avec ce torchon ?

Les joues de Carlson s'empourprèrent.

— Je suis désolé que tu m'aies surpris avec ce canard, Yelena. Il traînait aujourd'hui dans les bureaux de Washington. Je l'ai pris pour le lire dans l'avion. En temps normal, je l'aurais laissé sur mon siège. Mais tu sais ce que c'est, je ne voulais pas offrir un lecteur supplémentaire à ce ramassis de ragots sur Eliza.

Sûr, pensa Yelena, avec un hochement de tête inexpressif.

14

Quatre heures du matin sonnèrent trop tôt. Eliza se força à ouvrir les yeux et fit brusquement taire le réveil, attentive à ne pas troubler le sommeil de sa fille, dans la chambre voisine. Avant de se souvenir de quoi, elle savait qu'elle devait se rappeler quelque chose d'important. Cela lui revint en une fraction de seconde. La mort de Bill Kendall. Aussitôt, son cœur se serra.

Quelques heures d'un sommeil agité, rempli de visions étranges. Elle chercha à se remémorer son rêve. Bill marchait le long d'un couloir. Pete Carlson s'avançait derrière lui, menaçant. Eliza essayait de prévenir Bill. Mais de quoi ? Elle ne se souvenait de rien d'autre.

Elle fit un effort de volonté pour s'extirper de son lit, descendit pieds nus l'escalier jusqu'au hall, pénétra dans la cuisine. Elle alluma le gaz sous la bouilloire et se versa un grand verre de jus d'orange. Ensuite, elle ouvrit la fenêtre de la cuisine et alluma une cigarette.

Comme toujours, la première bouffée lui parut délicieuse. Mais, à la seconde, elle se sentit coupable. Les reportages sur la santé qu'elle avait présentés, les mises en garde au public, les regards outrés et accusateurs des non-fumeurs, tout cela, bien sûr, lui enlevait une bonne part de son plaisir. Pas assez toutefois pour l'y faire renoncer.

Elle en rendait partiellement responsable le stress de son métier. Les studios étaient bourrés de fumeurs. Eliza avait commencé à fumer au cours d'un stage dans une télévision locale alors qu'elle était encore au collège. Au bout d'un semestre, elle était passée d'une ou deux cigarettes dans l'après-midi à un paquet par jour. Elle avait continué, alors qu'autour d'elle, de plus en plus de gens abandonnaient cette habitude.

Elle savait qu'elle était capable d'arrêter. Elle l'avait quand même fait une fois, du jour au lendemain, en apprenant sa grossesse. Elle s'était même abstenue de tirer la moindre bouffée après la mort et les funérailles de John. Mais une fois Janie venue au monde, elle avait retrouvé ses chères cigarettes. Elle se consolait de cette rechute en ne fumant jamais en présence du bébé, en se disant qu'elle traversait une passe difficile et qu'elle arrêterait un jour. À la clinique Carrier, elle avait vraiment fumé comme un pompier.

Carrier. L'évocation de ce nom lui noua la gorge. L'article du *Mole*. Voir sa vie privée ainsi étalée au grand jour la révulsait. Qu'on ait pu broder de façon aussi malveillante sur ce chapitre de son existence avait quelque chose de terrifiant. Quelle influence cela allait-il avoir sur sa carrière, sur les indices d'écoute ? Elle savait déjà que, par un effet pervers, ces derniers augmenteraient. Le public se passionnerait pour « la présentatrice cocaïnomane ». Superbe.

La bouilloire se mit à siffler. Elle la retira du brûleur, jeta sa seconde cigarette, à demi consumée, se prépara un café instantané tout en pensant de nouveau à Bill. C'était lui qui lui avait recommandé le docteur Karas.

Le présentateur était venu la voir dans son bureau. Elle était enceinte de huit mois, les funérailles de John avaient eu lieu quinze jours plus tôt. Elle s'était obligée à venir travailler, sachant que rester seule dans son appartement l'aurait rendue folle. Bill l'avait regardée droit dans les yeux et avait été direct.

— J'ai lu un jour un classement des événements les plus stressants de la vie. Un point pour l'achat d'une nouvelle maison ou d'un animal domestique. Mais la palme revient à la naissance d'un enfant, à un nouvel emploi, à une maladie dans la famille et – il hésita, fixant son visage douloureux, sans maquillage – au décès d'un conjoint.

Elle n'avait pas répondu.

— Eliza, écoute-moi. Tout t'est tombé sur la tête en même temps. Tu devrais en parler à quelqu'un.

— Je ne vais pas me lancer dans ces histoires de psychiatres à la noix. Je connais des gens qui sont en thérapie depuis des décennies. Très peu pour moi. J'ai juste besoin d'un peu de temps pour m'en sortir.

Bill ne s'était pas avoué vaincu. Il avait écrit le nom du docteur Karas et son numéro de téléphone sur une de ses cartes de visite.

— J'ai consulté Karas lorsque William était en bas âge. J'avais, à l'époque, besoin de secours. Il sait écouter. Il pourra t'aider.

Mais Eliza n'était pas prête. Pas encore. Elle avait quand même glissé la carte dans son sac.

Ce fut deux mois plus tard, après la naissance de Janie, lorsqu'elle regardait l'enfant dans son berceau sans oser la prendre dans ses bras, pleurant plus fort qu'elle, qu'elle se souvint de la carte de Bill.

Le docteur Karas avait tout de suite pris conscience de la gravité de son état, de son besoin d'isolement. Il l'avait éloignée de New York, la faisant entrer à la clinique Carrier, à une demi-heure de Manhattan. Elle y était restée trois semaines. Vingt et un jours de traitement à base d'antidépresseurs, d'assistance psychologique et de techniques de relaxation dans un environnement apaisant. Même s'il n'était pas, pendant son séjour, son médecin traitant, le docteur Karas lui rendait visite trois fois par semaine. Une fois rentrée chez elle, elle avait continué à le voir chaque semaine pendant presque deux ans. Elle pensa, ce matin-là, à l'appeler pour lui demander un nouveau rendez-vous. La mort de Bill, l'article du *Mole*, elle avait besoin de se confier à quelqu'un.

Son affection pour Bill ne s'était jamais démentie. Son ouverture aux autres, alors que lui-même se trouvait sans cesse exposé en pleine lumière, l'avait toujours impressionnée. Tout en préservant farouchement sa vie privée, Eliza avait une attitude ambiguë vis-à-vis de la notoriété. Le public semblait éprouver un appétit féroce pour les petits détails croustillants sur la vie des présentatrices des émissions du matin. Katie, Lisa et Jane s'en accommodaient. Eliza, au début, n'y était pas préparée. Or elle s'était retrouvée au centre de toutes les attentions après son veuvage. Sa situation de mère seule attirait la compassion. D'innombrables articles racontèrent en détail la maladie de John, son décès prématuré. Certains respectaient la vérité, d'autres brodaient à outrance. Mais tous avaient raison sur un point : John était mort trop tôt. Un homme brillant, drôle, séduisant, n'était pas censé disparaître à trente-neuf ans. Jusqu'à présent, on n'avait rien publié sur l'hospitalisation de la jeune femme. Tout s'était passé pendant son congé de maternité et peu de gens, même à Key, étaient au courant.

Eliza admettait volontiers que la notoriété et certains de ses avantages ne lui étaient pas indifférents. Pourtant, les incursions dans la vie privée lui faisaient horreur. Lorsqu'elle avait demandé conseil à Bill, il lui avait répondu en souriant :

— C'est une question de territoire.

— Est-ce qu'on s'y habitue ? lui demanda-t-elle.

— Sans doute que non. Mais tu apprendras à te préserver, à garder secrets des pans entiers de ta vie, à n'y laisser pénétrer que des gens de ton choix. Il faut du temps pour apprendre à dire non, à se montrer ferme, à ne pas trop se soucier de l'opinion des autres. Pourtant, tu apprendras. Parce que si tu ne le fais pas, tu ne pourras pas survivre dans ce métier.

Après cette conversation, chaque fois qu'il la rencontrait dans les studios, il lui demandait :

— Comment se passe ton apprentissage ?

Elle répondait par un clin d'œil.

Que n'aurait-elle pas donné, aujourd'hui, pour aller lui parler de l'article du *Mole*. Elle se souvenait vaguement de pseudo-révélations sur Bill publiées par les tabloïds, mais ne savait plus exactement de quoi il s'agissait. Après tout, Harry Granger avait peut-être raison. Personne ne prêtait la moindre attention à ces stupidités.

Il va me manquer, pensa-t-elle. Elle se sentait fière de travailler à Key News. Et Bill Kendall en était la figure de proue. Tous les membres de l'équipe, même ceux qui ne collaboraient pas directement avec lui, s'identifiaient à son personnage. Key News, c'était lui. Elle savait que sa mort aurait un impact considérable.

Elle prit une douche, se lava les cheveux. Elle s'habilla rapidement, choisissant un tailleur bleu nuit et de grandes boucles d'oreilles. Pas de couleurs vives, ce matin. Sa mise en plis et son maquillage seraient faits au studio. Un chauffeur l'attendait en bas.

Elle entendit Mme Twomey pénétrer dans l'appartement et remercia une fois de plus le ciel d'avoir rencontré cette chaleureuse Irlandaise qui s'occupait si bien de sa fillette. Mme Twomey arrivait tous les matins à 5 heures, au moment où Eliza quittait l'appartement pour les studios. Elle mettait un peu d'ordre dans l'appartement et prenait son petit déjeuner en attendant de réveiller l'enfant, à 6 h 30.

Janie aimait voir sa mère sur l'antenne à 7 heures, mais renonçait à regarder « Key to America » dès la première pause publicitaire, préférant de loin une cassette de dessins animés. À 8 heures, l'enfant lavée et habillée, Mme Twomey l'accompagnait à pied à l'école maternelle, trois blocs plus loin. Elle regagnait ensuite l'appartement pour y faire la lessive ou du ménage et préparait pour Eliza un dîner simple que la jeune femme réchaufferait en rentrant. Il était important pour Eliza de savoir Mme Twomey dans l'appartement pendant la matinée d'école de Janie, de pouvoir se reposer sur elle en cas d'appel téléphonique urgent. À 11 heures, souvent avec un sandwich et un jus de fruits dans son sac, Mme Twomey attendait patiemment sur le trottoir que Janie se dirige fièrement vers elle. Toutes deux allaient déjeuner au parc, prendre l'air et faire de la balançoire. Ensuite, retour à la maison pour une sieste. Chaque fois que son emploi du temps le lui permettait, Eliza rentrait vers 14h30, au moment où Janie s'éveillait, calme et fraîche. Mme Twomey regagnait alors son domicile.

La plupart de ses collègues de travail avaient des gouvernantes ou des nurses à domicile. Eliza, elle, se satisfaisait tout à fait de son arrangement avec Mme Twomey. L'Irlandaise était toujours là quand la jeune femme avait besoin d'elle, ce qui lui permettait de se rendre aux studios et de se concentrer sur son travail. Mme Twomey lui facilitait la vie, lui permettait de ne pas se sentir coupable lorsqu'elle quittait Janie. Elle se disait qu'elle aurait sans doute pu survivre sans elle, mais se demandait bien comment.

Mme Twomey se tenait, pour l'heure, dans l'encadrement de la porte de la cuisine.

— J'ai pensé toute la nuit à ce pauvre M. Kendall. Quelle tragédie ! Si jeune et tout ça. Je me souviens du cocktail que vous avez donné et où il est venu. Je n'éprouve aucune honte à avouer que j'étais drôlement excitée à l'idée de rencontrer un homme que je voyais depuis tant d'années à la télévision. Il m'a parlé comme si j'étais la personne la plus importante du monde ! Vous vous rendez compte ? Lui si célèbre et tout ça ! Je l'ai raconté à toute ma famille.

— Mais vous êtes la personne la plus importante. Je ne sais pas ce que Janie et moi ferions sans vous.

— Vous exagérez…

En dépit de ses protestations, Mme Twomey rougit de plaisir.

— Vous avez raison à propos de M. Kendall, madame Twomey. Sa mort est une tragédie. La disparition d'un homme dans la fleur de l'âge paraît tellement injuste.

Elle se tut, assaillie par l'inévitable souvenir de John. Bouge, se dit-elle, en se levant brusquement. N'y pense pas maintenant.

Eliza gagna la chambre de Janie, décorée de posters des *101 Dalmatiens*, embrassa les cheveux de l'enfant, aussi sombres que les siens. Une nouvelle fois, la ressemblance entre sa fille et son mari, lorsqu'elle dormait, la frappa. Avec le sérieux qu'elle mettait dans tous les actes de sa vie, la petite fille s'abandonnait au sommeil, se réveillant une heure plus tard pleine de vitalité, prête à repartir jouer avec une joyeuse bande d'enfants de son âge.

Le chauffeur avait mis la radio en marche. Howard Stern, animateur connu pour sa langue de vipère, paraissait en pleine forme.

— Que se passe-t-il là-bas ? Key News prend l'eau de toutes parts. D'abord, Bill Kendall casse sa pipe. Et maintenant vous m'apprenez, Robin, qu'Eliza Blake est fêlée ?

Robin Quivers, compère de Stern sur l'antenne, éclata de rire.

— Non, Howard. Je n'ai pas dit « fêlée ». J'ai juste dit qu'elle avait passé quelque temps dans un hôpital qui accueille les amateurs de drogue et les gens souffrant de problèmes mentaux.

— Alors, elle est quoi ? Une junkie ?

Le chauffeur éteignit la radio.

À son arrivée à Key, Eliza trouva les journaux du matin sur son bureau. Tous faisaient leur une sur la mort du présentateur.

Harry Granger tendit une tasse de café à la jeune femme.

— Surréaliste, non ? grommela-t-il.

Son association avec Eliza résultait de la volonté de Key de se différencier des couples traditionnels de présentateurs proposés par les autres chaînes, tous composés d'une femme de trente ans et d'un homme ayant à peine dépassé la quarantaine.

À presque soixante ans, Harry Granger avait une silhouette longiligne, un visage taillé en lame de couteau et une tendance à dire tout haut ce que les autres murmuraient tout bas. Ce franc-parler, aux yeux du public et des responsables de la chaîne, donnait un certain piment à l'émission du matin et distillait entre Eliza et lui, à l'antenne, une forme d'émulation. Tous les deux s'appréciaient. Granger avait parfois une attitude paternaliste qui la flattait ou pouvait, en d'autres circonstances, l'exaspérer. Mais une véritable énergie qui n'échappait pas au public circulait entre eux. Les indices d'écoute s'en ressentaient.

— Quand je pense que je l'ai vu pas plus tard que mardi, poursuivit Harry. Nous avons pris un café ensemble à la cafétéria. Nous avons eu une conversation banale : la politique de la chaîne, les taux d'écoute, la campagne présidentielle. Je n'arrive pas à l'imaginer comme ça, mort.

Eliza soupira, porta sa tasse à ses lèvres.

— Moi non plus. Bill a toujours été tellement gentil avec moi, notamment lors de la disparition de John.

Sa voix se brisa. Pour ne pas pleurer, elle se mordit l'intérieur de la joue, les yeux baissés sur les papiers empilés sur la table.

Granger lui tapota la main. Il la connaissait assez pour savoir qu'elle ne parlerait que lorsqu'elle serait prête.

— Vas-y, lis, dit-il.

Alors qu'il quittait lentement la pièce, Eliza l'entendit murmurer :

— Pete Carlson n'arrive pas à la cheville de Bill.

Sans qu'elle s'en aperçût, il la regarda ouvrir, sur son ordinateur, le fichier des présentateurs vedettes et taper « Kendall » sur le clavier. Elle triturait sans cesse le porte-bonheur, à son poignet, tandis que les détails du décès de Bill s'affichaient sur l'écran. Pauvre gosse. Elle en avait bavé. John était un type bien et elle l'adorait. Elle avait eu tant de mal à se remettre de sa mort ! Elle ne méritait pas toutes ces insinuations sur son hospitalisation et sa capacité à exercer son métier.

Il ne pouvait pas savoir qu'Eliza retournait dans sa tête son rêve de la veille et les commentaires acerbes qu'elle venait d'entendre à la radio. Les informations sur Kendall apparurent à l'écran. McBride avait tout évoqué en détail lors de l'émission spéciale de la veille. Une chose lui avait toutefois échappé : l'autopsie de Bill Kendall aurait lieu ce jour même.

15

Les émissions matinales de « Key to America » étaient diffusées en direct depuis un studio situé au rez-de-chaussée du bâtiment et retransmises directement dans la rue, sur des écrans de contrôle.

L'homme remarqua que la foule, ce matin-là, était plus dense que d'habitude.

Il ne s'en approchait jamais trop près. Les voix le lui déconseillaient. Il regarda les écrans de loin. Peu lui importait de ne pas entendre ce qui se disait, Eliza Blake s'adressait à lui directement. Parfois, elle lui indiquait où aller. Elle lui donnait même l'emplacement des animaux de cuivre qui viendraient compléter sa belle ménagerie.

Aujourd'hui, quelque chose ne tournait pas rond.

Eliza, sur les écrans, avait l'air grave et triste. Elle ne souriait pas comme à l'ordinaire.

Les écrans diffusaient les nouvelles. On aperçut en gros plan un homme plutôt beau gosse, puis un reporter, devant une maison à la grande porte noire. Et au centre de la grande porte noire, luisait en guise de heurtoir un superbe éléphant. Au bas de l'écran apparurent le nom du reporter et l'adresse de l'endroit où il se trouvait.

Le sans-abri reconnut la maison. Il était passé devant plusieurs fois au cours de ses errances. Il avait toujours admiré le heurtoir, mais les voix lui avaient interdit de le prendre.

Jusqu'à aujourd'hui.

16

Louise Palladino Kendall pénétra dans le vestibule de marbre de la résidence de Bears Nest. Elle avait appris, pendant les quelques mois qu'elle venait d'y passer, à apprécier cet endroit luxueux. Elle avait pu se l'offrir grâce à son divorce et entretenait désormais un train de vie plus que confortable.

Elle avait acquis ce nouvel appartement situé à Park Ridge, dans le New Jersey, lorsque William avait intégré le foyer pour adultes retardés. Depuis ce jour, en effet, elle avait refusé de rester dans sa maison de Manhattan, où elle devait s'occuper elle-même de presque tout. Ici, de la sécurité jusqu'à l'enlèvement de la neige, tout était inclus dans les charges. Cela lui rendait la vie bien plus simple.

Ses voisins étaient des cadres supérieurs de grandes entreprises installées dans le nord du New Jersey, des hommes d'affaires fortunés, des avocats, des médecins. Des gens célèbres avaient également habité Bears Nest, comme l'ancien président Nixon et sa femme, ce qui avait contribué à la bonne réputation de l'endroit et lui donnait de la valeur. Louise le savait mieux que quiconque, elle était agent immobilier.

Lorsque Bill avait été engagé par la grande chaîne de New York, ils avaient tous deux décidé de s'installer en banlieue. William se sentirait bien plus à l'aise, avaient-ils pensé, dans un environnement aéré. Ni eux ni William n'avaient eu à s'en plaindre. Les Kendall s'étaient efforcés de rendre leur vie quotidienne aussi agréable que possible.

Et puis, ils avaient appris les véritables raisons, d'ordre génétique, du retard de William. Dès lors, Louise s'était consacrée exclusivement à son fils. Elle s'était battue pour le faire admettre dans une école spéciale, n'avait plus eu comme centres d'intérêt que les méthodes thérapeutiques, les théories d'enseignement, l'avis des spécialistes. Tout cela, joint au souci constant que lui causait cet enfant « aux besoins particuliers », l'avait minée.

Nouveau à Key, Bill semblait ne vivre que pour son métier. La chaîne agissait avec lui comme s'il lui appartenait. Il était souvent absent, la plupart du temps pour de longs déplacements. Le soir, se retrouvant seule, Louise n'avait que trop de temps, une fois William paisiblement endormi, pour penser.

Elle songeait à son fils, à son avenir. Elle était préoccupée par la cruauté des autres enfants, l'ignorance de certains adultes. Elle redoutait les sarcasmes des camarades de son petit garçon, le regard des autres mères, leur façon de détourner les yeux lorsque l'enfant se mettait à agiter les bras et à frapper dans ses mains dans les allées du supermarché, ou à mordre son col de chemise en sautillant devant les caisses. Elle se demandait quelle sorte de vie son fils pouvait espérer, et quelles conséquences son handicap aurait sur la sienne. Inéluctablement, elle en arrivait à penser à l'existence de William une fois qu'elle aurait disparu. Ces idées noires la torturaient.

Finalement, son médecin lui conseilla de trouver un travail qui la sortirait de chez elle. L'immobilier lui parut idéal. Elle aménageait son emploi du temps à sa convenance, ne s'éloignait jamais trop de son domicile et de l'école de William, toujours joignable en cas de besoin. En plus, son métier lui plaisait. Il l'aida également à ne pas se replier sur elle-même lors de son divorce.

Mais ce soir-là, alors qu'elle allumait la lumière dans le vestibule à la moquette fraîchement nettoyée, les avantages de sa situation n'avaient pas la moindre importance.

Bill était mort.

Le père de William, son ex-mari, l'homme avec lequel elle avait vécu quatorze ans, s'en était allé. Sans prévenir.

Les dernières vingt-quatre heures lui paraissaient totalement irréelles. Le coup de téléphone affolé de Millie, la course effrénée jusqu'à New York, la pensée torturante que William était là-bas, qu'il avait besoin d'elle, les embouteillages sur le pont George Washington... Elle avait entendu à la radio l'annonce de la mort du présentateur de Key. Bill, son Bill.

William avait couru vers elle, les yeux gonflés. Son handicap intellectuel ne l'empêchait pas de comprendre que son père, l'homme qu'il aimait plus que quiconque, était mort. Il n'était plus qu'un enfant comme un autre, un enfant qui sanglotait.

Les policiers s'étaient montrés polis, mais n'avaient rien pu lui dire de plus que ce qu'elle avait appris par la radio. On en saurait davantage après l'autopsie.

Ils avaient trouvé Louise calme. « Glaciale » la décrirait plus tard un policier, à sa femme avide de potins sur les gens célèbres. Louise resta dans la maison jusqu'à l'enlèvement du corps et la fin du travail de routine de la police. Après lui avoir donné quelques billets, elle renvoya chez elle Millie, la gouvernante, profondément choquée. Ensuite, Louise et William quittèrent la maison par l'arrière, pour éviter les caméras braquées sur la façade. Étrange, pensa-t-elle. Bill a passé toute sa vie devant ces caméras et sa mort nous pousse à les fuir.

Sur la route du retour, elle s'efforça de ravaler ses larmes en écoutant son fils lui raconter une conversation qu'il avait eue avec son père à propos des Yankees. Elle savait que William, lorsqu'il voulait lui faire comprendre quelque chose, reproduisait toujours une conversation qu'il avait eue avec la personne concernée. Excellent imitateur, il avait, en outre, une mémoire stupéfiante. En l'occurrence, le rappel de la promesse faite par son père de l'emmener voir un match montrait qu'il savait que Bill ne tiendrait pas sa promesse, car il n'était plus là.

William avait passé la nuit chez elle. Curieusement, il s'était assoupi très vite et avait dormi jusqu'au matin. Pourtant, Louise savait que, même si son entourage trouvait plus commode de croire que William n'éprouvait pas tout à fait les mêmes émotions que les gens « normaux », il ressentait profondément les choses. La disparition de l'homme qu'il idolâtrait allait créer chez lui un grand vide.

Cette nuit-là, Louise avait reçu plusieurs coups de téléphone. Mais, épuisée, elle n'avait pas eu envie de parler aux amis qui cherchaient à la joindre. Le téléphone avait continué à sonner tout au long de la journée. Ni Louise ni Bill ne s'étaient remariés. Les parents de Bill étaient morts et il n'avait ni frère ni sœur. C'était donc à elle que s'adressaient les messages de condoléances et les questions sur les funérailles.

En fin d'après-midi, William, qui avait passé presque tout son temps devant l'ordinateur et des jeux vidéo, la rejoignit dans la cuisine.

— Je veux rentrer à ma maison, dit-il.

Surprise, Louise lui demanda pourquoi.

— J'y suis habitué. Je veux y aller.

Sachant à quel point son environnement comptait pour lui et, aussi, qu'il ne s'était jamais senti chez lui dans cet appartement, elle l'avait raccompagné au foyer. Bien sûr, elle aurait préféré l'avoir près d'elle cette nuit encore. Mais elle ne cessait de se rappeler ce que lui avait dit une de ses amies spécialiste des enfants inadaptés : « Ceux qui s'en sortent le mieux sont ceux que les parents laissent agir à leur guise. » Elle l'encourageait donc à devenir indépendant, à faire preuve de confiance en lui. De toute façon, le responsable du foyer l'avait rassurée ; il l'appellerait si l'enfant donnait l'impression d'avoir besoin de sa mère.

De retour chez elle, elle s'assit dans son fauteuil favori et consulta machinalement son courrier : des prospectus, deux factures, les invitations pour le dîner d'une fondation pour handicapés, en juin. Elle se frotta le front d'un air accablé. Bill devait être l'orateur vedette de la soirée. Il animait, chaque année, cette importante tombola. Qu'allaient faire ses organisateurs, à présent ? Un autre collaborateur de Key News accepterait peut-être de le remplacer. Mais ferait-il aussi bien que Bill, avec toute son expérience dans ce domaine ? Louise ne voulait pas y penser pour l'instant.

Elle resta soudain interdite devant une petite enveloppe. L'écriture lui était familière, brouillonne, difficilement lisible : l'écriture de Bill. Elle la regarda un moment, imaginant son mari rédigeant ces quelques lignes et collant un timbre dans le coin droit. Avait-il cherché une boîte aux lettres pour la poster lui-même ? Ou l'avait-il donnée à Jenny, comme le reste de son courrier ? Elle songea un instant à appeler quelqu'un. Elle redoutait d'être seule au moment d'ouvrir la lettre. Elle ne connaissait toutefois personne avec qui elle aurait souhaité partager l'intimité du dernier message de Bill. Elle se mordit la lèvre et décacheta l'enveloppe avec précaution. À l'intérieur, une feuille de papier épais et une disquette.

Ma chère Lou

Tu viens d'apprendre ma mort. Je suis tellement désolé que tout doive se passer ainsi. Navré, aussi, de te laisser t'occuper seule de William.

Te laisser ? Elle fixa ces mots, les relut encore et encore, n'osant poursuivre. Comment Bill savait-il qu'il allait mourir ? Elle essaya de se souvenir de lui le jour de leur dernière rencontre. Puis elle se força à continuer.

William est ce qu'il y a de mieux entre nous, Louise, et tu es la mère la plus extraordinaire dont il puisse rêver. J'ai mis toutes mes affaires financières en ordre, du mieux que j'ai pu. William et toi ne manquerez de rien.

Tu sais que j'ai toujours détesté les veillées funèbres. Alors, je t'en prie, juste une messe. Je sais que cela te paraîtra bizarre, mais je veux que le service ait lieu à la cathédrale du Sacré-Cœur de Newark.

Newark ?

Il y a là-bas un jeune prêtre, le père Alec Fisco. Je lui ai déjà demandé de prononcer l'homélie. S'il te plaît, occupe-toi de cela, Louise. Je pense, n'étant pas membre de la paroisse, à une donation. Si tu le peux, fais transférer mon corps dans le Nebraska. J'ai là-bas un emplacement, près de la tombe de mes parents.

J'ai toujours été sidéré d'entendre les experts parler de la rancœur des suicidés, de leur désir de faire savoir à leurs proches que leur amour ne leur suffisait pas.

Oh, mon Dieu ! Un suicide… Mais c'est impossible ! Jamais Bill n'aurait attenté à sa propre vie.

Je n'ai nulle rancœur, Louise, et surtout pas contre toi. Tu as été une bonne épouse. Je veux que tu saches que ce que nous avons vécu fut très important pour moi. Je n'ai pas réussi à être le mari que tu méritais. Et en dépit de l'image que j'ai donnée au monde, je ne suis pas parvenu à affronter la vie, à assumer ce qui, à mon avis, est le plus important. Je ne peux pas continuer ainsi, sachant ce que je sais.

Je joins à cette lettre une disquette pour William. Il aime tellement cet ordinateur. Je veux qu'il ait un message d'adieu de ma part. Je sais que je te laisse avec la tâche impossible de tout lui expliquer.

Encore une fois, je suis désolé, Louise. S'il te plaît, pardonne-moi.

Tout à toi.

Bill

Elle resta immobile dans son fauteuil, hébétée, écoutant le tic-tac de l'horloge. Le téléphone sonna trois fois avant qu'elle ne l'entende. Range Bullock était au bout du fil.

— Louise, c'est à propos de Bill. Les résultats de l'autopsie viennent d'arriver. Je...

— Je sais, murmura-t-elle, sans prendre la peine d'essuyer le mascara qui coulait le long de ses joues.

17

— Autopsie de Bill Kendall. Trois, deux, un... Le docteur Ben Calducci, médecin légiste de New York, vient de rendre publics les résultats de l'autopsie de Bill Kendall, présentateur de Key News. Cette publication a créé un véritable choc.

McBride fit une pause.

— Insère la déclaration de Calducci sur la dose massive de Prozac ayant entraîné la mort.

— Commentaire. Trois, deux, un... Hier soir, Bill Kendall, âgé de quarante-neuf ans, a été découvert mort dans son appartement par son fils William. Louise Palladino Kendall a reçu ce matin une lettre de son ancien mari lui annonçant son intention de mettre fin à ses jours. Selon son ex-épouse, Kendall n'a donné aucune raison susceptible d'expliquer son geste. On se perd en conjectures sur les causes qui ont pu le pousser à une telle extrémité.

— C'est là que nous mettrons les déclarations du personnel de Key.

Mack se racla la gorge avant de poursuivre.

— Trois, deux, un… Eliza Blake, correspondante de Key News, présentait à sa place le journal du soir lorsque la nouvelle de son décès nous est parvenue. C'est elle qui l'annonça à l'antenne.

— Là, tu places le témoignage d'Eliza.

— Trois, deux, un… Aujourd'hui même, le représentant de Key News à Washington, Pete Carlson, a été nommé nouveau présentateur de « À la une ce soir ». Insère les impressions de Carlson.

— Trois, deux, un… On ignore encore où et quand se dérouleront les obsèques. Mack McBride, Key News, New York.

McBride regagna la cabine de montage.

— Tu veux que je reste ?

— Non, ça ira, répondit Range Bullock. Mais ne t'éloigne pas trop, au cas où il y aurait du nouveau.

Tandis que McBride se dirigeait vers la machine à café qui fabriquait un breuvage insipide et amer, Bullock et Leiding, spécialiste de premier ordre, s'attaquèrent au montage. Il était rare que le directeur de la rédaction y participe, mais, comme Range l'avait fait remarquer au rédacteur en chef du journal du soir, il ne s'agissait pas d'une situation ordinaire.

Leiding lança la vidéo de la conférence de presse du médecin légiste juste avant la phrase d'ouverture de McBride. Calducci estimait que Bill avait absorbé entre soixante-dix et quatre-vingts comprimés de Fluoxetine de 40 milligrammes. Il précisa que la Fluoxetine était le nom générique du Prozac.

— Comment a-t-il pu faire une chose pareille ? s'écria Bullock en jetant un regard angoissé sur l'écran de télévision. Je ne savais même pas qu'il prenait du Prozac.

Ils diffusèrent les images du corps de Bill, puis des images d'archives qui le montraient souriant. La scène du transport du cadavre venait illustrer le récit de la découverte de Bill par son fils, tandis que les images de Kendall heureux étaient accompagnées du commentaire sur la lettre qu'il avait laissée à sa femme.

Vint ensuite Jenny. Pauvre Jenny, pensa Bullock. Elle va se sentir complètement perdue sans Bill. Il l'observa sur l'écran de contrôle, hébétée, les yeux gonflés et les cheveux en désordre, pressant un mouchoir sous son nez.

— Je n'ai rien remarqué de particulier, disait-elle. Il était égal à lui-même. Si j'avais su ! J'ignore comment j'aurais réagi, mais j'aurais sûrement fait quelque chose. Il a toujours été si bon pour moi !

Elle fondit en larmes. Bullock interrogea Leiding d'un bref coup d'œil. Que faire ? Jouer à fond la carte de l'émotion et diffuser l'ensemble du témoignage, ou ne garder que les deux premières phrases ? Il opta pour une solution intermédiaire.

— On garde « Je n'ai rien remarqué de particulier » et « Il était égal à lui-même ». Tu coupes le reste, jusqu'à « Il a toujours été si bon pour moi ». Tu la laisses pleurer une seconde et puis tu coupes. C'est émouvant, mais ne sombrons pas dans le mélo.

Leiding s'activa avec dextérité sur la table de montage, exécutant les instructions de Bullock. Suivit une déclaration de Yelena Gregory.

— Écoutons-la encore une fois, dit Range.

Ils visionnèrent l'interview, enregistrée dans le bureau de Yelena une heure plus tôt. « Elle est presque laide », pensa Bullock. Pourtant, elle avait de la présence, quelque chose d'intimidant. Dans les couloirs de Key, on parlait vaguement, à propos d'elle, d'une origine princière russe. Aux yeux de Range, elle avait plutôt l'air de descendre de bons gros paysans. Il savait qu'elle avait fréquenté les meilleures écoles, qu'elle avait fait de brillantes études de droit, ce qui lui avait permis d'être embauchée par le service juridique de Key avant d'être propulsée à la tête de l'information, première femme à ce poste. Ses collègues l'estimaient. Elle régnait avec fermeté mais équité, aussi exigeante pour elle-même que pour les autres.

Sa déclaration exprimait le point de vue officiel. Kendall avait été un journaliste d'une valeur exceptionnelle, sa disparition constituait une perte inestimable. Elle baissa les yeux vers le buvard qui masquait le verre épais de son bureau, tritura un trombone.

— J'ai joué au golf avec Bill il y a quelques semaines, lors d'un tournoi d'entreprise. Il avait l'air… (Elle hésita quelques secondes.) D'être Bill. Je n'ai rien perçu d'anormal. Sauf une chose, peut-être. Il jouait mieux que d'habitude !

Passant du coq à l'âne, elle poursuivit d'une voix sarcastique.

— Bien sûr, le tournoi avait lieu dans son club, un de ces établissements préhistoriques qui, hélas, existent toujours et n'admettent comme membres que des hommes. Mais c'est une autre histoire.

Elle prit une profonde inspiration, se laissa enfin aller.

— Je ne sais pas. Je ne comprends pas. Au point où j'en suis arrivée, peu de choses me surprennent. Mais là… cela vous frappe en plein cœur.

— Tu prends à partir de « J'ai joué au golf » jusqu'à « En plein cœur ». Mais tu lourdes le passage sur le club de golf sexiste, ordonna Bullock à Leiding. On en est où, pour le temps ?

— Une minute quinze.

— Bien. Utilise un extrait du journal d'hier soir pour illustrer la phrase de Mack sur le fait qu'Eliza remplaçait Bill et que c'est elle qui a annoncé sa mort à l'antenne. Puis insère sa réaction d'aujourd'hui.

Eliza apparut sur l'écran. Sa voix emplit la cabine de montage.

— Je trouve infiniment triste que Bill ait été accablé au point de ne pas trouver à son désarroi d'autre issue que le suicide. Il était très aimé et respecté de nous tous. C'est une grande, une très grande perte. Il va me manquer énormément.

Furtivement, du bout du doigt, elle essuya une larme. Range l'observait avec attention. De bonnes âmes avaient photocopié l'article du *Mole* et en avaient laissé traîner des exemplaires dans les studios. Eliza devait être dans tous ses états. Range lui-même admit qu'à cause de cet article il ne pouvait s'empêcher, même s'il ne trouvait pas cela très confraternel, de traquer dans son attitude un signe de faiblesse. Et il était prêt à parier qu'en dépit de ses protestations Yelena avait fait la même chose.

— Bien. Maintenant, le passage sur Carlson illustré par un extrait du journal, puis la séquence où il s'efforce de ressembler à Lyndon Johnson déclarant après l'assassinat de Kennedy qu'il ferait tout pour se montrer à la hauteur de sa tâche. Ensuite, tu couvres la phrase sur les obsèques avec des archives montrant Bill dans toute sa splendeur ; et tu figes la dernière image.

« Dieu du Ciel, pensa-t-il, Pete Carlson remplace Bill Kendall. Comment vais-je pouvoir supporter cet imbécile prétentieux ? »

18

Il fallait toujours un échange. Les voix le lui avaient dit.

Le sans-abri avait patienté toute la journée, attendant la nuit. Il poussa son chariot entre les immeubles de la 88e Rue Est. Il fouilla dans le sac poubelle qu'il transportait, palpa avec délectation les têtes d'animaux fraîches et lisses qu'il contenait, tâta la pointe du tournevis et la forme arrondie de la bombe de peinture.

Depuis l'allée d'accès, il contempla les façades. Une fois que le piéton solitaire qui promenait son chien eut disparu, il se faufila hors de sa cachette.

Le heurtoir luisant n'opposa aucune résistance.

— Un prêté pour un rendu, donnant donnant, peins-leur un éléphant.

19

Le taxi jaune déposa Eliza sous la pluie au coin de la 80e Rue et de Lexington Avenue. Elle marcha rapidement vers le bureau du docteur Karas, son imperméable lui battait les jambes, un vent qui évoquait davantage les giboulées de mars que le mois de mai l'empêchait d'avancer. Elle releva son col, le plaqua contre ses joues, pressée de se retrouver à l'abri.

La première fois qu'elle l'avait vu, le docteur Karas, avec sa grosse tête chauve, lui avait fait l'effet d'un monstre de conte de fées, une sorte de divinité au corps informe et au cerveau gigantesque qui possédait toutes les réponses aux questions qu'elle se posait. Elle était alors au creux de la vague, faible, totalement désarmée. La thérapie lui avait permis de progresser, de devenir plus forte. Et elle s'était peu à peu rendu compte que le docteur Karas était autre chose qu'un cerveau. Il était humain, attentionné. Et elle lui faisait totalement confiance.

Elle s'assit dans le fauteuil au dossier droit, examina un instant le tapis vert tacheté de noir qui décorait le sol de ce cabinet austère. Le docteur Karas se tenait à sa place habituelle, de l'autre côté de son bureau. Il attendait qu'elle commence l'entretien.

— Merci de me recevoir aussi rapidement. J'avais un besoin urgent de parler.

Elle alluma une cigarette.

— Je suis heureux que vous m'ayez appelé. Bien sûr, je suis au courant pour Bill.

— J'ai le sentiment de vivre un mauvais rêve. Tout semble aller pour le mieux, ma vie a repris un cours positif, je me sens bien dans ma peau, Janie est heureuse et en bonne santé, mon travail me donne toute satisfaction, John m'obsède de plus en plus rarement. Même mes cauchemars s'estompent. J'ai l'impression de jouir enfin du calme après la tempête, d'avoir vaincu. Et patatras ! s'exclama-t-elle en faisant claquer ses doigts. Bill meurt et j'annonce la nouvelle au pays tout entier ! Non seulement il est mort, mais on apprend qu'il s'est suicidé. Au même moment, les détails les plus intimes de ma vie s'étalent à la une d'un torchon lu par des millions de personnes.

Elle extirpa une copie de l'article du *Mole*, la tendit au docteur Karas, étudia l'expression de son visage pendant qu'il lisait. Elle remarqua que le coin de sa bouche se tordait légèrement. Sa lecture terminée, il la fixa à travers ses lunettes à la monture de métal, l'encourageant à poursuivre.

— Charmant, non ? reprit-elle. Que se passe-t-il ? Bill était un des hommes les plus estimables que j'aie connus. Cela me navre. Non, cela me rend furieuse de savoir que quelque chose le déprimait ou le désespérait au point de le pousser à mettre fin à ses jours. Pourquoi ?

Léo Karas le savait, mais ne pouvait rien dire. Sans attendre sa réponse, Eliza s'écria :

— Pour me protéger, j'ai chez moi un pistolet, caché en haut de ma penderie. Or, même aux pires moments, après la mort de John, jamais il ne m'est sérieusement venu à l'idée de me supprimer. Pauvre, pauvre Bill.

Karas écoutait. Eliza secoua doucement la tête, aspira une longue bouffée de sa cigarette.

— Et pourquoi cet article paraît-il maintenant ? Tout cela s'est produit il y a quatre ans. Quatre ans ! Pourquoi quelqu'un cherche-t-il à déterrer cette histoire ?

Léo Karas avait son idée là-dessus.

À la fin de leur entretien, Eliza ajouta :

— À propos, les responsables de l'émission que j'anime veulent faire un numéro sur le suicide. Pas sur Bill, mais sur le suicide en général. Vous formaliseriez-vous si je venais chez vous avec une équipe pour vous interviewer ?

20

L'inspecteur Bob Colburn avait des yeux pétillants, le sourire facile et un début de calvitie dont il se souciait comme d'une guigne. Il avait aussi un travail à faire : coincer le petit voyou qui s'ingéniait à barbouiller de graffitis les façades du quartier huppé de Manhattan.

Le commissariat de la 19e circonscription ne cessait de recevoir des appels furibonds. Les propriétaires pestaient contre ce vandalisme. Même si toutes les demeures concernées se situaient dans le même secteur, personne, hormis la police, n'avait fait le rapprochement. Les graffitis représentaient toujours le heurtoir en forme d'animal volé à la porte de la maison la plus proche.

Au début, Colburn n'avait pas pris très au sérieux les appels des riches résidents.

— Qu'a-t-on peint sur votre mur, ma beauté ?

— On dirait une licorne.

— Une licorne ? Vous voulez dire un de ces chevaux avec une corne sur le front ?

— Oui, exactement, inspecteur.

Et à présent, ceci.

La nuit précédente, on avait dérobé le heurtoir de cuivre de la maison de Bill Kendall. À la place, le voleur avait peint un dessin représentant grossièrement un éléphant.

Colburn décrocha le téléphone. Peut-être ne s'agissait-il que d'une coïncidence. Après tout, on avait bel et bien conclu à un suicide. Pourtant, ne fût-ce que pour assurer ses arrières, l'inspecteur décida d'impliquer ses collègues de la Criminelle dans sa recherche du voleur d'éléphant.

21

— Cela va être un jour totalement médiatique ! Wingard doit se rendre à Washington pour le vote au Sénat. C'est lui qui défend ce foutu projet de loi. Il faut que tu nous représentes là-bas.

Les obsèques de Bill Kendall. Joy ferma les yeux. La main crispée sur le récepteur, elle imagina Nate Heller en train de faire les cent pas dans son bureau, tirant avec frénésie sur sa cigarette.

— Tout le monde sera là. Tu peux mettre ta main à couper que ce sera l'événement du jour. Il faut que tu y ailles. Je veux que tu apparaisses à l'écran. Ils citeront ton nom, s'attarderont sur toi. C'est capital.

Joy savait qu'elle n'avait pas le choix, que son opinion personnelle, aux yeux de Nate, ne comptait pas.

— Bien, répondit-elle d'une voix résignée. Où et quand ?

— Lundi matin à 11 heures, à Newark, New Jersey. Imagine le spectacle : Bill Kendall, présentateur vedette, terminant son show dans une boîte en sapin.

Joy voyait à l'autre bout du fil, comme si elle y était, Nate secouer la tête en grimaçant. La conversation terminée, elle se leva et, d'instinct, se dirigea vers son dressing. Au lieu de choisir un tailleur dont la sobriété conviendrait aux circonstances, elle se tourna vers ses robes de soirée. Elle décrocha un fourreau de cocktail, très simple, celui qu'elle portait ce soir-là. Elle pressa la robe contre elle, la caressa, la respira. *Joy*, de Jean Patou. Ce premier soir, Bill lui avait parlé de ce parfum. Elle entendait encore sa voix, les mots qu'il avait prononcés sept mois plus tôt, en décembre, à Washington, au Centre Kennedy.

On y donnait une réception privée à l'intention des Américains dont le Centre honore chaque année les mérites. Joy savait qu'elle se retrouverait en compagnie de femmes aux toilettes époustouflantes. Elle avait opté pour le fourreau noir.

Bill, en guise d'approche, l'avait complimentée sur ce choix.

— Élégance sobre, discrète. Vous êtes éblouissante, madame Wingard.

Il était là, devant elle, superbe dans son smoking. Joy lui sourit.

— Merci, monsieur Kendall.

— Appelez-moi Bill, murmura-t-il avant de porter son verre à ses lèvres. Je suppose que la campagne électorale ne vous laisse pas une minute de répit.

Elle répondit après un moment de réflexion.

— À vrai dire, Wingard et son équipe sont sur la brèche en permanence. Quant à moi, j'ai un emploi du temps plus chargé que d'habitude. Mais je ne suis pas submergée pour autant. Et puis, être occupée me fait du bien.

Elle se pencha vers lui et chuchota :

— Moins de temps pour penser…

Bill lui avait jeté un regard complice. Ce n'était pas la première fois qu'elle le rencontrait. Quelques mois plus tôt, elle lui avait souri de loin au cours d'un dîner à la Maison Blanche. Mais ils s'étaient tous deux concentrés sur leur conversation avec leur voisin de table. Les choses en étaient restées là. Joy s'était sentie soulagée. Elle se méfiait des médias. En n'adressant pas la parole au plus célèbre présentateur du moment, elle ne risquait pas de faire une bévue.

Or, au Centre Kennedy, ce soir-là, elle avait eu envie de parler, d'entrer en contact avec cet homme aux yeux sombres, si séduisant.

— Avant de poursuivre, s'agit-il d'une interview ou d'un entretien privé ?

— Comme il vous plaira.

— Hors antenne, donc.

Elle avait l'impression de pouvoir se confier à lui, de lui dire ce que, normalement, elle aurait gardé pour elle. Il y avait chez Bill Kendall quelque chose qui la poussait à baisser la garde.

— La politique acquiert toujours une vie propre, n'est-ce pas ? dit-il. Comme toute activité humaine. Je connais bien le monde de la télévision. Même si j'y joue les premiers rôles, j'ai souvent le sentiment de ne pas maîtriser tout à fait mon existence, de dépendre des événements et de mon entourage.

— Au moins, vous n'avez pas à supporter un directeur de campagne.

Elle avait parlé sans réfléchir et le regretta aussitôt. Elle s'efforçait de garder toujours son quant-à-soi, de présenter avec l'équipe de son mari un front uni. Pourquoi éprouvait-elle, devant cet inconnu, le besoin de dire ce qui lui passait par la tête ?

Il eut un rire joyeux.

— Ah, oui, Nate Heller. Un personnage, non ? Déterminé, têtu, ambitieux. Mieux vaut l'avoir de votre côté que dans le camp d'en face. C'est un gagneur né. Avec lui, vous vaincrez.

— Si seulement cela pouvait être aussi simple.

Il la regarda droit dans les yeux. Elle ne le connaissait même pas. Pourquoi se livrait-elle ainsi à lui ? Pourquoi sentait-elle qu'elle pouvait lui faire confiance ?

Un carillon sonna, annonçant qu'il était temps de gagner l'amphithéâtre pour rendre hommage aux cinq lauréats de l'année.

— J'ai été ravi de parler avec vous, madame Wingard.

— Joy, si cela ne vous ennuie pas.

Il lui prit la main et la pressa doucement, la gardant un peu trop longtemps dans la sienne. Avec un chaud sourire, il répéta :

— Joy.

La semaine suivante, Key News avait appelé, disant que « À la une ce soir » projetait de réaliser un reportage sur les épouses éminentes de Washington. Joy Wingard faisait partie des femmes que Bill Kendall souhaitait interviewer. Wingard et Nate avaient approuvé avec enthousiasme.

Une équipe de Key avait envahi son bureau. Un cameraman, un preneur de son, une réalisatrice nommée Mary Cate Ryan, et Bill Kendall. Nate Heller et Kathy, la secrétaire de Joy, se trouvaient là également, pour superviser l'entretien. Bill avait tout de suite mis Joy à l'aise. Il avait lancé quelques plaisanteries, se moquant de lui-même. Tout le monde avait ri, ce qui avait fait baisser la tension. Le spectacle de Bill agissant en pur professionnel avait fasciné Joy. Visiblement parfaitement préparé, il lui avait posé des questions pointues et pertinentes, menant l'interview de main de maître, la faisant sortir d'elle-même, rebondissant sur ses réponses et lui posant des questions plus incisives encore. À la fin de la demi-heure, elle s'était sentie revigorée.

Quelques jours plus tard, Kathy l'avait appelée sur le téléphone intérieur.

— Bill Kendall en ligne.

Joy se surprit à sourire en décrochant.

— Je voulais juste vous apprendre de vive voix que vous passez à l'antenne ce soir.

— Comment suis-je ?

— On est toujours son critique le plus impitoyable. Je vous laisserai donc juger par vous-même. Pour ma part, je pense que vous vous en êtes très bien tirée. Je serai à Washington la semaine prochaine. Accepteriez-vous de déjeuner avec moi ?

Dès lors, comme la politique, la télévision et toutes les autres activités humaines, leur relation avait acquis sa vie propre.

22

Il ne savait pas combien d'autres nuits, le dimanche, il supporterait encore de passer avec elle. D'un autre côté, il ne savait pas non plus comment mettre, en douceur, un terme à cette liaison. Il avait besoin d'elle. Avoir Yelena pour alliée était essentiel. D'ailleurs, cela l'avait toujours été.

La nuit précédente, sur l'oreiller, elle lui avait parlé du coup de téléphone qu'elle venait de recevoir de la direction de la chaîne. Le président de Key s'était entiché d'Eliza Blake. Il avait admiré son attitude le soir de la mort de Bill. Le public, lui aussi, était littéralement séduit. Les téléspectateurs souhaitaient la voir de plus en plus souvent à l'écran.

— L'article du *Mole* ne l'a pas déstabilisée ?

— Elle peut difficilement l'ignorer. En haut lieu, on cherche déjà à mesurer l'impact de ces révélations sur le public.

La lumière du matin filtrait à travers les rideaux de la chambre. Pete regarda Yelena endormie près de lui. Il se sentait mal à l'aise. Dans la journée, une fois maquillée, elle pouvait encore paraître attirante. Là, dans l'abandon du sommeil, elle semblait vieillie, fatiguée. Son corps était doux, mais ne suscitait chez lui aucun désir. La cicatrice de l'hystérectomie sur son ventre légèrement flasque n'arrangeait pas les choses.

Il pensa à Eliza Blake, dont le président était devenu gaga. Elle était jeune, belle, ferme. Malheureusement pour lui, elle représentait une menace. C'était bien dommage.

Peut-être devrait-il augmenter encore un peu la pression…

23

Lorsque Mack lui demanda si, le dimanche suivant, un brunch en sa compagnie et celle de Janie ne lui déplairait pas, Eliza suggéra de se retrouver à La Taverne, rendez-vous des touristes en goguette à New York. Elle n'éprouvait aucun complexe à aimer cet endroit, véritable plaisir pour les yeux, même si la nourriture qu'on y servait n'avait rien de gastronomique. En outre, il était juste assez détendu pour y emmener des enfants.

Ils prirent place devant la grande baie vitrée donnant sur des parterres d'azalées roses et blanches qui étincelaient au soleil de mai. Alors que le garçon en veste blanche déposait deux Bloody Mary devant lui et Eliza, plus un Shirley Temple agrémenté de deux cerises devant Janie, Mack déclara :

— J'ai découvert cet établissement en septembre 1976. Warner Leroy venait juste de le restaurer. À peine sorti du lycée, je ne travaillais à Key que depuis quinze jours, comme stagiaire. Tu connais le truc : répondre au téléphone, faire les photocopies, servir de garçon de course. Un jour, le directeur de l'information de la station de radio, pour fêter dieu sait quel anniversaire, nous invita à boire un verre ici après le travail. Tu parles d'un verre ! Au milieu de la salle trônait un gâteau pantagruélique avec, au sommet, tout en sucre et dans les moindres détails, une réplique miniature de Central Park. On y voyait même les statues d'Alice au pays des merveilles et de Hans Christian Andersen.

Il se mit à raconter, depuis les origines, l'histoire du parc, plus étendu que la principauté de Monaco. Eliza l'écoutait, amusée, tout en admirant le décor de la salle, les fresques représentant des oiseaux bariolés, des papillons et des fleurs, les moulures au plafond, les bougies roses et jaune clair. Elle avait l'impression, alors qu'ils se trouvaient tous les trois en plein centre de New York, d'être partie très loin, dans un monde irréel. Janie dégusta jusqu'au bout son Shirley Temple. Elle applaudit lorsque le garçon lui présenta son hamburger frites, presque incongru sur la nappe brodée. Mack et Eliza eurent droit à des œufs brouillés, spécialité de la maison. Ils mangèrent avec plaisir, en silence. Mack, enfin, prit la parole. Il parla sans retenue, avoua à quel point il avait été intimidé de se retrouver dans un restaurant comme celui-ci, au milieu de gens qui l'impressionnaient tant, lui simple stagiaire. Sa carrière avait suivi un chemin sans bavures, sans surprise. Il n'avait plus jamais quitté la chaîne. Il en avait patiemment gravi tous les échelons, depuis l'activité de correspondant, qu'il avait exercée pendant huit ans. Eliza l'observait, notait son attitude avec Janie, ses attentions délicates. Mack était le seul homme avec lequel elle se sentait bien depuis la mort de John. Mais elle refusait de tomber de nouveau amoureuse.

Ils en vinrent enfin, au dessert, à évoquer Bill Kendall. Eliza osa poser la question qui la taraudait depuis longtemps.

— Comment a-t-il pu faire ça, sachant que William allait découvrir son corps ?

— Justement, il ne le savait pas. Selon Louise Kendall, la visite de William était totalement inattendue. Il avait accompli de tels progrès que, sans consulter sa mère ni son psychothérapeute, il avait décidé d'effectuer par ses propres moyens le voyage du New Jersey jusqu'à New York. Il voulait faire une surprise à son père. La surprise, c'est lui qui l'avait eue.

Eliza imagina William décidant bravement de parcourir le trajet, s'efforçant de ne pas se tromper de bus, hélant, une fois à New York, un taxi à qui il avait donné la bonne adresse, actes élémentaires pour n'importe quel humain normal, mais épuisants pour lui. Et là, une fois arrivé…

Elle frissonna, essuya avec sa serviette les traces de chocolat sur la bouche de Janie qui riait, détendue, tout en s'excusant d'avoir sali son tee-shirt. Il était si facile de la satisfaire. Le cœur serré, Eliza remercia le ciel d'être assise près d'une petite fille épanouie qui n'avait pour toute angoisse que des taches sur un tee-shirt propre.

Après le brunch, Mack proposa un tour en calèche. Eliza, qui plaignait ces pauvres chevaux accablés de chaleur, préféra marcher dans le parc en compagnie de Janie, tout près de Mack, au milieu des New-Yorkais qui, en rollers, à vélo ou en flânant, jouissaient comme eux du soleil de mai. Certains la reconnaissaient, se retournaient, lui souriaient. D'autres chuchotaient sur son passage. Elle ne put s'empêcher de demander à Mack :

— Tu crois qu'ils l'ont lu ?

— Qui, ils ? Et lu quoi ?

Elle fit un grand geste du bras.

— Tous ces gens. Crois-tu qu'ils aient lu le *Mole* ?

— Bien sûr. Et alors ? Ils s'en moquent. Ils s'intéressent plus à leur propre vie qu'à la tienne. Oublie tout ça, Eliza.

— Facile à dire. Mais je ne cesse de m'interroger sur cette histoire. Tu te souviens de l'article ? « Le public a le droit d'exiger de ceux qui l'informent une stabilité mentale à toute épreuve. » Quelqu'un, à Key News, a vendu la mèche. Je confondrai cette ordure.

— Te connaissant, je n'en doute pas, dit Mack.

Eliza lui rendit son sourire, sans réticence. Son premier vrai sourire depuis plusieurs jours.

— Excuse-moi. Ne gâchons pas cette belle journée.

Pour parler d'autre chose, alors qu'ils s'enfonçaient dans le parc, il lui demanda :

— D'où vient « Eliza » ? Un prénom de famille ?

— Tu vas rire. La première comédie musicale à laquelle ma mère a assisté à Broadway, c'était *My Fair Lady*. Elle jura que, si elle avait un jour une fille, elle l'appellerait Eliza.

— Un joli prénom, et qui te va bien.

— Plus fort encore : devine le second.

— Higgins ? Comme le professeur ?

— Très drôle ! Non, c'est Scarlett.

— Ta mère était aussi une fan de *Autant en emporte le vent* ?

— Gagné !

Ils éclatèrent de rire.

— Et Blake ? C'est ton vrai nom de famille ?

Le sourire d'Eliza se figea. Mack crut voir son regard se voiler. Cette femme que tous les Américains vénéraient, dont ils admiraient le charme et la prestance, lui parut soudain vulnérable, d'une fragilité qu'il ne soupçonnait pas.

— Blake est mon nom d'épouse. Je l'utilisais déjà dans mon travail avant la mort de John. Mon nom de jeune fille est Gallagher.

En dépit de sa curiosité, Mack préféra ne pas insister. Ils étaient arrivés devant les manèges. Janie, tout excitée, sautait sur place.

— Un tour ?

— Pourquoi pas !

Ils se retrouvèrent chacun sur un cheval. Eliza Scarlett Gallagher Blake se laissa aller, jouissant du tournis, de l'air frais sur son visage. Pourtant, elle ne pouvait s'empêcher de penser à Bill, aux raisons qui avaient pu le pousser à vouloir mourir, à ce qu'elle aurait pu faire pour l'empêcher de commettre l'irréparable. Mais la vie était là, immuable. Il y avait Mack, et puis Janie. Janie qui, les cheveux au vent, riait de toutes ses dents. Janie son enfant, la chair de sa chair.

24

Papa.

Lorsqu'il pensait à lui, William ressentait une tristesse profonde, un manque qu'il ne contrôlait pas. Sa mère venait de lui annoncer qu'on l'enterrait aujourd'hui.

Il se dirigea vers sa commode, tira le tiroir du haut, farfouilla parmi les disquettes jusqu'à ce qu'il eût trouvé celle qu'il cherchait.

Il alluma son ordinateur, introduisit la disquette, tapa, comme on le lui avait appris, sur son clavier. La lettre de son père apparut sur l'écran.

Mon cher William,

J'ai toujours apprécié tes qualités. Tu es un bon fils et je suis fier de toi, de l'énergie, du courage dont tu as toujours fait preuve.

Je suis navré de te quitter. Continue sur ta lancée. Je t'aime infiniment et je t'aimerai toujours, même au paradis.

Papa

P.-S. Souviens-toi, William, un éléphant n'oublie jamais.

Ces mots, il les connaissait par cœur. Il savait que le paradis était l'endroit où les gens allaient après leur mort. Papa, à présent, s'y trouvait. Cela lui fit un peu de bien de savoir qu'il existait encore quelque part et qu'il l'aimait toujours.

25

Sous l'œil des caméras de toutes les télévisions du pays, la limousine noire déposa Louise Kendall, son fils William et Range Bullock dans la cour de la cathédrale du Sacré-Cœur de Newark, envahie par une foule que contenaient des barrières dressées par les forces de police. Louise ajusta les lunettes noires qui la protégeaient à la fois du soleil et des regards inquisiteurs du public. Elle leva la tête vers les tours de granit s'élançant vers le ciel et dont les gargouilles, à peine discernables à une altitude aussi vertigineuse, semblaient pourtant se pencher vers elle.

— Je n'en crois pas mes yeux, dit-elle à Range. Qu'une telle merveille puisse exister ici, à Newark, me coupe le souffle.

Il avait fallu cinquante-six ans pour construire cette cathédrale. Selon les architectes qui l'avaient conçue, elle devait incarner la plus pure expression du gothique français jamais réalisée. Aussi vaste que l'abbaye de Westminster, elle était surmontée de tours plus hautes que celles de Notre-Dame de Paris. Mais en dépit de sa beauté, qui en faisait l'égale de toutes les grandes cathédrales européennes, elle n'était devenue universellement célèbre qu'après la visite du pape Jean-Paul II. Ébloui, le souverain pontife l'avait qualifiée, titre étrange, de « cathédrale basilique », lui permettant ainsi de prendre place parmi les joyaux de la chrétienté.

Devant les massives portes de bronze, des prêtres en chasuble blanche attendaient la dépouille mortelle de Bill Kendall et s'apprêtaient à recommander son âme à Dieu. Louise reconnut parmi eux Thomas Gleason, cardinal archevêque de New York, revêtu simplement d'une soutane et d'une calotte rouges. Près de lui se tenait, coiffé de sa mitre, l'évêque de Newark. Ce fut lui qui s'avança vers Louise.

— Madame Kendall, je m'appelle Theodore Sweeney.

Il eut un sourire plein de compassion, murmura quelques mots vantant les qualités inestimables de Bill avant de se tourner vers William et de poser sa main sur son épaule.

Louise qui, elle-même, avait du mal à se retrouver là regarda son fils. Gêné par sa cravate, il triturait le col de sa chemise. Il avait l'air si misérable qu'elle se demanda si elle n'avait pas eu tort de vouloir qu'il assiste à cette cérémonie. Selon les spécialistes, ses réactions étaient celles d'un enfant de neuf ou dix ans, et son sens de l'observation avait souvent sidéré ses parents. Louise était persuadée que son cerveau restait intact. Il souffrait simplement, comme tous les handicapés dans son cas, d'une difficulté de connexion, liée à une protéine essentielle qu'il ne possédait pas et que des chercheurs tentaient toujours d'identifier. Un jour, peut-être, ils trouveraient la solution. On fabriquerait alors cette protéine, comme l'insuline nécessaire aux diabétiques. La génétique, elle aussi, faisait de gros progrès. En attendant, seule la Ritaline qu'il prenait régulièrement l'aidait à se concentrer un peu mieux.

Pour l'heure, ses yeux n'exprimaient pas cette panique, ce désarroi qu'elle ne connaissait que trop bien. Elle savait aussi que tout pouvait basculer en quelques secondes. Si elle ne parvenait pas à contrôler les réactions de son fils, elle avait appris à les anticiper et à en atténuer les conséquences.

Elle aperçut, un peu en retrait derrière l'évêque, parmi un groupe de prêtres eux aussi en blanc, le père Alec Fisco, le plus jeune pasteur de la cathédrale. Il était venu la voir au cours du week-end pour régler avec elle les modalités des funérailles. Trop choquée pour se perdre dans les détails, elle s'en était remise entièrement à lui.

Tout à coup, elle se souvint de son mariage avec Bill. Ils étaient jeunes, pleins de promesses. Le monde leur appartenait. Et il leur avait appartenu, du moins pour un temps.

— Que le corps de Bill reçoive l'eau bénite témoin de son baptême.

Au moment où l'évêque disait ces mots, le cercueil gris perle pénétra dans la nef. Recouvert d'un drap mortuaire blanc aux liserés noir et or, il remonta l'allée centrale en marbre, précédé de l'encensoir et de la grande croix, flanquée de deux séminaristes portant d'immenses cierges immaculés. Derrière un diacre qui brandissait le Livre saint, venait le père Alec. C'est lui qui prononcerait l'homélie. Les évêques de Brooklyn, Paterson, Metuchen et Camden avançaient deux par deux, précédant l'archevêque Sweeney, avec sa mitre et sa crosse, et suivis par le cardinal Gleason et le cardinal archevêque de Philadelphie. Il revenait à Mgr Sweeney, dont c'était la cathédrale, de dire la messe.

Six personnes, cinq hommes et une femme, escortaient le cercueil, tenant chacun un pan du drap funèbre. Yelena avait tenu à faire partie du cortège. Louise n'avait pas pu s'empêcher de penser que le fait d'être la seule femme avait en partie motivé son choix. Mais elle ne lui en voulait pas. La présence de Yelena près du cercueil se justifiait, d'autant que Bill l'avait toujours estimée.

Louise, William et Range fermaient la marche. Louise passa discrètement en revue les visages des membres de Key News. Apercevant Eliza Blake, elle se promit d'entrer en contact avec elle pour lui demander de remplacer Bill lors de la collecte de fonds pour la fondation New Visions for Living. Elle souriait presque, amusée par cette obsession du détail qui la poursuivait, même le jour des funérailles de Bill. Bill l'avait toujours taquinée sur son sens exagéré de l'organisation.

Avec William et Range, elle prit place au premier rang, sur un banc sculpté en chêne clair. Consciente des milliers de regards rivés sur elle, elle se tenait très droite, les yeux fixés sur l'autel autour duquel, selon un ordre bien défini, se groupèrent les membres du clergé. La cérémonie commença.

Mgr Sweeney l'ouvrit par la prière réservée aux suicidés. « Dieu miséricordieux, Toi qui nous as rachetés par le mystère de la Croix et la résurrection de Ton Fils, prends pitié de notre frère Bill. Pardonne-lui ses péchés et accorde-lui la paix. Rends notre deuil moins pénible, console-nous de la perte subite que nous venons de subir. Nous te le demandons par Notre Seigneur Jésus-Christ.»

— Amen, répondirent quinze cents voix.

Qu'aurait pensé Bill, jadis simple enfant de chœur dans une petite ville de province, en voyant ce faste, cette foule ? Louise contempla l'ange de marbre aux mains ouvertes au-dessus de l'autel, juste en face d'elle. Elle songea à l'homme qu'elle avait aimé, qui était venu de si loin pour finir de cette façon.

Pourquoi, Bill ? Pourquoi ?

26

«Quel adieu !» grommela en son for intérieur le juge Dennis Quinn. Il se demanda combien de personnes assisteraient à ses propres funérailles. Pour l'heure, il se tenait parmi les membres de New Visions for Living, tous en larmes, comme l'ensemble de l'assistance. Dennis avait été trésorier de cette fondation, qui collectait des fonds destinés à construire des centres de thérapie de groupe pour handicapés mentaux. Il s'était même déguisé en clown au cours de goûters organisés pour distraire les pensionnaires. Jusqu'à sa mort, Kendall, lui, avait fait partie de la direction. Généreux avec son argent, il n'était pas non plus avare de son temps. Les membres de la fondation se sentaient fiers, non seulement de côtoyer le célèbre présentateur Bill

Kendall, mais surtout de pouvoir apprécier l'homme qu'il était.

Le juge regarda Louise et William s'installer au premier rang. Bill se faisait tellement de souci pour son fils. Dennis avait visité en sa compagnie le premier centre acquis par la fondation. Après avoir inspecté avec soin les cinq chambres de style colonial, Kendall avait murmuré : « Un jour, mon William vivra peut-être ici. » Dennis s'était senti plein de sympathie pour cet homme qui, en dépit de sa fortune, ne parviendrait jamais à faire guérir son fils.

Et puis tout avait basculé. Bill avait découvert que Dennis détournait des fonds et l'avait menacé de le traîner en justice s'il ne remboursait pas. Quelle poire, ce Kendall, pensa le juge en réprimant un petit sourire. Il avait suffi que Dennis lui avoue que l'argent avait fondu et que la divulgation du détournement tuerait sa pauvre mère qui, deux fois veuve, ne supporterait pas de voir son fils unique impliqué dans un scandale, pour que cette mauviette renonce aux poursuites. Malheureusement, il lui avait proposé de payer sa dette sous la table, en plusieurs fois. Un vrai calvaire.

Alors que l'assistance écoutait la lecture de l'épître, Dennis sortit un mouchoir de sa poche, essuya son œil sec. Il ne fallait pas que les naïfs reniflant à ses côtés devinent ses véritables sentiments. Ces adorateurs béats de Bill Kendall devaient croire que, lui aussi, pleurait un ami cher.

27

Pendant la lecture de l'épître, Yelena Gregory s'installa, avec ceux qui avaient escorté le cercueil le long de la nef, au premier rang, près du personnel de Key. Eliza Blake, Pete Carlson, Mack McBride, Harry Granger, tous communiaient dans une même ferveur. Pete semblait mal à l'aise. Rien de plus normal. Il ne devait pas être facile de succéder à un homme comme Kendall. Détends-toi, Pete. Personne ne remplacera jamais vraiment Bill. N'essaie même pas. Tu t'en tireras mieux en te contentant d'être toi-même.

Bien sûr, et elle le savait, une pression presque insupportable pesait déjà sur lui. Il était loin, le temps où les responsables de chaînes donnaient à un présentateur le temps d'apprivoiser son public. L'audimat régnait en maître. La direction avait Pete à l'œil. Yelena ne pourrait pas le protéger. S'il n'atteignait pas immédiatement des taux d'écoute satisfaisants, il passerait la main à quelqu'un d'autre. Et Yelena savait que ce quelqu'un s'appelait Eliza Blake. Les coups de fil et les lettres des téléspectateurs ne laissaient aucun doute à ce sujet. On la réclamait. Il y avait bien eu, sur elle, quelques opinions négatives après la parution de l'article du *Mole* ; pas assez, cependant, pour lui créer de véritables problèmes.

Yelena rassurerait Pete plus tard. Elle détestait le voir souffrir.

Pete, son amour. Il lui appartenait. Elle s'émerveillait encore du désir qu'elle provoquait chez lui. Aucun homme n'avait jamais eu envie d'elle à ce point. Ce dont elle avait toujours rêvé était devenu une réalité.

Mais que se passerait-il si on découvrait leur liaison ? Il lui serait impossible d'intervenir en sa faveur, de le faire participer aux décisions. Alors, comment réagirait-il ? Le soutien de Yelena dans sa carrière le rendait heureux. Et elle souhaitait tellement faire son bonheur !

Une nouvelle fois, elle pensa à Bill. Pas plus tard que la semaine précédente, il était venu la voir, lui avait demandé de surveiller Pete. Il le trouvait trop proche de l'équipe de Wingard, ce qui risquait de rendre peu objectifs ses commentaires sur la campagne électorale.

Elle dévisagea son amant. Elle n'aurait pas de confrontation avec lui. Bill était mort. Affaire classée.

Elle ne prêta aucune attention à la lecture de l'épître. Ses yeux s'arrêtèrent, de l'autre côté de la nef, sur Louise et William Kendall. Bill vouait une réelle passion à son fils. Cette histoire était trop triste. Mais elle ne pleurerait pas, pas ici, pas en public. La présidente de Key News devait paraître forte.

28

Avec angoisse, il avait retourné dix fois dans sa tête ce qu'il aurait à dire. Aux yeux de l'Église, il devait s'agir d'un sermon d'ordre spirituel à l'adresse de l'assemblée des fidèles, non de la simple hagiographie d'un homme. Le père Alec avait bien conscience que cette cérémonie ne concernait pas vraiment Bill Kendall lui-même, mais ceux qu'il laissait derrière lui, sa famille, ses amis en deuil. Il lui faudrait parler de la vie, de la mort, de ce que cette énigme signifiait pour un chrétien. Bill Kendall, lui, n'avait plus besoin d'être consolé.

La nef était bondée. Jamais le père Alec n'avait vu tant de monde dans la cathédrale. Et quel monde ! La plupart des gens assis devant lui, sur les bancs, détenaient plus de pouvoir que le vice-président des États-Unis : personnalités des médias, présentateurs, vedettes du show-business, hommes politiques en vue et même quelques dignitaires étrangers, dont le secrétaire général des Nations unies. Il y avait des centaines d'autres personnes, inconnues de lui. Mais il ne s'agissait pas, il s'en doutait, de n'importe qui. « Essaie de te souvenir, se dit-il. Tu ne reverras jamais plus une assistance pareille. »

Mgr Sweeney avait l'air aux anges. Pour une fois, on ne considérait pas sa cathédrale comme une simple annexe de Saint-Patrick. Tous les évêques présents avaient ôté leur mitre. Religieusement, ils écoutaient la lecture de l'Évangile.

Le père Alec tenta de maîtriser sa nervosité. Bill Kendall lui avait demandé lui-même de prononcer l'homélie, ce qui avait froissé Mgr Sweeney, à qui cet honneur aurait dû revenir. Le père Alec n'aimait pas marcher sur les pieds de ses supérieurs. En outre, cette assistance huppée l'intimidait. Mais il se sentait fier, en même temps, d'avoir la chance de prendre la parole aux obsèques d'un homme qu'il avait appris à respecter. Il tenait à honorer sa promesse.

Il se dirigea, à la droite de l'autel, vers la chaire dont le marbre provenait de la même carrière que celui du *David* de Michel-Ange. Au pied de l'escalier se trouvaient deux statues, de saint François de

Sales et de saint Cyrille d'Alexandrie, symboles de la sagesse et de la brièveté de l'existence terrestre. Il effleura furtivement les pieds des deux saints avant de gravir les marches. Je t'en prie, mon Dieu, aide-moi à trouver les mots qui conviennent.

Il eut enfin une vue d'ensemble des membres de l'assistance. Certains paraissaient recueillis, d'autres, le nez en l'air, admiraient les merveilles de la cathédrale, trituraient leur manche ou leur pochette. La plupart d'entre eux, il ne l'ignorait pas, n'étaient pas catholiques.

Il avala sa salive et commença :

— Nombre d'entre vous présents ce matin font l'histoire. D'autres la commentent. Vous avez tous choisi, pour des raisons diverses, de venir vous incliner devant la dépouille de Bill Kendall, qui consacra sa vie à révéler au public ce qui se passe chaque jour dans le monde, anticipant aujourd'hui l'histoire de demain. Je souhaite donc vous proposer un court rappel historique. Je vous promets qu'il sera bref. Nous sommes rassemblés aujourd'hui dans un lieu splendide, une cathédrale dressée en plein cœur du Nouveau Monde comme un témoignage des plus hautes aspirations de l'homme. Mais peu de gens savent que les cathédrales furent bâties, à l'origine, pour abriter un trésor. On érigea la cathédrale de Chartres, en France, pour protéger la tunique que portait la Vierge Marie le jour de l'Annonciation, tunique offerte à la cité par Charles II. Quant à Notre-Dame de Paris, elle abrite un clou de la Vraie Croix. À l'inverse, notre cathédrale est une construction moderne. Elle n'a pas été construite pour servir de châsse à une relique. On ne l'a bâtie que pour honorer un trésor immatériel : l'esprit des immigrants qui s'installèrent ici, à Newark. Irlandais,

Britanniques, Polonais et Italiens en quête d'une vie meilleure. Tous ces hommes travaillèrent à la sueur de leur front, soutenus par leur foi, et consacrèrent une partie de l'argent qu'ils avaient honnêtement gagné à l'édification de ce sanctuaire. Saint Patrick, saint Boniface, tous les saints de la vieille Europe veillent aujourd'hui sur ce joyau. Les seuls trésors de la cathédrale du Sacré-Cœur sont les prières, l'espérance et les rêves des habitants de Newark.

Mgr Sweeney se redressa sur son siège. Le père Alec serra avec force les parois du pupitre de marbre. Il savait qu'il avait atteint le moment où ses auditeurs risquaient de ne plus le suivre. Jusqu'à présent, ils l'avaient écouté sans peine, rassurés par des faits tangibles.

– Nous croyons tous que notre existence ne peut être vaine. Quelle que soit notre foi, nous sommes venus sur terre pour accomplir quelque chose, pour, en quelque sorte, faire de notre vie une cathédrale, découvrir notre propre trésor et construire un merveilleux sanctuaire où l'abriter.

Il se tut un instant, contempla l'assistance.

– À quoi ressemblait la cathédrale de Bill Kendall ?

Il reprit son souffle, fixa ostensiblement le premier rang, plongeant son regard dans celui de Louise Kendall, attendant qu'elle comprenne que c'était à elle, directement, qu'il allait s'adresser. Elle ne s'y trompa pas.

– Dieu accorda à Bill 17 233 jours pour ériger la cathédrale de sa vie. Or que savions-nous de lui ? Il était celui qui faisait pénétrer le monde dans nos foyers, nous en montrait les turpitudes et les grandeurs, nous racontait les triomphes et les tragédies, les exploits des héros, les crimes, l'épopée spatiale, les crises boursières, les couronnements, les guerres, la vie et la mort des autres. Ainsi le percevions-nous. Mais, lorsque nous nous trouvions devant lui, il ne nous fallait pas longtemps pour découvrir le trésor de sa cathédrale ; ce qui, pour lui, comptait plus que tout : son fils.

Le prêtre vit Louise prendre la main de William.

— Et s'il fut pour ce fils un père aimant et dévoué, son amour lui fut rendu au centuple. Car, de son propre aveu, il reçut davantage de lui qu'il ne lui donna. Il confia à un ami que, grâce à William, il avait appris la prière. Il lui en était reconnaissant. Mais il savait, lui, le réaliste, que la prière ne suffit pas. Il se consacra tout entier aux handicapés, s'efforça de leur offrir des structures adaptées où ils retrouveraient leur dignité et mèneraient une vie normale. Tel était son but : il voulait transformer le monde, le rendre meilleur, plus près de Dieu.

Le père Alec ne pouvait pas, dans son homélie, prononcer le mot suicide. Mais il ne pouvait pas non plus le passer son silence. Toute l'assistance savait que le présentateur avait mis fin à ses jours. Il jeta un œil en direction d'Eliza Blake, nota ses paupières humides, sa bouche crispée.

— Bill voyait des défis là où certains ne voient que des problèmes. C'est pourquoi, rassemblés en ce saint lieu, nous nous sentons aujourd'hui perdus, bouleversés par les événements de la semaine passée. Nul, parmi nous, ne niera qu'il s'est senti désespéré à un moment ou à un autre de son existence, enfermé dans sa solitude, éloigné de tous, et même de Dieu. C'est dans ces moments-là que la foi intervient et nous sauve, nous aide à surmonter l'épreuve, à l'accepter. Bill Kendall eut-il la chance d'achever sa cathédrale ? Comme vous, je ne peux que répondre par l'affirmative. Il comparaît à présent devant le Christ Notre Sauveur, qui l'aima à chaque minute de sa vie, au cours de ces 17 233 jours, et par-dessus tout lors des derniers instants de sa dernière journée. Tel est le message qu'il nous lègue aujourd'hui. Qui que nous soyons, quoi que nous fassions, continuons, en dépit du choc provoqué par sa mort, à bâtir notre propre cathédrale.

29

L'air grave, pénétré, Pete Carlson écouta le jeune prêtre jusqu'au bout. Ces sornettes à propos de l'être merveilleux qu'avait été Bill l'exaspéraient. Elles ne feraient que lui rendre la tâche plus difficile, l'obligeraient à se montrer encore plus digne de son prédécesseur.

Seul le contact, contre sa cuisse, de celle d'Eliza assise à côté de lui, lui procurait une sensation agréable. Il percevait la chaleur de sa jambe passant à travers la robe de soie de la jeune femme et son propre pantalon de flanelle. Il se sentait terriblement attiré par elle, tout en sachant qu'elle représentait pour lui une menace.

Il vit Mack McBride prendre la main d'Eliza. Cela suffit à gâcher son trouble.

Il observa les visages sombres de ceux qui l'entouraient. Lui s'était donné une contenance. Il lui était pourtant difficile de feindre l'affliction alors qu'en son for intérieur il jubilait ; plus difficile encore de se taire alors que tout le monde se posait des questions sur les raisons qui avaient poussé Kendall au suicide. Mieux valait quand même garder le silence, du moins pour l'instant.

Comme tout journaliste, Pete avait ses sources. Il savait pourquoi Bill Kendall avait décidé de mourir.

30

Range Bullock regarda le cercueil gris glisser à l'arrière du corbillard.

Jamais il n'aurait cru que l'histoire finirait ainsi. Jamais, tout au long des années que Bill et lui avaient passées ensemble, il n'aurait imaginé que son ami mettrait fin à ses jours.

Quelques années plus tôt, Bill avait frôlé la mort. Il s'était sorti de justesse d'un accident qu'ils avaient eu lors d'un reportage en Europe de l'Est. Range se remémora les heures d'attente dans le sinistre hôpital de Bucarest, se demandant s'il aurait à rapatrier aux États-Unis le cadavre de son meilleur ami. Il tentait de s'y préparer psychologiquement tandis que Bill luttait pour survivre.

Cette fois, il n'y avait eu aucune préparation mentale, aucun avertissement.

La porte arrière du corbillard claqua. Range rejoignit la limousine où Louise et William s'étaient déjà engouffrés. Il souhaitait accompagner le corps au moins jusqu'à l'aéroport. Il aurait voulu le suivre jusqu'au Nebraska, mais Yelena avait insisté pour qu'il reste et dirige « À la une ce soir ».

Bill aurait compris.

31

Comme Nate Heller l'avait prévu, Joy Wingard, épouse du candidat à la présidence, apparut dans tous les reportages consacrés, le soir même, aux obsèques de Bill Kendall. Nate s'en montra ravi, tout comme Wingard, qui l'appela juste après la diffusion du journal télévisé.

— Bravo, Joy. Je sais que l'idée d'assister à cette cérémonie ne t'enthousiasmait pas, mais tu as été parfaite. Tu nous as parfaitement représentés. Les journalistes ont dû apprécier. Un bon point pour nous.

— Je suis heureuse de m'y être rendue, répondit-elle posément. Mais je ne crois pas que la présence de l'épouse d'un candidat aux funérailles de l'un des leurs ait beaucoup impressionné tous ces gens de télévision. Ils sont un peu trop cyniques pour ça.

— Peut-être. Mais il valait quand même mieux que tu y sois. Je viens de regarder le journal du soir. C'était plus qu'un événement.

— Oh, Wingard, c'était si triste ! s'écria-t-elle, soulagée de pouvoir enfin laisser éclater son émotion. Le fils de Bill avait l'air tellement perdu ! J'aurais voulu pouvoir le consoler.

— Bien sûr, Joy. J'ai un autre coup de fil à passer. Ensuite, il me reste encore deux ou trois choses à faire ici. Je serai rentré vers 22 heures.

Il était pressé de raccrocher. « Parfait, Wingard. Défile-toi. Ne laisse aucun sentiment lézarder ta carapace », pensa Joy en se servant un verre. Il savait se protéger, lui. Elle, en revanche, avait dû lutter pour surmonter la déception que lui avait procurée son mariage. Elle avait cru, au début, lorsqu'elle avait décidé d'épouser Wingard, qu'ils auraient, au-delà des ambitions de son mari, une relation véritable, une vie privée. Mais pour Wingard, la politique primait sur tout le reste. Des années de projets avortés, d'excuses toutes faites et de promesses non tenues avaient développé chez elle une amertume profonde, une sensation de solitude et le sentiment d'avoir été trahie.

Sa dernière fausse couche lui avait donné le coup de grâce. Elle avait parlé à son mari, lui confiant sa frustration, sa tristesse. Après l'avoir poliment écoutée, il lui avait répondu :

— Tu viens juste de faire une fausse couche. Accorde-toi un peu de temps. Lorsque tu auras surmonté cette épreuve, tu te sentiras mieux.

Joy s'était alors lancée dans le bénévolat et des œuvres de charité. Elle passait également de longues heures à arpenter la National Gallery Art de Washington, éblouie par les merveilles qu'on y exposait. Peu à peu, elle avait retrouvé une forme d'optimisme, un nouvel appétit de vivre. Son chagrin s'estompait. Mais Wingard lui paraissait toujours aussi lointain, aussi indifférent. Plus frustrant encore, il n'en avait aucune conscience.

C'est alors qu'elle avait rencontré Bill Kendall.

Elle gagna sa chambre, sortit de son dressing la valise en cuir dans laquelle elle cachait son journal intime. Elle ouvrit le cahier, nota ses dernières impressions. Ensuite, elle rassembla tout son courage pour relire la dernière lettre de Bill. Celle qui lui était parvenue deux jours après sa mort.

Elle frissonna, comme saisie par le froid. Elle se déshabilla, s'enveloppa dans une chaude robe de chambre avant d'extraire de son sac à main posé sur sa table de chevet le faire-part annonçant la date et le lieu des obsèques. Joy se demanda pourquoi on avait choisi, pour la cérémonie, la cathédrale du Sacré-Cœur. Avait-elle une valeur particulière aux yeux de Bill? Il ne l'avait jamais mentionnée en sa présence. Il faut dire qu'ils avaient peu parlé de religion au cours des brèves heures qu'ils avaient passées ensemble. Elle se concentra, essaya de se remémorer ce que Bill avait pu lui dire sur Dieu ou sa foi.

Elle s'allongea sur son dessus-de-lit de soie blanche, laissa ses souvenirs l'envahir. Elle savait que leur rupture avait profondément affecté Bill. Qu'aurait-elle pu faire d'autre? Il aurait été beaucoup trop dangereux de continuer, alors que ses moindres faits et gestes se trouvaient exposés aux regards de tous. Quant à Bill, il ne passait pas inaperçu, loin de là. Elle n'avait pas eu le choix. Wingard et elle ne s'aimaient peut-être plus comme autrefois, mais elle n'allait pas pour autant compromettre ses chances d'accéder à la Maison Blanche. Ni les siennes de devenir la première dame du pays. Elle n'aimait pas la politique, mais combien de femmes dédaigneraient la perspective de devenir l'épouse du président des États-Unis?

La porte d'entrée claqua. Quelques instant plus tard, Wingard pénétra dans la chambre. Elle répondit à ses questions sur les personnages en vue qui s'étaient déplacés pour assister aux funérailles, l'interrogea ensuite sur l'impact de l'événement sur la campagne. Encore obsédé par le vote, au Sénat, de la loi dont il avait été le rapporteur, Wingard se déshabilla sans sentir sur lui le regard de sa femme. Il y avait eu des défections. Il se souviendrait de ceux qui lui avaient refusé leur soutien. Mais la loi était passée, c'était l'essentiel. Et le sénateur Haines Wingard, une fois encore, avait attiré sur lui l'attention des médias.

— En plus, on t'a vue à l'écran lors du reportage sur les obsèques. Bonne journée pour l'équipe Wingard.

Il se glissa dans le lit, l'enlaça aussitôt, enfouissant son visage entre ses seins. Elle caressa machinalement ses cheveux impeccablement taillés, sentit sa gorge se nouer lorsque la bouche de Wingard se posa sur un de ses mamelons. Et elle se résigna à ce qui allait suivre.

32

Le soleil du matin le força à loucher pour voir ce qui se passait sur l'écran.

Elle était là, lui parlait de nouveau.

Elle se tenait, un micro à la main, devant un immeuble, au pied de l'escalier d'accès.

Le sans-abri s'approcha un peu plus.

Oui. Cet immeuble, il le reconnaissait. Mais la porte n'avait pas de heurtoir.

Pourquoi Eliza Blake lui demandait-elle de s'y rendre ? Intrigué, il s'avança encore.

À présent, Eliza s'adressait à un homme assis dans une espèce de bureau. Le sans-abri scruta ses traits.

Ah, voilà… Eliza lui disait :
— Surveille cet homme.

33

— Très bien, ton émission de ce matin sur le suicide, Eliza.

Le lendemain des funérailles, on la convoqua dans l'aquarium. Range Bullock l'attendait, assis devant le fouillis de son bureau. Eliza lui trouva l'air abattu. Ses cernes s'étaient creusés, le roux de ses cheveux accentuait la pâleur de sa peau.

Il alla droit au fait.

— Eliza, nous avons pris la décision de te confier les reportages que faisait Bill sur les personnalités de la campagne électorale : « Profils de présidentiables ». Comme tu le sais, la réalisation de ces séquences, plus longues que d'habitude, prend beaucoup de temps. Je crois qu'il serait peu judicieux d'en charger Pete, qui doit s'habituer à ses nouvelles fonctions de présentateur. À la réunion de ce matin, j'ai proposé ta candidature. Les grands chefs ont donné leur accord.

Eliza sentit son cœur battre. Quelle promotion après l'affaire du *Mole* ! Mack avait peut-être raison, les gens se moquaient des ragots.

— Tu participeras donc régulièrement à « À la une ce soir », au moins jusqu'à l'élection. Ton étoile brille de plus en plus, Eliza. Tu ne peux pas savoir à quel point je suis heureux de t'avoir avec nous.

— Range, comment te remercier ? C'est une tâche exaltante et je te promets de l'accomplir de mon mieux. Je regrette simplement les circonstances qui m'ont fait accéder à ce poste.

— Et moi donc ! Mais ne laisse pas la mort de Bill gâcher ta satisfaction. Lui aussi aurait été heureux de ta nomination.

Eliza sourit. Les paroles de Range avaient fait mouche.

« Profils de présidentiables » était constitué de courts reportages de cinq minutes diffusés chaque semaine. Le public se familiariserait encore davantage avec le visage d'Eliza. Pete Carlson n'allait pas aimer cela du tout.

— Ton premier numéro sera consacré à Haines Wingard, poursuivit Range. Cela constituera un bon début. Tu pourras réaliser l'émission ici, à New York, où il sera en campagne la semaine prochaine. Cela t'évitera d'empiéter sur ton travail habituel. Bien sûr, les autres reportages t'obligeront à voyager, mais nos équipes locales auront fait les repérages et les recherches avant ton arrivée. Ce que je veux dire, c'est que tes nouvelles fonctions ne diminueront en rien ton rythme de travail ici. Nous te demandons de cumuler les deux.

Eliza sourit. « Enfin ! », se dit-elle. Ce surcroît de travail ne lui faisait pas peur. Seule ombre au tableau : elle passerait davantage de temps loin de Janie. Une part d'elle-même lui affirmait que la petite fille serait heureuse de la réussite de sa mère. Une autre priait pour que l'enfant ne souffre pas de ses absences.

— Wingard, poursuivit Range, a l'intention de soigner sa campagne de New York et de ne pas mégoter sur les dépenses. Il y a ici tant de gens qui comptent, tant de journaux, tant de chaînes de télévision. Ton reportage ne pourra qu'être bon. S'il ne l'est pas, ce sera entièrement ta faute.

— Ne me dis pas quelque chose que je sais déjà, Range.

Il eut un petit sourire crispé.

— Sois franche avec moi, Eliza. Es-tu sûre d'y arriver ? La mort de Bill nous a tous mis sous pression. Je sais que l'article du *Mole* t'a profondément heurtée.

— Ne me dis pas que tu crois tout ce que tu lis dans la presse, Range !

Elle s'était efforcée de plaisanter. Mais le son de sa voix sonnait faux.

— Je ne sais pas, ajouta-t-elle. Tu crois que je devrais crever l'abcès ?

— C'est-à-dire ?

— En parler au cours de mon émission du matin, par exemple. Donner une fois pour toutes un grand coup de balai.

Range secoua la tête.

— Tu prends cette histoire trop à cœur, Eliza. Oublie-la quelque temps et attends de voir comment les choses évoluent. Mais promets-moi, conclut-il en la fixant par-dessus ses bésicles, de venir me trouver si tu te sens débordée.

— Promis.

— Bien. Va voir Jenny. Elle te remettra les notes politiques de Bill. Comme toujours, il se documentait à fond. Un vrai pro.

Eliza perçut de la mélancolie dans son regard. Il se reprit vite.

— Au travail, lui dit-il sèchement en se tournant vers le terminal de son ordinateur.

Elle se rendit aussitôt dans le bureau de Jenny, à qui elle expliqua ce qu'elle attendait d'elle.

— Je vois que la vie continue, murmura la secrétaire en saisissant une disquette grise dans le tiroir de son bureau. Range m'a dit que vous passeriez. J'ai transféré pour vous les dossiers de Bill. Il y a là tous ceux concernant la campagne.

Elle essuya la disquette, la tendit à Eliza.

— J'espère que vous y trouverez ce qu'il vous faut.

Eliza lui effleura doucement le bras.

— Je suis tellement navrée de ce qui s'est passé, Jenny. Si je peux faire quelque chose pour vous, dites-le-moi.

Incapable de parler, Jenny se contenta de hocher la tête et de trier les papiers posés en vrac sur son bureau. Que Pete Carlson ait pris la place de Bill ou qu'Eliza Blake s'empare de ses notes confidentielles lui déplaisait. Laisser la jeune femme lire et interpréter à sa façon ses observations et ses opinions personnelles constituait une violation de sa vie privée. Bill avait écrit ses notes pour son propre usage, non pour celui d'Eliza. Il avait l'intention d'écrire un jour. Son histoire.

Mais il y avait aussi, dans l'ordinateur de Bill, ces autres fichiers auxquels Jenny n'avait pas accès. Ils étaient protégés par un mot de passe. Là encore, cela ne lui plaisait pas. Que Bill ne lui ait pas révélé le mot de passe la vexait.

Elle regarda d'un œil hargneux Eliza quitter son bureau. Elle n'aimait pas la tournure que prenaient les choses à Key News. Son roi était mort.

34

« S'ils pouvaient tous être d'aussi bonne composition ! » Le père Alec sourit au couple de retraités qui venait de lui demander des renseignements sur l'histoire de la rosace ouest de la cathédrale. Qu'il était facile d'aligner des faits, de simples faits.

Approfondissant les ombres, la lumière du crépuscule faisait éclater les couleurs du vitrail d'un mètre de diamètre intitulé : « La venue du Christ ». Cette rosace lui rappelait, chaque fois qu'il l'admirait, le kaléidoscope de son enfance qui, lui permettant d'oublier, notamment, les difficultés financières de ses parents, lui avait procuré tant de joies. Assis par terre dans la chambre qu'il partageait avec son frère aîné, il ne se lassait pas d'admirer le jeu des couleurs, la symétrie sans faille. Ordre et beauté. Un monde parfait.

Vingt-cinq ans plus tard, ce vitrail circulaire jouait pour lui le même rôle que le vieux kaléidoscope sans valeur. Quand il se sentait soucieux ou découragé, il s'asseyait dans la quiétude de la cathédrale, s'imprégnait de la beauté des trois rosaces. Nul ne savait que cette contemplation silencieuse, bien souvent, remplaçait parfois des prières qui ne venaient pas.

Le retraité distingué aux cheveux blancs, à la veste sans le moindre faux pli, et sa femme à la coiffure impeccable lui prêtèrent une oreille attentive tandis qu'il racontait l'histoire des saints représentés sur les autres vitraux. Pourtant, le père Alec sentait qu'ils avaient envie de lui poser une question bien précise.

— Y a-t-il autre chose que vous voudriez savoir au sujet de la cathédrale ? demanda-t-il.

La femme aux boucles argentées se racla nerveusement la gorge.

— Vous trouviez-vous ici, hier, lors des obsèques de Bill Kendall ?

Avant que le prêtre ait pu répondre, l'homme s'empressa d'ajouter :

— Nous habitons le New Jersey depuis toujours. Avant la visite du pape, nous ne savions même pas que cet endroit existait. Et puis, hier, nous avons suivi le reportage sur les funérailles. Il y a des années que nous regardons Key News. Pour nous, Bill Kendall était un familier, presque un ami. Ce qui s'est passé nous a consternés. Comme quoi, personne ne sait rien sur la vie de qui que ce soit.

— Non, personne, approuva le prêtre.

La femme lui sourit. Le père Alec nota la perfection de ses fausses dents. Ils s'en allèrent heureux, en lui faisant un geste de la main. Le jeune prêtre s'agenouilla devant l'autel d'une petite chapelle latérale. Tête basse, les yeux clos, il évoqua le jour de sa rencontre avec Bill Kendall, deux mois plus tôt.

Il l'avait trouvé assis là, devant la treizième station du chemin de croix, vêtu d'un jean et d'un anorak bleu sombre, fixant les voûtes d'un air angoissé.

Le père Alec avait mille fois reconnu l'angoisse sur des visages anonymes, inconnus. Cette fois, le visage avait un nom. Et le prêtre le connaissait. Il s'approcha de l'homme.

— Quelque chose ne va pas ?

Bill Kendall, tout d'abord, se contenta de le regarder. Ce regard, le père Alec le reconnut. Il disait : « J'ai besoin de parler, désespérément. » Mais il demandait aussi : « Puis-je avoir confiance en vous ? »

Son instinct poussa le prêtre à ne rien répondre, à donner à l'homme le temps de le jauger. Souvent, les gens qui souffrent bravent leur peur et brûlent les étapes. Quelques secondes passèrent. Enfin, l'homme chuchota :

— Mon père, j'ai le sida.

35

— Ces types de Key News n'arrêtent pas de nous coller. J'espère qu'ils ne me filment pas en train de m'empiffrer.

En deux heures, Wingard avait englouti du poulet rôti, du riz blanc, du riz cantonais et une banane flambée dans le sud du Bronx, des spaghettis en sauce, à l'ail et à l'huile d'olive chez Angelo, à Little Italy, sans compter une énorme assiette de charcuterie kasher chez Katz, le traiteur juif le plus célèbre de New York. À présent, calé dans sa voiture en compagnie de son directeur de campagne, il franchissait le pont de Brooklyn.

– Écoute, patron, tu connais le jeu aussi bien que moi. Lorsqu'on mène campagne à New York, il faut se montrer dans tous les quartiers, au milieu de toutes les communautés. Je veux qu'on te voie goûter toutes les cuisines locales. Je sais que Key prépare un reportage sur toi, qui sera diffusé le lendemain des primaires. Tu dois faire bonne figure partout.

— Qui s'occupe du reportage ?

— Eliza Blake. Nous ne devons pas rater ce coup-là. New York n'est pas l'Amérique profonde, d'accord, mais c'est la nouvelle Babylone, la ville de tous les contrastes. Les milliardaires et les miséreux se côtoient à deux rues d'intervalle, toutes les nations du monde y possèdent leur quartier, leur domaine. Et personne, ici, n'a sa langue dans sa poche. Si les gens te voient amadouer New York, ils en concluront que tu seras capable de séduire le pays tout entier. À l'inverse, si tu te plantes ici, tu pourras dire adieu à l'investiture.

— D'accord, soupira Wingard. Quelle est la prochaine corvée ?

— Un débat sur les drogues dures et les drogues douces avec des lycéens. Je sais, c'est du réchauffé. Mais je te parie que tu feras la une de toutes les télés locales et d'au moins deux chaînes nationales.

Heller alluma une cigarette, souffla une grande bouffée par la vitre ouverte.

— Souviens-toi, Wingard. Reste dans le vague. Si tu dois évoquer un stupéfiant en particulier, prends l'exemple du crack. C'est ce qui terrifie le plus les parents. Après tout, ce sont eux qui voteront pour le héros qui les délivrera de ce cauchemar. Si des mouflets t'interrogent sur le whisky ou la vodka, fais part de ton inquiétude à propos de la progression de l'alcoolisme chez les jeunes. Passe tout de suite à autre chose. La prohibition n'existe plus. Les pépés et les mémés tiennent à leur apéro du soir.

Wingard sourit, contempla la blancheur de ses dents dans le miroir incrusté dans l'appui-tête, en face de lui.

— Des réponses brèves surtout. Les types de la télé n'aiment pas le baratin. Pas plus de dix à quinze secondes par sujet. Si les gamins n'ont plus rien à dire, prends le relais. À toi de les questionner. L'homme qui possède à fond le sujet, c'est toi.

Nate lui tendit une série de fiches. Wingard les étudia avec attention. Savez-vous combien de jeunes s'adonnent à la drogue? Un de vos amis a-t-il péri à la suite d'une overdose? Avez-vous des suggestions à faire pour lutter contre ce fléau? Le sénateur rangea les fiches dans la poche intérieure de sa veste.

— Je connais ces salades par cœur, mais répétons encore une fois. Je suis partisan de la prévention contre la drogue dès le jardin d'enfants, de l'arrêt de l'aide américaine aux pays qui refusent de mettre un terme à la contrebande de stupéfiants, d'un renforcement des moyens de la DEA, des garde-côtes et des services des douanes. Suis-je favorable ou non au traitement immédiat de tous les toxicos qui le demandent?

— Bien sûr que oui. Cela coûtera bonbon au budget fédéral. Mais même si tu réclames une baisse des impôts, cette cause-là est juste.

— Merci de si bien clarifier mes convictions, murmura le sénateur.

— Je n'existe pas, répliqua Nate en jetant par la fenêtre sa cigarette à demi consumée.

— Je suis aussi contre la pollution, non? Ça va durer longtemps?

— T'occupe. Une fois que tu seras à la Maison Blanche, personne n'en parlera plus.

La voiture s'arrêta devant le collège McKinley. Sous l'œil des caméras, professeurs et administrateurs attendaient le candidat. Wingard se tourna vers Heller.

— Heureusement que nous avons Pete Carlson de notre côté.

— N'est-ce pas qu'il est utile? répondit Heller avec un petit sourire satisfait. Il est si agréable d'avoir un informateur bien placé à Key. Cette Yelena Gregory lui confie sur l'oreiller des tas de renseignements croustillants. Mais rien n'est gratuit, patron. Lorsque nous aurons gagné, nous devrons lui trouver une situation. Coucher avec elle le rend malade. Il ne sait pas s'il pourra tenir encore longtemps.

Nate gloussa.

— Souviens-toi : des réponses courtes, conclut-il, tandis que le sénateur s'extirpait de sa voiture, mains tendues vers ceux qui l'attendaient sur le trottoir.

36

Furieux, le visage cramoisi, Pete Carlson pénétra violemment dans le bureau de Yelena Gregory et se mit à hurler.

— Qu'est-ce que c'est que cette histoire ? C'était moi qui devais faire l'émission. Pas Eliza Blake !

Yelena se leva.

— Je t'attendais, dit-elle en contournant son bureau pour aller fermer la porte. Prenez les messages, ajouta-t-elle à l'intention de la réceptionniste, gênée.

Elle fit face à Pete et siffla :

— Ne me fais plus jamais ça !

Ce n'était pas la réaction à laquelle il s'attendait. Mais elle ne lui laissa pas le temps de répliquer.

— Pas de récriminations avec moi. Je fais tout ce que je peux pour toi. Ton image ici est mauvaise. Et cela uniquement par ta faute.

— Mais c'est un camouflet ! Bill l'a toujours fait tout en continuant à présenter le journal !

Sa protestation laissa Yelena de marbre.

— Pourquoi n'acceptes-tu pas l'explication officielle ? Cela te demanderait beaucoup trop de travail, alors que tu dois d'abord te familiariser avec ton nouveau poste.

— Tout le monde sait que je suis capable de mener les deux de front. Quant à Eliza, sa nouvelle promotion ne l'empêchera pas d'animer son émission du matin.

Yelena but une gorgée de thé tout en réfléchissant à ce qu'il venait de dire. Il avait raison. Il aurait été tout à fait capable d'assumer les deux tâches. Mais Range, à la réunion de ce matin, s'était montré inflexible. Même si elle avait pu passer outre, elle ne l'avait pas fait. Elle aussi pensait que « Profils de présidentiables » bénéficierait de la popularité d'Eliza.

Pete prit son silence pour un désaveu.

— Toi aussi, tu crois que je ne serais pas à la hauteur, c'est ça ?

— Je n'ai pas dit ça, mon chéri.

— Mais tu n'en penses pas moins.

Il fit mine de sortir. Yelena l'arrêta d'un geste.

— Attends, Pete, je t'en prie.

En tant que présidente, les crises de Pete ne l'impressionnaient guère. Mais la femme qu'il avait éveillée en elle ne voulait pas perdre l'homme qui, pour la première fois de sa vie, lui donnait la sensation d'être désirable. Pete ne s'y trompa pas. « Il va falloir que je continue à coucher avec elle, pensa-t-il. Et à enfoncer encore un peu plus Eliza. »

37

— Enfin, te voilà. Je ne sais pas si j'aurais pu garder ta place plus longtemps.

Eliza s'assit sur la chaise de métal, à côté de Mary Cate Ryan.

— Merci, Mary. De quoi s'agit-il ? Ce n'était pas prévu au programme.

— Je sais. Le bureau des reportages a reçu après minuit un coup de téléphone de l'équipe de Wingard. Apparemment, il souhaite faire un point presse à propos du sida. Cela pourrait être intéressant. Quoique tous les candidats aient déjà délivré leur petit topo sur le sujet et portent un ruban rouge au revers de leur veston.

Le chahut cessa lorsque Nate Heller grimpa sur le podium de la salle de conférences de Miracle House.

— Mesdames et messieurs, merci d'être venus si nombreux, surtout après avoir été prévenus si tard. Le sénateur Wingard va prononcer une brève allocution à l'issue de laquelle il répondra à vos questions.

Sans regarder son amie, Mary Cate lui toucha discrètement le coude tandis que le candidat, à grandes enjambées, gagnait le podium.

— Cela va être grandiose.

Eliza lui répondit par un petit sourire. Elle ne savait trop que penser du candidat. Tout ce qu'elle avait lu sur lui était si politiquement correct, si parfait. Rien, dans sa documentation, ne lui avait permis de le cerner. Pas la moindre anecdote révélatrice, pas la moindre épreuve, pas le moindre revers. Elle espérait pouvoir aller au-delà de cette image convenue lorsqu'elle l'interviewerait.

— Mesdames et messieurs les journalistes, ceci est un préservatif.

Haines Wingard, superbe dans son costume bleu marine à 1300 dollars, sortit de sa poche un petit paquet bleu, l'ouvrit et déplia son contenu. Toutes les caméras se braquèrent sur lui. Il y eut dans l'assistance des murmures nerveux.

Eliza se pencha vers Mary Cate.

— Devine qui va faire les gros titres de tous les journaux télévisés ce soir ?

— Maintenant que j'ai réussi à attirer votre attention, nombre d'entre vous ont déjà deviné pourquoi je vous ai demandé de venir ce matin. Syndrome d'immunodéficience acquise. Sida. Ce fléau se répand avec une vitesse stupéfiante aux États-Unis et dans le reste du monde. On prévoit, à l'aube du nouveau millénaire, entre 38 et 110 millions de cas sur l'ensemble de la planète. Entre 38 et 110 millions !

L'assistance resta silencieuse.

— Rappelons quelques faits bruts. Le sida est provoqué par un virus appelé virus d'immunodéficience humaine ou VIH. À l'inverse des autres virus, comme celui de la grippe, par exemple, il ne meurt pas après avoir causé ses ravages. Il s'installe dans l'organisme, mêlant son matériel génétique à celui des cellules du corps, qu'il utilise pour se reproduire. Nos cellules deviennent ainsi de minuscules fabriques du VIH.

Wingard toisa l'assistance, s'attardant avec insistance, d'un air de défi, sur tous ceux qui ne prêtaient qu'une oreille distraite à ses propos. Il but lentement un verre d'eau avant de poursuivre.

— Le VIH s'attaque en premier lieu aux cellules T, qui jouent un rôle clé dans le système de défense immunitaire de l'organisme. Une fois ces cellules détruites, notre corps ne peut plus se protéger contre les agressions extérieures. Le malade meurt. On nous répète à l'envi que les modes de transmission de la maladie sont les relations sexuelles non protégées, l'échange d'aiguilles ou de seringues infectées, les transfusions de sang contaminé. Tout donneur de sang subit d'ailleurs un test de dépistage. Mais d'autres points méritent qu'on s'y arrête. Des enquêtes ont montré qu'aux États-Unis, les adolescentes avaient en moyenne leur premier rapport sexuel à l'âge de seize ans. L'âge moyen pour les garçons est de quinze ans et demi. On estime également que deux millions et demi d'adolescents sont contaminés chaque année par des maladies sexuellement transmissibles.

Eliza pensa à Janie, encore trop jeune, grâce à Dieu, pour être concernée par ces statistiques angoissantes.

— Selon d'autres études, soixante pour cent des lycéens américains ont déjà consommé des drogues illégales. Certaines d'entre elles s'injectent par piqûres.

Wingard se tut un instant, pour laisser ses paroles produire leur effet.

— Nul besoin, mesdames et messieurs, d'être médecin ou scientifique pour prendre conscience de ce désastre. Nous devons agir. À titre individuel, comme les bénévoles de Miracle House qui viennent en aide aux malades du sida et à leurs familles, leur permettant de surmonter les moments les plus difficiles. Et collectivement, en tant que nation. Voilà pourquoi j'annonce aujourd'hui la création de la Croisade contre le sida, sur le modèle de la *March of*

Dimes, quête à l'échelle nationale lancée en 1938 par le président Roosevelt pour combattre le fléau de l'époque : la poliomyélite. Alors qu'ils sortaient à peine de la Grande Dépression et que la Deuxième Guerre mondiale menaçait, les Américains répondirent à l'appel. Centime par centime (« Même si vous n'envoyez qu'une pièce de monnaie, vous apporterez votre pierre », avait clamé le président Roosevelt), la collecte rapporta 675 millions de dollars qui, consacrés à la recherche, aboutirent dans les années 1950 au vaccin de Salk et Sabin. Depuis, la poliomyélite a été quasiment éradiquée. Nous devons, nous aussi, faire de la lutte contre le fléau d'aujourd'hui une priorité nationale. Si chaque homme, chaque femme, chaque enfant envoie ne serait-ce qu'un dollar, nous en récolterons 250 millions, ce qui nous permettra de trouver une parade contre cette peste de notre temps. Une fois à la Maison Blanche, je ferai tout mon possible pour augmenter les allocations fédérales destinées à la recherche contre le sida. Mais nous n'avons pas de temps à perdre. Les scientifiques continuent leurs recherches sur un vaccin éventuel, mais il se révèle beaucoup plus difficile à mettre au point que prévu. Nous devons nous attaquer à cette immense tâche dès aujourd'hui. Chacun de nous doit y contribuer.

Wingard regarda les représentants de la presse.

— Vous êtes bien placés pour lancer le mouvement. J'espère que vous mettrez tous vos moyens dans la bataille. Des questions ?

— Quelles seront les modalités de la collecte de fonds ? demanda le représentant de l'Associated Press.

— Par courrier, pour l'instant, à une adresse postale que nous rendrons publique à l'issue de cette conférence de presse.

— Monsieur le sénateur, pourquoi vous intéressez-vous à cette cause en particulier, à ce moment précis ?

Eliza crut déceler sur le visage de Wingard une trace d'irritation tandis qu'il se penchait vers son pupitre et triturait ses notes.

— Parce que j'ai sillonné ce pays. Le destin des malades de sida que j'ai rencontrés, leur souffrance et celle de leurs familles m'ont profondément touché. Songez que certains bébés, fruits d'adultes contaminés, naissent avec la maladie. Ces enfants perdent très vite leurs parents et doivent eux-mêmes affronter la perspective d'une mort inéluctable. Quant aux adolescents, ils sont de plus en plus nombreux à être atteints. Je ne veux plus voir, en Amérique, de jeunes vies pleines de promesses fauchées de façon aussi absurde. Nous ne pouvons nous en remettre à la seule action de l'État. Nous devons prendre les choses en main par nous-mêmes, apporter notre contribution à la lutte. Le sida est une urgence absolue. En venir à bout doit devenir une priorité nationale.

D'autres questions suivirent. Le sénateur quitta ensuite le podium. Aussitôt, des hôtesses distribuèrent à la presse des tracts donnant l'adresse, à Washington, de la boîte postale où envoyer les dons.

— Génial ou ringard ? demanda Mary Cate à Eliza alors qu'elles regagnaient les studios.

— Je dirais génial. C'est une cause importante. Même ceux qui ont assez d'en entendre parler se rendent compte que le fléau ne reflue pas et qu'ils ne peuvent garder plus longtemps la tête dans le sable.

— Mais il est déjà exposé. Pourquoi prendre le risque d'une polémique ?

— Réfléchis. Personne n'osera lancer une controverse sur un sujet aussi grave. Wingard essaie simplement de faire quelque chose de constructif contre une maladie effroyable. Qui pourrait le lui reprocher ? Il se donne des allures de leader, prenant à bras-le-corps un problème que personne n'a eu le cran, avant lui, d'affronter de cette manière.

— Tu as raison. Tu as remarqué la référence à Roosevelt ?

— Oui. Bien joué. Je vois d'ici les journaux télévisés du soir. Un reportage sur la conférence de Wingard, suivie d'un rappel historique de la *March of Dimes*. Des millions de personnes feront le rapprochement entre Wingard et son illustre aîné. Un coup de maître.

38

Eliza prépara son interview de Haines Wingard en sachant qu'elle s'adresserait à un homme certain, à présent, de devenir candidat à la présidence des États-Unis. Assise devant son ordinateur, dans son bureau de « Key to America », elle inséra dans sa machine la disquette de Bill. Elle espérait y dénicher quelque chose qui provoquerait chez Wingard une réponse spontanée, non calculée, mais ne trouva rien qui aurait pu l'aider, même en étudiant attentivement ce que Bill avait écrit.

En dehors de la politique, Wingard n'a qu'une passion : le sport. Supporter de l'équipe de base-ball du Michigan, il s'efforce de ne rater aucun match. Il passe ses vacances dans sa maison de famille, au bord du lac Michigan, où il se livre à ses passe-temps favoris : le golf et la voile.

Sa femme Joy a bien essayé de l'intéresser au théâtre et à l'art, mais il préfère la musique pop et, d'un point de vue artistique, a une prédilection pour les croûtes.

En fait, les Wingard ne passent que rarement ensemble le peu de temps libre dont ils disposent. Sans enfants, après plusieurs fausses couches de Joy, le couple se consacre essentiellement à la carrière politique de Wingard. Joy s'acquitte avec conscience de ses obligations officielles. Elle se comporte de façon parfaite, regardant le candidat au moment opportun, hochant la tête, applaudissant, souriant chaque fois qu'il le faut. On dénote pourtant chez elle un certain manque de spontanéité, d'enthousiasme.

« Magnifique. Je lui demanderai : "Monsieur le sénateur, quel marché avez-vous passé avec votre femme ?" Cela le déridera sûrement », songea Eliza.

L'interroger sur la taupe.

Elle sursauta. La taupe ? Qu'est-ce que Bill voulait dire par là ?

Il dressait ensuite la liste des projets de loi que Wingard n'avait pas réussi à faire voter par le Congrès. La liste était brève. Le candidat idéal. Pas d'erreurs, de bévues, de cadavres dans les placards.

Eliza éteignit son ordinateur, décroisa ses longues jambes et s'étira. Wingard était attendu à Key News l'après-midi même. Jamais une interview n'avait rendu la jeune femme aussi anxieuse. Elle tenait absolument à la réussir, à démarrer sa série d'émissions en fanfare. Elle savait que ses supérieurs se montreraient très attentifs à cette première prestation. Elle ne devait échouer pour rien au monde.

Elle avait décidé de centrer ses questions sur l'histoire personnelle de Wingard, sur les épreuves qu'il avait surmontées. Chez certaines personnes, pensa-t-elle, l'adversité constitue un grand révélateur, un stimulant. Elle lui parlerait de son enfance, avant de l'interroger sur ses espoirs, ses aspirations. Ses collègues des autres chaînes se contentaient de suivre la campagne, de décortiquer ses déclarations. Elle chercherait, elle, à aborder des sujets moins attendus, pour le faire sortir de lui-même.

Elle emporta ses fiches dans la salle de maquillage et les étudia une fois encore. Lucille, qui l'attendait, la complimenta sur son tailleur beige, aussi sobre qu'élégant, avant de commencer à la préparer. Elle accentua le contraste entre les cils sombres et les grands yeux bleus d'Eliza, atténuant les taches de rousseur de son nez, résultat des promenades dans le parc, au soleil de mai, en compagnie de Janie, élargissant à peine les contours de sa bouche.

La jeune femme avait décidé d'accueillir le sénateur dans le hall de Key. La limousine noire de Wingard se gara devant l'immeuble. Des agents des services de protection avaient pris place sur le trottoir et dans le hall. L'un d'eux ouvrit la portière de la voiture. La tête chauve de Nate Heller apparut, suivie de celle de Wingard.

« Il a de la présence », se dit Eliza. Même le personnel blasé de Key semblait impressionné. Elle respira un grand coup avant de s'avancer vers la grande porte tournante. Wingard marcha dans sa direction, boutonnant son veston d'une main.

— Eliza ! Quelle joie de vous voir ! Je vous ai aperçue l'autre jour à Miracle House.

Elle lui tendit la main. Le sénateur la serra avec fermeté. Son sourire désarmant mit en valeur la blancheur immaculée de ses dents.

— Oui. Et la fois précédente, c'était lorsque vous avez participé à notre émission du matin après avoir, la veille, gagné les primaires du New Hampshire. Tout va bien pour vous, on dirait.

Il hocha la tête avec une humilité discrète, parfaitement feinte, désigna d'un geste son directeur de campagne.

— Je suis sûr que vous vous souvenez de Nate Heller.

— Bien sûr, répondit Eliza en souriant et en serrant la main de Nate. Nous nous sommes rencontrés dans le New Hampshire.

Sur le chemin du studio, la jeune femme expliqua aux deux hommes que l'enregistrement aurait lieu dans la salle des interviews. Les téléspectateurs croiraient voir une bibliothèque confortable, remplie de livres. Il s'agissait en fait d'un petit studio meublé de deux chaises et de rayons de faux bois encombrés de volumes dont personne ne voulait. Bien placées, les caméras faisaient des merveilles.

Nate resta debout dans un coin, laissant Wingard et Eliza s'asseoir. Le preneur de son accrocha de minuscules micros sur leur veste. La jeune femme jeta un œil sur ses fiches pendant que Lucille maquillait rapidement le candidat. L'entretien pouvait commencer.

— Monsieur le sénateur, accepteriez-vous d'évoquer pour nous votre enfance ?

— Comme vous le savez, Eliza, je suis né et j'ai été élevé dans le Michigan, au sein d'une famille aisée. On peut dire que j'ai eu une jeunesse dorée, ce qui, à l'époque, me paraissait tout à fait naturel. Ce n'est que plus tard que j'ai pris conscience de tous les avantages dont j'avais bénéficié.

— Quels avantages ?

Wingard ne prit même pas la peine de réfléchir. Sa réponse vint tout naturellement.

— À l'inverse de tant d'enfants américains d'aujourd'hui, je jouissais non seulement de l'essentiel, d'un toit, d'une nourriture abondante, de vêtements confortables, mais mes parents avaient les moyens de m'offrir des vacances, des voyages éducatifs, des distractions, des cours privés de musique, privilèges dont je voudrais que tout enfant américain puisse profiter.

— Personne ne vous contredira là-dessus.

La voix d'Eliza s'adoucit.

— Monsieur le sénateur, Mme Wingard et vous n'avez pu avoir d'enfant. En quoi cela a-t-il affecté votre vision des choses ?

— Cela ne nous a pas posé de gros problèmes. Oui, nous désirions ardemment un bébé. Mais nous avons accepté de ne pas en avoir. J'ai décidé d'utiliser l'énergie que j'aurais employée à élever un enfant à servir la cause de tous les enfants de notre pays. Je veux que chaque petit Américain ait toutes ses chances dans la vie.

Il mentait. Eliza en était sûre. Elle savait, pour avoir travaillé sur une série d'émissions traitant de l'infertilité, que ne pas avoir d'enfant alors qu'on le désire vraiment cause aussi bien chez les hommes que chez les femmes une peine profonde. Les psychologues affirment que la perspective de ne jamais avoir de descendant biologique doit être vécue comme un deuil, une mort. La mort d'un rêve. Ceux qui étaient passés par là déclaraient que cette douleur durait des années. Ils continuaient à vivre avec une blessure qui ne se refermait jamais complètement. Et lui affirmait que cela ne lui avait pas posé de gros problèmes ?

Elle changea de sujet.

— Monsieur le sénateur, la plupart des gens se déclarent fatigués de ce qu'on pourrait appeler la « clique » de Washington, ce Congrès et ce gouvernement d'anciens avocats devenus politiciens. Vous êtes vous-même diplômé de la faculté de droit de Yale et vous avez exercé de nombreuses années. Que répondriez-vous à ceux qui vous diraient : « Assez d'avocats. Envoyons à la Maison Blanche un homme ayant une véritable expérience de la vie. »

Les yeux de Wingard s'allumèrent.

— Je n'en sais rien, Eliza. Mais j'affirmerais ceci : les études de droit sont un bon passeport pour la vie. J'ai souvent pensé que si je venais à bout de l'épuisante préparation au barreau, je pourrais relever n'importe quel défi, y compris, conclut-il avec un large sourire, celui de la course à la présidence.

39

— Beau travail.

Range avait apprécié l'interview de Wingard. En compagnie d'Eliza, de Pete Carlson et de Yelena

Gregory groupés dans l'aquarium, il venait de visionner le face-à-face avant de donner son feu vert pour un passage à l'antenne.

— C'est loyal, direct, dit Yelena.

Elle regarda Pete, guettant son approbation. Il se contenta de hocher la tête.

Range consulta sur l'écran de son ordinateur la retranscription de l'interview.

— Il reste du temps pour que Pete te pose quelques questions après la diffusion de l'entretien. Voyez ça entre vous. Trente secondes, pas plus.

Eliza et Pete quittèrent le bureau de verre et se dirigèrent vers le studio.

— Une idée ? demanda Pete.

Elle réfléchit un instant.

— Les téléspectateurs s'intéressent toujours à la vie personnelle des candidats. Pourquoi ne m'interroges-tu pas sur les loisirs de Wingard ? Mais surtout ne me demande pas ce que le couple Wingard fait ensemble de son temps libre. Ils se distraient chacun de leur côté.

— Entendu. Quoi d'autre ?

— Demande-moi quel impact le lancement de la Croisade contre le sida a eu sur la campagne.

— Parfait.

Elle pénétra dans la salle de maquillage. Pete, lui, gagna le studio où Lillian l'attendait. Elle le prépara rapidement avant de rejoindre Eliza. Pendant que la maquilleuse saupoudrait son visage, la jeune femme écouta Pete annoncer, après la musique du générique, les principaux titres du journal. Son passage à l'écran aurait lieu après la première pause de publicité. Elle s'installa à côté de lui pendant la dernière pub, rectifia le pli du col de sa veste de tailleur vert pâle. Pete annonça son reportage.

— Le sénateur Wingard est donné favori pour la désignation du candidat de son parti à la présidentielle. Eliza Blake l'a suivi et s'est entretenue avec lui cette semaine, dans le cadre de notre émission « Profils de présidentiables ».

Eliza regarda le reportage sur l'écran de contrôle. Il lui restait trois minutes avant que la caméra ne se tourne à nouveau vers le *desk* du présentateur. Elle remarqua que Pete ne suivait pas l'interview. Il griffonnait quelques notes.

La jeune femme nota avec satisfaction que le reportage paraissait durer moins de trois minutes, signe qu'il était intéressant. Trois minutes sur « À la une ce soir » semblaient toujours durer une éternité.

— Dix secondes ! déclara le chef de plateau.

Pete consultait toujours ses notes.

— Cinq secondes !

Pete fixa la caméra, puis Eliza.

— Intéressante interview, Eliza. Dites-moi, que fait Haines Wingard quand il ne se consacre pas à la course à la présidence ?

Elle sourit à la caméra.

— Eh bien, Pete, Wingard est un fana de sports. Il s'efforce d'assister à tous les matchs de base-ball de son équipe favorite, celle de l'État du Michigan. Il est aussi un joueur assidu de golf, bien que son emploi du temps ne lui permette que de faire quelques trous ici ou là.

— Parlez-nous maintenant du couple Wingard. Quels loisirs partagent le sénateur et sa femme ?

Un sourire narquois se dessina sur les lèvres de Pete. Son œil brilla.

Le salaud ! C'était du sabotage. Ravalant sa rage, Eliza se donna une contenance et réfléchit à toute allure. Elle devait paraître naturelle. Que dire ? Les notes de Bill, les notes de Bill ! La caméra enregistra son hésitation.

— Joy Wingard s'intéresse beaucoup au théâtre et à l'art, Pete, articula-t-elle péniblement. Ah, en fait, elle fréquente assidûment la National Gallery et le Centre Kennedy. Elle a essayé de faire partager sa passion à son mari. Mais il préfère les variétés et les peintres du dimanche.

Elle avait, en s'entendant parler, l'impression de bafouiller. Heureusement, le chef de plateau lui fit signe que son temps d'antenne s'achevait. Alors, la colère la submergea. Elle attendit la fin du journal pour aborder Pete à la sortie du studio. Les occupants de l'aquarium entendraient tout, mais elle ne s'en souciait pas. Elle cria :

— Tu as été minable !

— Je ne vois pas de quoi tu veux parler, répondit-il d'un air perplexe démenti par la lueur qui dansait dans ses prunelles.

— Tu le sais très bien ! Je t'avais expressément demandé de ne pas me poser de questions sur le couple Wingard et c'est ce que tu as fait bille en tête. Qu'est-ce que tu manigances ?

— Mais rien du tout, Eliza. Il doit y avoir un malentendu.

Tu parles.

40

Louise Kendall devait passer au bureau aujourd'hui pour prendre les effets personnels de Bill. Il fallait le faire, même si Jenny redoutait cette rencontre. Le bureau était désormais celui de Pete Carlson. La veille, après un autre coup de téléphone suppliant de la secrétaire de Bill, Louise avait enfin accepté d'en finir une fois pour toutes.

— Jenny, je sais que ce sera pénible pour vous, mais vous pourriez empaqueter ses affaires ? Je n'aurai pas le courage de le faire moi-même.

Précieuse, indispensable Jenny : elle le ferait, bien sûr. C'était son rôle. Elle était bien plus que la simple assistante de Kendall. Elle ne s'était pas contentée de taper son courrier, de réserver pour lui des tables de restaurant ou des billets d'avion. Elle avait toujours veillé sur lui, l'avait protégé, sans cesse à ses côtés, comme un véritable coach. En retour, il la traitait avec infiniment de respect. À ses yeux, ils formaient une équipe, une vraie, et il ne manquait jamais de le lui montrer. Elle se souvint du premier Noël où ils avaient travaillé ensemble. Il lui avait offert une paire de boucles d'oreilles de chez Tiffany, accompagnée d'un chèque consistant. Pendant douze ans, à chaque Noël, chaque anniversaire, le rite avait été le même : la petite boîte bleue contenant chaque fois un trésor, une épingle en argent, un bracelet en ivoire, une chaîne en or, et le chèque. Pour Jenny, qui vivait seule et n'avait personne d'autre à chérir, ces cadeaux représentaient une véritable marque d'amour.

En plus, Bill la stimulait. La justesse de ses observations, de ses commentaires sur les événements du jour, nationaux et internationaux, la passionnait. Elle était toujours impatiente, le matin, de se rendre à son travail.

Allez, Jenny, ressaisis-toi. Tout est fini. Tu ne retrouveras jamais un patron tel que Bill. Elle essuya une larme. Ne commence pas. Tu as tenu le coup jusque-là. Tu as réussi à ne pas pleurer au bureau, ravale tes sanglots jusqu'à ce que tu sois rentrée chez toi.

— Bonjour, Jenny.

— Salut, Jenny.

Louise Kendall venait d'apparaître dans l'encadrement de la porte, élégante et détendue dans son tailleur bleu marine. William se tenait derrière elle.

— Madame Kendall, quelle joie de vous voir, s'exclama Jenny en lui serrant cordialement la main. Et toi, William, je ne savais pas que tu viendrais aussi. Je suis si heureuse de te voir !

Le jeune homme se raidit lorsque Jenny l'embrassa, baissa les yeux. Il l'aimait bien. Elle se montrait toujours gentille avec lui quand il rendait visite à son père. Mais il détestait que les gens se précipitent vers lui.

Surmontant sa gêne, Jenny s'adressa à Louise.

— Comment allez-vous, madame Kendall ?

— On ne peut mieux. Et vous ?

Une voix intérieure lui souffla : « Pour l'amour du ciel, vous étiez divorcée depuis quatre ans. Cela ne doit pas être trop pénible pour vous. » Mais à quoi bon ? Elle se força à répondre :

— Bien, merci.

— Qu'allez-vous faire, à présent ?

— À long terme, je n'en sais rien. Dans l'immédiat, je vais prendre un congé. J'ai envie de m'éloigner de Key quelque temps. J'ai des tas de projets : faire chez moi des travaux que j'ai toujours remis à plus tard, et surtout profiter de New York. J'y habite depuis des années, mais mon emploi du temps ne m'a jamais vraiment permis de flâner. Vous savez ce que c'est…

— Bien sûr, murmura Louise.

Jenny se sentit triste tout à coup, consternée par l'injustice de la vie. Pendant douze ans, elle avait côtoyé Bill tous les jours. Pas une seule journée ne s'était écoulée sans qu'elle pense à lui, se fasse du souci pour lui, s'occupe de lui. Lors de son divorce, c'était à elle qu'il s'était confié, lui disant que seuls subsistaient, entre sa femme et lui, leur amour pour William et l'estime qu'ils se vouaient en tant que parents. Pourtant Louise était là, épanouie, ravissante. La mère du fils de Bill, c'était elle. Et c'était à elle, la veuve de Bill, que l'on témoignait de la compassion.

Les deux femmes gagnèrent le vaste bureau de Bill, d'où l'on voyait en contrebas, à travers une baie vitrée, le studio de « À la une ce soir ». Louise aperçut Range. Les pieds sur la table, il parlait au téléphone. Elle décida de l'aborder plus tard pour l'inviter à son barbecue, le week-end suivant.

— J'ai tout empaqueté. Les cartons de livres ont été envoyés à la bibliothèque d'Omaha, comme vous l'avez demandé. J'ai trié les exemplaires dédicacés avant de les expédier chez vous, dans le New Jersey.

Jenny se tourna vers le fils de Bill.

— William, tu vas avoir une collection de volumes dédicacés par les gens les plus célèbres et les plus importants du moment !

Il ne leva pas les yeux. Il avait suivi les deux femmes dans la pièce, s'était dirigé directement vers le bureau de son père pour s'installer devant son ordinateur.

Louise sourit. Le premier ordinateur qu'il avait vu avait tout de suite exercé sur lui une véritable fascination. Les innombrables spécialistes qu'elle et Bill avaient consultés dix ans plus tôt leur avaient tous affirmé que l'enfant pourrait s'épanouir grâce à l'électronique, qui n'avait pas encore envahi le marché. Bill s'était montré sceptique mais, désireux de ne rien négliger qui pût aider son fils à se réaliser, il était allé, en compagnie de Louise, acheter un ordinateur. Tous les trois avaient appris à s'en servir. Étudiant les programmes les plus simples, William avait très vite fait des progrès considérables. Il découvrait avec joie une activité avec laquelle il se sentait à son aise. Bill et Louise considéraient cet ordinateur comme le meilleur investissement de leur vie.

Jenny secoua la tête en souriant.

— Je suis toujours sidérée de voir à quel point il se débrouille bien avec cet engin. Chaque fois qu'il rendait visite à Bill, il était captivé par l'écran.

Le jeune homme, dont les yeux sombres rappelaient tant ceux de son père, la regarda enfin.

— Mon père jouait avec moi sur l'ordinateur.

— Je sais, William. Il adorait jouer avec toi.

— Moi aussi, j'aimais ça. Et vous, vous jouez à des jeux ?

— Non, répondit Jenny en riant. J'ai juste appris ce qui était indispensable à mon travail. En savoir davantage ne m'a jamais vraiment intéressée.

— Vous devriez. Vous vous amuseriez bien.

Elle sentit les larmes lui monter aux yeux. Elle fit un effort pour ne pas pleurer devant lui. Elle ferma les derniers cartons, expliqua à Louise comment elle avait classé les affaires de Bill et marqué tous les cartons. Les seuls dossiers qu'il avait rédigés les premières années en remplissaient vingt-cinq. Elle les avait expédiés dans le New Jersey, laissant à son épouse le soin de décider ce qu'elle en ferait. Ensuite, il y avait heureusement eu l'arrivée des ordinateurs. Les disquettes prenaient nettement moins de place que le papier.

William examina le bureau de son père.

— Où est l'éléphant ?

Jenny marcha vers le coffre posé dans un coin de la pièce, l'ouvrit, en sortit une lourde statuette de bronze : un éléphant assis, la trompe vers le ciel.

— Voilà, mon chéri. Je l'avais mis à l'abri pour toi. Je savais que tu voudrais conserver cette statue qui trônait toujours sur le bureau de ton père.

Le jeune homme s'en empara avec avidité, la caressa doucement en murmurant :

— Un éléphant n'oublie jamais, un éléphant n'oublie jamais.

— Bien, dit Louise. Il faut partir, William.

Avant de s'en aller, elle demanda à Jenny si elle aimerait venir au barbecue qu'elle organisait dans le New Jersey pour le Memorial Day.

— J'ai pensé que ce serait un bon moyen de remercier tous ceux que Bill aimait.

Jenny appela des manutentionnaires, leur confia les quelques cartons contenant les derniers objets qui restaient dans le bureau de Bill, à charge pour eux de les porter jusqu'à la voiture. Une fois Louise et William partis, elle s'assit, solitaire, dans le grand fauteuil en cuir de Bill Kendall. Elle contempla les rayons de livres vides, les murs débarrassés de leurs cadres, notamment des prix d'excellence obtenus par Bill au cours de sa carrière. La pièce, jadis si animée, était calme, nue. Demain, les peintres changeraient la couleur. Alors, les livres de Pete Carlson empliraient les étagères, ses trophées décoreraient les murs.

Elle se dirigea vers la baie vitrée, regarda en bas. Louise et William étaient dans l'aquarium avec Range. Louise et Range avaient l'air heureux de se voir. William, lui, paraissait désorienté. Jenny n'arrivait pas à croire que Louise donnerait une soirée si peu de temps après la mort de Bill. Cette femme n'avait-elle aucune pudeur ? Elle pensa pourtant qu'il faudrait qu'elle y aille. Un refus pourrait être très mal interprété.

Elle revint vers l'ordinateur de Bill. Elle n'aimait pas l'idée de laisser ses notes personnelles sur le disque dur que Pete Carlson allait désormais utiliser. Pourquoi n'essaierait-elle pas de découvrir le mot de passe ?

41

Eliza serra la main de Louise Kendall.

— Je serai fière de prononcer l'allocution de cette année à la place de Bill, dit-elle. Merci de me l'avoir proposé.

Elle ajouta, à l'intention du fils de Kendall :

— Et toi, William ? Tu assisteras au dîner de la fondation ?

Comme toujours, le jeune homme baissait les yeux.

— Oui, répondit-il d'une voix timide.

— Bien. Je te chercherai dans la foule.

— Nous partagerons tous la même table, précisa Louise.

— J'ai hâte d'être au mois prochain.

— Merveilleux. Je suis tellement soulagée que vous ayez accepté. Sans vous, je ne sais pas ce que j'aurais fait. Je vous rappellerai pour les détails. À propos, je souhaiterais vous inviter au barbecue que j'organise lundi. Je sais que je vous prends de court, mais je me suis dit que les amis de Bill seraient heureux de se retrouver.

— Je serai ravie de venir. Merci d'avoir pensé à moi.

— Bien sûr, amenez votre petite fille. Nous avons une piscine. Qu'elle n'oublie pas son maillot de bain.

— Janie sera enchantée.

— Qu'elle n'oublie pas son maillot de bain, répéta une voix en écho. Janie sera enchantée.

Eliza jeta à William un coup d'œil un peu inquiet. Louise la rassura.

— Ne vous formalisez pas. William est un excellent imitateur, un véritable magnétophone. Il répète des conversations qu'il n'a entendues qu'une fois, parfois des semaines ou des mois plus tard.

La jeune femme éclata de rire.

— Eh bien, maintenant que je sais que tout ce que je dirai devant William sera enregistré, je ferai attention.

Immédiatement après le départ de Louise et de William, Mack McBride pénétra dans le bureau d'Eliza, un sac de papier marron à la main et un large sourire sur le visage. Il posa le sac sur la table.

— Deux coupes glacées au caramel.

— Exactement ce qu'il me faut, répliqua la jeune femme en battant des mains. Mais que fêtons-nous ?

— Ceci.

Il extirpa un journal du sac, le déplia. C'était un exemplaire du *Mole*. La une, en grosses lettres, sauta aux yeux d'Eliza : MYSTÉRIEUX SUICIDE D'UN PRÉSENTATEUR VEDETTE. Elle feuilleta rapidement la feuille à scandale, à la recherche de l'article, découvrit des photographies de Bill, de Pete Carlson et d'elle-même. Le *Mole* racontait les circonstances de la mort de Bill, rappelait qu'Eliza le remplaçait au journal du soir lorsqu'on avait appris la nouvelle, annonçait la nomination de Pete Carlson. Elle lut avec intérêt le paragraphe qui, fondé sur une source anonyme, précisait que Pete se trouvait sous haute surveillance, qu'on attendait de lui un taux d'écoute à la hauteur de son prédécesseur. Sinon, il serait rapidement évincé.

— Il ne va pas aimer ça du tout.

— Tant mieux. De toute façon, il est nul.

— Mack, pourquoi tant de hargne ? Pete t'a fait quelque chose ?

« À moi, rien. Mais à toi, si », pensa-t-il. Il se pencha par-dessus le bureau, embrassa longuement Eliza.

— Tu sens si bon.

Elle ne put s'empêcher de se raidir.

42

Dennis relut les lignes tracées sur une épaisse feuille de papier à lettres portant, en haut à gauche, l'en-tête de Léo Karas, docteur en médecine. Il ferma les yeux et murmura :

— Oh, non ! Pas ça, pas maintenant, alors que je pensais être débarrassé de cette affaire…

Monsieur le juge,

Avant sa mort, M. Kendall m'a mis au courant de votre accord.

Les chèques à venir devront m'être adressés. Cinq mille dollars ne suffiront plus. Nous exigeons à présent des versements mensuels de dix mille dollars.

Vous pouvez compter sur ma discrétion.

Léo Karas

Suivait une adresse, sur la 80e Rue Est, où Dennis devait expédier ses chèques. La poisse ! Tout recommençait. La mort de Kendall n'avait pas mis fin au cauchemar.

Dennis se dirigea vers le bar et se servit une grande rasade de whisky. Où allait-il trouver 10 000 dollars chaque mois ? Karas n'était qu'un voleur, un maître chanteur. Il risquait de tout faire capoter. Comment réagirait-il s'il avait vent de l'arrangement entre Dennis et Nate Heller, de l'attribution de ce poste de juge fédéral qu'il convoitait depuis si longtemps ? Ce psychiatre n'était pas le genre d'homme à se laisser attendrir par le sort de la vieille maman de Quinn. Il allait lui rendre la vie impossible.

Dennis avait besoin d'aide, de réconfort. Sinon, il allait devenir fou. Il décrocha le téléphone, composa un numéro, reconnut la voix familière.

— Allô ?

— Grâce à Dieu, tu es là.
— Où veux-tu que je sois ?
— Il faut que je te parle.
— Qu'est-ce qui ne va pas ?
— Je ne peux plus vivre ainsi. Aide-moi.

43

Léo Karas verrouilla la porte de son bureau et emprunta le couloir recouvert de moquette jusqu'à l'ascenseur. Une des lampes avait grillé. Tout en notant ce détail, il se demanda combien de milliers de petits faits semblables le cerveau humain enregistrait chaque jour. Pourquoi certaines personnes s'attachaient à des choses que d'autres ne remarquaient même pas ? Le fonctionnement du cerveau le fascinait.

Au moment où s'ouvrait la porte de l'ascenseur, il consulta sa montre : 23 h 30. Cette nuit encore, il se coucherait tard. Sa double activité de psychiatre et d'expert auprès des tribunaux de New York remplissait largement ses journées. Ce soir-là, il avait passé plusieurs heures à sa table, élaborant le plan de son troisième livre, provisoirement intitulé *Le Point de rupture*.

Juan, l'aimable portier aux cheveux gris, veillait dans le vestibule, sa veste d'uniforme boutonnée jusqu'au col.

— Vous ne chômez pas, hein, docteur, dit-il avec sollicitude.

— Il faut ce qu'il faut, Juan, répondit Karas en souriant. À demain.

Il aimait ce portier à la courtoisie toujours égale. On racontait que Juan, membre de l'intelligentsia cubaine, avait fui l'île en catastrophe le jour de la prise de pouvoir par Castro. Karas voyait en lui une illustration parfaite de ces hasards de l'existence qui façonnent les vies humaines.

Il quitta l'immeuble, tourna à gauche dans la 80ᵉ. Il n'était qu'à quelques centaines de mètres de son appartement. Il aimait rentrer chez lui à pied. Cette marche nocturne l'aidait à décompresser.

Au croisement de la 80ᵉ Rue et de Park Avenue, il attendit que le feu passe au vert. Il traversa le vaste boulevard, poursuivit son chemin. Tout semblait anormalement calme. La rue était déserte. La plupart du temps, il croisait un homme promenant son chien ou garant sa voiture. Il se sentit presque soulagé en apercevant le sans-abri. Il avait déjà remarqué sa présence dans le voisinage. La police mettait un point d'honneur à expulser les SDF du secteur, mais celui-là, visiblement, avait réussi à revenir.

L'homme poussait devant lui un chariot rempli à ras bord de vieux vêtements et de sacs-poubelle contenant on ne savait quoi. Impossible de déterminer son âge exact ; il pouvait avoir entre trente et cinquante ans. Il marchait lentement, se balançant de droite à gauche, ses cheveux noirs dépassant de sa casquette de base-ball. En dépit de la tiédeur de cette nuit de mai, il portait un anorak matelassé qu'on lui avait sans doute donné dans un foyer. Le docteur se demanda ce qui avait provoqué la déchéance de cet homme. Quel avait été son « point de rupture » ? Il se dit qu'il devrait intégrer dans son livre un passage sur les SDF, effectuer des recherches sur eux. En fait, le sujet méritait un volume à lui seul.

En s'approchant du clochard, il le dévisagea. L'autre ne croisa même pas son regard.

— Bonsoir, docteur, dit-il en fixant ses vieilles baskets.

Karas tressaillit. Comment cet homme connaissait-il son métier ?

Les yeux toujours baissés, le SDF ajouta :

— Avez-vous beaucoup d'animaux ?

Que voulait-il dire ? Karas sortit son portefeuille, glissa dans la main du SDF un billet de cinq dollars. L'homme, sans un mot, le regarda s'éloigner.

Karas parvint enfin devant l'imposant immeuble des années 1930 où il habitait, pénétra dans le hall, ouvrit sa boîte aux lettres. Il lut, au dos d'une grosse enveloppe, l'adresse d'Albert, Hayden et Newcome, avocats, parcourut le document dans l'ascenseur.

Cher Monsieur Karas,

Nous vous notifions que vous figurez sur le testament de William D. Kendall, dont nous vous faisons parvenir une copie, l'exécutrice testamentaire étant Louise Palladino Kendall, demeurant 14, Ashley Place, Park Ridge, New Jersey.

L'inventaire des biens de feu M. Kendall se révélant d'une complexité extrême, il faudra entre douze et dix-huit mois pour verser à chaque bénéficiaire ce qui lui revient. Toute question relative à l'inventaire devra être posée à l'exécutrice.

Croyez en nos sentiments les meilleurs.

Jackson Hayden

Karas prit connaissance du testament. Louise Palladino Kendall et son fils William héritaient de l'ensemble des biens de Bill, hormis 100 000 dollars que se partageaient Range Bullock, Jenny White et le père Alexander W. Fisco.

La fondation National Fragile X, le Special Olympics et la fondation New Visions for Living recevaient des legs importants, de même que la Croisade contre le sida.

De même que Léo Karas.

44

Eliza se sentait fière d'elle-même. Elle commençait à exceller dans le maniement de son ordinateur et n'avait pas fumé depuis six jours. Elle ne savait pas lequel de ces deux exploits lui paraissait le plus extraordinaire. Elle travaillait dans son appartement, ce samedi après-midi. Assise par terre à côté d'elle, Janie jouait avec son singe en peluche.

La jeune femme s'était abonnée à un service d'informations qui lui permettait de consulter des articles de journaux et de magazines sans sortir de chez elle. On lui transmettait des disquettes qu'elle transférait sur son disque dur, comme elle l'avait fait pour les dossiers de Bill.

Elle avait décidé de prendre de l'avance, de travailler sur l'allocution qu'elle prononcerait au dîner de la fondation et qu'elle tenait à rédiger à tête reposée, sans précipitation. Elle avait téléphoné à Louise, lui demandant si elle ne possédait pas un des anciens discours de Bill qui lui aurait fourni une base de départ. Louise n'en avait pas. Mais en existait-il dans ses dossiers ?

Elle consulta la liste des fichiers. Le premier portait la mention « Dennis Quinn ». Elle l'ouvrit, tomba sur une longue suite de dates remontant à deux ans. Ce n'était pas ce qu'elle cherchait. Elle ferma le fichier, ouvrit le suivant. Bingo ! Le discours de Bill ! Elle le lut en entier, émue par son éloquence. Visiblement, ses mots venaient du cœur. Elle apprécia particulièrement un passage destiné aux parents d'enfants handicapés.

Un sage nommé Léo Karas m'a dit un jour : « Le fait que vous ayez un enfant anormal ne doit pas affecter le reste de votre vie. Bien au contraire. Assumez votre existence dans son ensemble. Cela vous donnera la force qui aidera votre fils. » Je n'ai jamais oublié ces paroles. Je vous demande de vous en inspirer. C'est une lourde tâche, un chemin difficile. Vous devez prendre soin de vous. Ainsi aurez-vous l'énergie de vous occuper de votre enfant.

Eliza sourit. Karas avait raison. Soudain, une idée lui vint à l'esprit. Bill avait-il noté ailleurs les observations du psychiatre ? Elle tapa « rechercher », puis « Karas ».

Le nom apparut 21 fois.

Léo Karas, 23 février, 13 h

Léo Karas, 26 février, 10h

Léo Karas, 1er mars

etc.

Il s'agissait toujours d'un lundi ou d'un vendredi. Le premier vendredi était celui des primaires du New Hampshire. Ensuite, Kendall avait vu Léo

Karas deux fois par semaine, jusqu'à sa mort. Lors de leurs séances, le docteur n'en avait jamais parlé à la jeune femme, sans doute par déontologie. Eliza frissonna. Le dernier rendez-vous avait eu lieu le lundi 29 avril, trois jours seulement avant le suicide de Bill. À côté de la date figuraient ces mots : « Mettre au point un nouvel arrangement avec DQ. »

45

Peut-être tenait-elle à ce qu'il le sache. Elle n'avait pas déchiré la lettre. Wingard tomba sur elle en ouvrant le journal de Joy dissimulé dans sa penderie et qu'il lisait régulièrement pour tout savoir sur sa femme. L'écriture de Kendall était presque indéchiffrable. Sa missive commençait de façon anodine. Tout à coup, le ton changeait.

J'ai le sida.

Je t'ai peut-être contaminée. Tu ne sauras jamais, mon amour, à quel point j'en suis malheureux.

De ton côté, tu as peut-être contaminé Wingard, même si l'idée que tu aies pu poursuivre tes relations avec lui parallèlement aux nôtres ne me réjouit guère. Mais je dois m'y faire.

Wingard gémit, ferma les yeux. Enfin, il reprit sa lecture.

Je n'ai pas le courage d'affronter la vie avec le sida. Et je n'ai aucune envie de savoir comment on en meurt.

Je suis également au courant de l'accord passé entre Heller et Pete Carlson. Le rendre public me ferait plaisir, d'autant que Carlson s'est montré assez ignoble pour me faire chanter, me demandant d'abandonner mon poste de présentateur en échange de son silence sur ma maladie. La révélation de cet accord ruinerait les chances de Wingard d'accéder à la Maison Blanche. Cela ne me gênerait pas. Mais je ne veux pas te causer le moindre tort.

J'écris un livre depuis deux ans ou presque. Il ne s'agit pour l'instant que d'un monologue intérieur, d'un premier jet. J'avais bien l'intention de ne pas mourir avant de l'avoir terminé. Mais on vient de diagnostiquer chez moi un cancer foudroyant. Mon « histoire » ne verra donc probablement jamais le jour.

Quelle histoire, de toute façon ? Il n'est pas question que notre histoire soit jetée en pâture. Professionnellement parlant, je tire ma révérence après une des plus brillantes carrières de ces dernières années. Certains diront que je choisis la mort des lâches. Si je décide de m'en aller, je me ferai un devoir de ne pas révéler que Wingard a été exposé. Ironiquement, si je n'avais pas été mêlé de près à cette affaire, j'aurais peut-être attendu avec délectation le dénouement de la pièce.

Cela ruinerait les rares moments d'intimité que nous avons passés ensemble. Tout ce qui nous lie serait traîné dans la boue. Je ne veux pas quitter ce monde, et te quitter, dans l'amertume.

Je t'aime, Joy.

C'était signé « B ». Suivait un post-scriptum conjurant Joy de se faire enlever son grain de beauté sur le haut de la cuisse.

Wingard en eut la nausée. Il replaça la lettre dans le cahier.

À présent, où était le bouquin de ce salopard ?

46

En mai, mois de Marie, le père Alec aimait méditer dans la chapelle de la Vierge. Bien cachée derrière le maître-autel de la cathédrale, c'était la chapelle la plus populaire et la plus visitée.

Le jeune prêtre contemplait le chandelier à trois branches suspendu à la voûte. Ce cristal taillé à la main avait dû coûter une fortune. Au début de son sacerdoce, le père Alec s'était interrogé sur l'utilité de la pompe et du faste propres à l'Église catholique. Ne pouvait-on dépenser autrement l'argent des fidèles ? Il avait fini par admettre que ce luxe avait son utilité. Il créait dans les lieux de culte une atmosphère particulière, où la sensation de puissance se mêlait au recueillement.

Une femme âgée pénétra dans la chapelle, marcha jusqu'à l'autel, s'agenouilla, baissa la tête. Une de plus. Mon Dieu, il y en avait tant, chaque jour ! Tant de fidèles se confiant à la Vierge, cherchant une consolation à propos d'un décès, d'une séparation, d'ennuis d'argent, hantés par la peur de l'inconnu, quémandant une force nouvelle ou la paix de l'esprit. Certains trouvaient ce qu'ils cherchaient, d'autres étaient trop submergés par leur souffrance pour éprouver la moindre consolation.

Le pensée du prêtre se tourna vers Bill Kendall. La lettre du cabinet d'avocats était arrivée le matin même. Cent mille dollars ! Le père Alec eut un sourire forcé en se remémorant une de leurs conversations.

Ils étaient assis dans le bureau du prêtre. Kendall avait admiré la tapisserie italienne ornant le mur du fond.

— Je suis heureux de voir que l'Église ne lésine pas sur l'aménagement du bureau d'un jeune ecclésiastique plein d'avenir.

— Elle n'appartient pas à l'Église, avait répondu Alec d'une voix embarrassée. Elle est à moi. Je l'ai achetée alors que je poursuivais mes études à Rome.

— Que faites-vous du vœu de pauvreté ?

— C'est une erreur très répandue. Tous les ecclésiastiques ne prononcent pas ce vœu. Celui d'obéissance, oui. Le vœu de célibat, toujours. De pauvreté, non. Mes découverts sont là pour le prouver !

Ils avaient ri, oubliant un instant pourquoi ils étaient assis là.

Cent mille dollars. Quelle générosité, Bill ! Le père Alec s'était aperçu, en lisant le testament, qu'il n'était pas le seul à bénéficier d'une telle somme. Outre Louise et William Kendall, il avait reconnu les noms de Range Bullock, à qui il avait brièvement parlé le jour des obsèques, du psychiatre de Bill et de sa secrétaire. Il se sentait flatté de figurer parmi ceux que Bill aimait. Le présentateur s'était confié à lui en toute franchise, sans rien omettre de sa vie. À ce propos, le père Alec nota que le nom d'un être particulièrement cher ne faisait pas partie des légataires. Mais un mourant pouvait-il révéler au monde entier l'existence de la femme qu'il aimait ? Le scandale qui en aurait découlé aurait définitivement ruiné la carrière de son mari.

Louise était-elle au courant ? Le père Alec avait essayé de convaincre Bill de lui avouer la vérité. Avait-il aussi révélé à l'épouse du sénateur Haines Wingard qu'il avait le sida ?

La femme en prière se releva, fit le signe de croix avant de se détourner de l'autel. Le père Alec la dévisagea. « Indestructible », se dit-il. Mais il avait appris à se méfier de ses intuitions. Après tout, n'avait-il pas pris Bill Kendall pour un roc ?

47

Le coursier posa les fleurs sur le bureau de Jenny. C'était le type de bouquet qu'elle commandait jadis, sur les instructions de Bill, pour toutes les personnes à qui il souhaitait rendre hommage. Les roses, les lys et les œillets illuminaient la pièce.

Jenny ouvrit la petite enveloppe bleu pâle venant d'un des fleuristes bien connus de East Side, lut la carte avec stupeur : « Pour Jenny, avec ma vive sympathie. Range Bullock. »

Tout en se montrant courtois avec elle, Range lui adressait rarement la parole. Bonjour, bonsoir, rien de plus, hormis quelques questions polies lorsqu'il se rendait dans le bureau de Bill. À l'inverse d'autres personnes qui, rendant visite à Kendall, tentaient de s'attirer ses bonnes grâces, il ne cherchait pas à engager la conversation. En fait, il était trop lié à Bill pour avoir besoin d'elle.

Elle ferma les yeux, respira le bouquet. Comment avait-il pu savoir que les lys étaient ses fleurs favorites ? Toute à sa joie, elle décida, non pas de l'appeler, mais de descendre jusqu'à l'aquarium pour le remercier de vive voix. Poussant timidement la porte, elle le trouva seul devant son bureau.

— Entrez donc, dit-il en lui montrant une chaise.

Elle s'assit ostensiblement sur le coin du siège, pour bien faire comprendre à Range qu'elle n'avait pas l'intention de s'attarder. Elle se sentait mal à l'aise avec cet homme. Avec tous les hommes, en fait. Sauf avec Bill.

— Je voulais juste vous remercier. Vos fleurs sont superbes.

Range tritura son nœud de cravate. Il avait l'air tellement gêné qu'elle se demanda pourquoi il l'avait toujours autant intimidée.

— Je ne peux qu'imaginer à quel point cela a dû être dur pour vous, Jenny. Bill, vous le savez, vous appréciait énormément. Il ne cessait de me dire qu'il ne savait pas ce qu'il aurait fait sans vous.

Jenny hocha la tête en silence, mordant le coin de sa bouche.

— Je voulais que vous sachiez également combien je vous suis reconnaissant de tout ce que vous avez fait pour lui. Je suis sûr qu'il ne me contredirait pas si je vous disais que je vous ai envoyé ces fleurs non seulement en mon nom, mais aussi de sa part.

Les yeux de Jenny s'emplirent de larmes. Range contourna son bureau, lui tendit un mouchoir. Il avança une chaise, s'assit près d'elle tandis qu'elle continuait à sangloter.

— Je crois que vous serez d'accord avec moi, nous sommes les deux personnes, ici, à qui il manque le plus.

Elle le fixa avec gratitude et murmura :

— Il était si bon avec moi... Je ne peux m'empêcher de penser que j'aurais pu faire quelque chose, avoir une parole de réconfort. Je me sens tellement coupable ! J'aurais dû le protéger.

Elle se moucha.

— Jenny, nul n'ignore la sollicitude que vous lui avez témoignée. Yelena Gregory m'en parlait encore hier soir. Je vous en prie, ne vous torturez pas. Même si vous ressentez un grand vide, vous devez penser à l'avenir. Avez-vous songé à ce que vous allez faire ?

— Je n'en sais rien, répondit Jenny en reniflant. Je ne supporte pas de voir la vie continuer, les autres s'installer tranquillement à la place de Bill, Pete Carlson envahir son bureau et Eliza Blake reprendre son émission favorite. On m'a offert un emploi au service du personnel, mais cela ne me tente pas. Mon univers, c'est l'information. Parfois, je me dis que je devrais commencer quelque chose de totalement nouveau, quelque part où rien ne me rappellerait Bill.

Elle avait cessé de pleurer et parlait pour elle-même, réfléchissant à haute voix. Elle se pencha vers son nouvel allié et chuchota :

— J'aimerais quitter Key pour de bon.

Bullock ne réagit pas. Il se contenta de répondre :

— Tous les spécialistes affirment qu'il ne faut jamais entamer une nouvelle existence après une tragédie, qu'on doit laisser passer au moins un an.

— Range, j'ai passé ma vie à faire ce qu'on attendait de moi. Pendant des années, je me suis efforcée de dépenser le moins possible. Avec mes économies et la somme que m'a léguée Bill, je peux m'offrir de longues vacances. J'ai au moins trois ans de salaire devant moi.

— D'accord. Mettons que cela vous fera du bien de partir quelque temps. Mais ne coupez pas les ponts. Lorsque votre chagrin s'estompera, vous vous rendrez peut-être compte que nous vous manquons.

Tout en la regardant s'en aller, il se dit que lui aussi aurait besoin de longues, de très longues vacances. Il en avait parlé à Yelena la nuit précédente. Il l'avait appelée, bouleversé après avoir pris connaissance du testament de Bill. Yelena l'avait écouté patiemment, lui avait répondu avec douceur. Bill lui manquait à elle aussi. Mais ils devaient continuer sans lui. Il était important que Range reste à Key au cours des prochains mois, jusqu'à ce que Pete Carlson se sente à l'aise sur « À la une ce soir ». Car ce qu'elle voulait avant tout, c'était le bonheur de Pete.

48

— Qu'est-ce qui se passe, Joy ?

— Rien.

— Rien ! hurla Nate en donnant un grand coup de poing sur le bureau. Comment se fait-il que Bill Kendall ait laissé par testament 100 000 dollars à la Croisade contre le sida ? Un testament rédigé avant même que cette collecte ait été annoncée ?

Joy le dévisagea avec surprise. Jamais il ne s'était adressé à elle avec une telle violence. Il s'installa dans le fauteuil qui faisait face au bureau de la jeune femme, tenta de se maîtriser.

— Écoute, tu ferais mieux de ne rien me cacher. Je veux être au courant de tout ce qui peut avoir un impact sur notre campagne. Wingard n'aurait jamais fait la moindre confidence à Kendall. Avant que j'imagine le pire, dis-moi que je me trompe.

Même si elle le détestait, elle lui reconnaissait au moins une qualité : il avait du nez. Allait-elle tout lui avouer ? En fait, cela la soulagerait. Il y avait trop longtemps qu'elle vivait avec ce secret. Le mois qui avait suivi le suicide de Bill avait été particulièrement insupportable. Tôt ou tard, les rumeurs prendraient corps. Mieux valait tout dire à Heller dès maintenant, avant qu'il l'apprenne par un de ses innombrables informateurs. De toute évidence, soit le testament avait été rendu public, soit un des obligés de Nate lui avait déjà passé un coup de fil.

Joy avait été, à Washington, témoin de trop de scandales. Ils avaient tous quelque chose en commun : les étouffer ne faisait qu'empirer les choses.

Elle lui raconta toute l'histoire, attendit avec anxiété sa réaction.

— Wingard est au courant de tes relations avec Kendall ?

— Non, dit-elle.

— Nom de Dieu !

Suivit un flot d'obscénités. Comment avait-elle pu faire ça ? Elle allait tout faire capoter. Quel égoïsme ! Quelle bêtise !

— Qu'est-ce qui t'a poussée ? Le goût du suicide ? Moi, je m'en moque ! Mais toi ?

Elle ne chercha même pas à l'interrompre. Il jeta un coup d'œil à la feuille de papier qu'il tenait à la main et où il avait noté le nom des héritiers de Bill.

— En tout cas, bravo. Ton gigolo était un gentleman.

— Épargne-moi tes sarcasmes, Nate. Ils ne nous aideront en rien.

— Écoute-moi bien, Joy. En prenant connaissance du testament, tout le monde va admirer les qualités de cœur de Kendall. Mais les gens ne pourront pas s'empêcher de remarquer qu'il disposait à l'avance d'informations confidentielles sur notre stratégie de campagne. Comment crois-tu que nous allons expliquer cette petite anomalie ?

— Nous avons peut-être du temps. Nous pouvons trouver une parade avant que le testament ne soit rendu public.

Totalement perturbée, Joy eut quand même le réflexe de demander :

— Et toi ? Comment en connais-tu les clauses ?

— Ce devrait être le cadet de tes soucis. Si je les connais, d'autres les connaissent aussi. De toute façon, tout savoir, c'est mon boulot. À propos, notre petite croisade n'est pas la seule œuvre de charité à bénéficier de ses largesses. Il laisse aussi 100 000 dollars à la National trucmuche X, au Special Olympics et à un machin appelé New Visions for Living. Nom de nom, ce bidule pue le communisme à plein nez !

Toujours furibard, il éplucha la liste des héritiers.

— Bien. Nous avons donc trois heureuses organisations charitables, plus la nôtre. Sa femme et son fils sont à l'abri du besoin jusqu'à la fin de leurs jours. Parfait. Range Bullock empoche lui aussi 100 000 dollars. Super ! Le directeur de la rédaction de « À la une ce soir » sait donc que Kendall a légué une somme à une collecte qui n'existait pas encore ! Et qui est cette bonne femme, Jenny White ?

— La secrétaire de Bill.

Nate siffla entre ses dents.

— Cent mille dollars à sa secrétaire ? Qu'est-ce qu'il lui faisait ? Il la sautait sur son bureau en sortant de ton lit ?

Joy lui jeta un regard haineux, qu'il ne remarqua même pas.

— Je suppose que tu as aussi entendu parler du père Fisco. En bon petit catholique, Bill a sans doute confessé son adultère à ce cureton.

Il se tut un instant avant d'ajouter d'un ton venimeux :

— Mais peut-être n'a-t-il pas supporté ses péchés, même après avoir reçu l'absolution ? C'est ça ?

— La ferme, Nate ! La ferme !

Il était allé trop loin. Il s'en rendit compte.

— Excuse-moi, Joy.

Il se leva, se dirigea vers la porte, s'arrêta.

— Nous avons peut-être une chance d'éviter le désastre. Comment ? Il faut que j'y réfléchisse. Quant à toi, pas un mot à personne, surtout pas à Wingard, même s'il faudra bien qu'il l'apprenne un jour. Il me faut juste un peu de temps.

Il s'en alla. Il y avait un autre nom sur la liste. Léo Karas, un médecin. Tout en marchant dans le couloir, Nate grommela à haute voix, pour lui-même :

— Qu'est-ce que ce toubib a bien pu faire pour mériter un legs de 100 000 dollars ?

49

Après avoir déclaré à sa secrétaire qu'elle ne voulait pas être dérangée pendant un moment, Yelena ferma la porte de son bureau et s'allongea sur le canapé de cuir, au fond de la pièce.

Lorsque Range, en état de choc, lui avait lu au bout du fil, la veille au soir, le testament de Bill, elle avait été contente qu'il ne puisse voir l'expression de son visage. En fait, elle avait été contente qu'il ne puisse rien voir du tout.

Pete avait paru exaspéré par ce téléphone qui sonnait sans cesse, interrompant leurs ébats. Ne pouvait-il comprendre qu'elle était perpétuellement en contact avec l'extérieur, qu'à tout moment le monde pouvait faire irruption chez elle et qu'elle devait constamment rester sur le qui-vive ? De jour comme de nuit, Yelena Gregory, présidente de Key News, ne pouvait s'offrir le luxe d'ignorer le téléphone.

Plus d'une fois, elle avait été obligée de plaquer sa main sur le récepteur en demandant à Pete de se taire. Il n'était pas question que son directeur de rédaction apprenne qu'elle entretenait une liaison amoureuse, et surtout pas avec le nouveau présentateur de « À la une ce soir ». Elle avait d'abord cru que Pete faisait simplement mine de mal prendre son injonction à garder le silence pendant qu'elle était au téléphone. Mais il avait rejeté rageusement les draps et quitté la pièce.

Était-ce un effet de son imagination ? Au moment où Range commençait à lire d'une voix monocorde les dernières volontés de Bill, elle avait distinctement entendu un bruit sec sur la ligne. Après avoir réussi à se débarrasser de Bullock, elle avait appelé Pete. Il apparut dans l'encadrement de la porte de la chambre, sa silhouette musclée à peine éclairée par la lampe de chevet.

« Qui est plus chanceuse que moi ? » se dit-elle. Quelle importance si Bill avait laissé de l'argent à Jenny et à Range, et pas à elle ? Kendall et elle n'avaient jamais été vraiment amis. Et elle se sentait heureuse pour cette pauvre Jenny, dont Bill avait été toute la vie.

Elle, Yelena, avait Pete Carlson. Il avait peut-être ses défauts mais, grâce à lui, elle avait l'impression d'être vivante et, parfois, aimée.

— Reviens te coucher, chéri, dit-elle en forçant son intonation à la Lauren Bacall.

— Tu es prête, maintenant, répondit-il en ricanant, avant de s'étendre à son côté en lui présentant son dos. Moi, je ne me sens plus d'attaque.

Il frappa l'oreiller de son poing gauche, y enfouit le côté droit de son visage.

— Bonne nuit.

Sa voix rogue indiquait que son humeur n'avait pas changé. Jamais elle ne l'aurait cru aussi susceptible. Le fait qu'elle n'était pour rien dans cette bouderie ne l'empêcha pas de se sentir rejetée. Résignée, elle se retourna et éteignit la lumière.

Une heure plus tard, elle le sentit bouger. Elle ferma les yeux, fit semblant de dormir. Elle l'écouta, dans le noir, sortir de la chambre en essayant d'étouffer le moindre bruit. Une minute plus tard, atténuant le rythme de sa respiration, elle perçut la voix de Pete, qui parlait à voix basse. Elle se leva silencieusement, marcha sur la pointe des pieds jusqu'à la porte de la chambre. La lune et les lumières de la rue éclairaient suffisamment le salon. Elle aperçut le dos nu, puissant, de Pete. Il chuchotait dans le récepteur du salon. Elle ne comprit que sa dernière phrase :

— Tu en parles à ton aise. Toi, tu n'es pas obligé de coucher avec elle.

Mon Dieu, non. La crise venait de surgir, subite, affreuse, si facile à reconnaître. « Accès de panique », avaient diagnostiqué les médecins. Elle eut tout d'un coup du mal à trouver son souffle. « Respire, se disait-elle, respire. » Elle se précipita dans la salle de bains, le cœur battant à tout rompre, ouvrit la fenêtre, inspira une grande goulée d'air. « Pas de panique, pensa-t-elle. Tu n'auras pas à courir à l'hôpital, cette fois. Les médecins t'ont rassurée. Ces crises ne sont que passagères. Reprends-toi, vite. Voilà, ça passe. » Elle se sentit un peu mieux, son cœur cogna moins fort. « Du calme, Yelena. »

Un coup à la porte.

— Yelena ? Quelque chose ne va pas ? Ouvre.

Elle tourna le loquet. Pete était là, devant elle. Il la prit dans ses bras, murmura :

— Je suis navré, navré. Je ne sais pas ce qui m'a pris lorsque tu as reçu ce coup de fil de Range.

Il embrassa ses joues, son cou, mentant toujours.

— Tout va bien. Ne t'inquiète pas. Je suis là.

À présent, à 4 heures et demie de l'après-midi, allongée sur son canapé, dans son bureau, elle ne pouvait maîtriser sa honte, son désespoir. Pourquoi ne l'avait-elle pas affronté cette nuit-là, dans la salle de bains ? Pourquoi s'était-elle laissé entraîner vers le lit, pourquoi avait-elle fait l'amour avec lui ? N'avait-elle aucune fierté, aucun respect d'elle-même ?

Il fallait absolument qu'elle découvre qui Pete avait appelé. Peut-être ne s'agissait-il pas d'elle, après tout ? Mais quelle urgence justifiait un coup de téléphone en pleine nuit ? Elle espéra qu'il avait été assez imprudent pour utiliser sa ligne à elle au lieu d'effectuer d'abord un transfert d'appel sur la sienne. En recevant sa note, le mois prochain, elle n'aurait aucun mal à identifier le numéro qu'il avait composé cette nuit-là, la nuit où ses illusions avaient volé en éclats.

50

— Voilà. Tu connais toute l'histoire.

Dennis enfouit sa tête entre ses bras croisés sur la table de la cuisine, cherchant à cacher sa honte devant sa mère, le seul être en qui il avait toute confiance.

— Denny, oh, Denny…

Il n'avait pas voulu se décharger de son fardeau, mais lui faire toucher du doigt son désarroi, son désespoir. Il lui avait tout raconté, ses détournements de fonds, leur découverte par Bill Kendall. La sympathie qu'elle témoigna à Bill pour avoir proposé des remboursements mensuels au lieu de faire éclater le scandale l'exaspéra. Il n'en laissa rien paraître.

— Combien as-tu pris ?

— En tout ? 500 000 dollars.

Elle n'en crut pas ses oreilles.

— Denny ! Mais qu'as-tu fait de tout cet argent ?

Il ignora la question.

— Depuis deux ans, je rembourse 5 000 dollars par mois. Cela me laisse sur la paille. Tu t'imagines ce que cela représente ?

Il jeta un œil sur la modeste cuisine de sa mère, regretta sa question. Elle aussi avait du mal à boucler ses fins de mois.

— Tu ne pouvais pas te faire augmenter ?

Pourquoi était-il venu ? Elle ne comprenait rien. En tant que juge, il gagnait bien sa vie, même si le comté de Bergen n'était pas très généreux. Quant à se faire augmenter…

— Non, dit-il.

— Tu n'aurais pas pu demander à M. Kendall de se montrer compréhensif et de diminuer le montant des mensualités ?

— J'ai essayé. Ce salaud n'a rien voulu entendre. Devant son fils débile, il m'a fait tout un sermon : on ne vole pas les malheureux et tout le tintouin.

— Il est mort, à présent, chuchota-t-elle, pleine d'espoir.

— Je sais. Je pensais en avoir fini avec mes problèmes. Mais il a donné des instructions à quelqu'un d'autre. D'ailleurs, il m'avait prévenu. Il m'avait affirmé que, s'il lui arrivait malheur, il laisserait une trace de l'argent qu'il me réclamait. Il l'a fait, m'a mis entre les pattes d'un psychiatre nommé Léo Karas. Ce maudit toubib me fait chanter et se montre encore plus hargneux que Kendall. Il me réclame 10000 dollars par mois. Comment je vais m'en sortir ? Je suis fauché comme les blés.

Il ne parla pas à sa mère de l'argent qu'il avait mis de côté pour acheter sa nomination comme juge fédéral. À quoi ce magot lui servirait-il si Karas révélait ce qu'il savait ? Quinn risquait non seulement de redevenir simple citoyen, mais surtout de se retrouver derrière les barreaux.

— J'ai quelques économies, finit-il par admettre. Mais j'aurai beau payer, je ne serai jamais délivré. Avec Kendall, au moins, je pouvais entrevoir le bout du tunnel, même si cela avait pris une éternité. Là, je suis au bout du rouleau. Je n'en peux plus. J'ai trop travaillé.

« Et trop dépensé », pensa-t-il.

— Mon pauvre Denny. Qu'allons-nous faire ? Si quelqu'un fourre son nez dans cette affaire, tu pourras dire adieu à ta carrière. Et l'opprobre rejaillira sur toute la famille. Une autre tasse de thé ?

51

— Bureau du docteur Karas.

— Bonjour. J'appelle de la part de M. Hayden, du cabinet Albert, Hayden et Newscome. Nous nous occupons de la succession de M. Kendall. Nous apurons ses comptes et voudrions être certains que M. Kendall a bien payé ce qu'il devait au docteur Karas.

— Un moment, je vous prie.

Le réceptionniste revint au bout du fil.

— Oui. M. Kendall a réglé tous les honoraires.

— Je vous remercie.

Donc, Karas n'était pas un ami de Kendall. C'était son thérapeute.

Nate Heller raccrocha.

52

— Pete Carlson essaie de m'enfoncer. Je crois qu'il est pour quelque chose dans la publication de l'article du *Mole.*

— Il s'agit d'une accusation grave.

Les yeux rivés sur les rayonnages de livres tapissant le bureau de Karas, Eliza mit de l'ordre dans ses idées. Elle savait que Pete cherchait à lui nuire. Il lui avait délibérément, à l'antenne, posé des questions embarrassantes, essayant de se donner le beau rôle tout en la faisant passer pour incompétente. Elle le croyait assez vil pour utiliser l'article du *Mole* si cela pouvait servir ses intérêts.

Karas l'écouta jusqu'au bout, impassible. Il avait pourtant du mal à réfréner sa colère. Ce Carlson ne méritait que le mépris. Il avait cherché à faire chanter Bill, menaçant de révéler sa maladie s'il n'abandonnait pas son poste de présentateur. Cette ignominie l'avait beaucoup affecté au cours des semaines précédant sa mort ; tout comme sa rupture douloureuse avec Joy Wingard.

Karas savait qu'Eliza ne se trompait pas : Carlson voyait en elle une menace et ferait tout pour la discréditer. Il fut tenté de révéler à la jeune femme ce qu'il savait sur ce personnage. Mais il décida de ne pas le faire tout de suite. Il espérait encore qu'Eliza s'en sortirait seule et, surtout, que Pete Carlson se trahirait lui-même.

— Qu'en pensez-vous ? demanda-t-elle d'une voix anxieuse. Ce que je vous ai raconté a-t-il un sens à vos yeux ?

Il devait quand même la prévenir.

— J'ai l'impression que vous êtes sur la bonne piste. Faites très attention à ce Carlson.

53

Prétextant une infection intestinale, ce qui le libéra d'obligations qu'il ne se sentait pas le courage d'assumer, Nate Heller passa le week-end du Memorial Day enfermé dans son appartement de Washington, au huitième étage d'un immeuble anonyme.

L'endroit était fonctionnel, sobre, sans âme, toujours propre (une entreprise de nettoyage venait faire le ménage deux fois par semaine). Idéal pour mettre au point un plan de bataille. Un salon-salle à manger, une kitchenette aussi austère que le jour de son installation, une chambre. Des murs nus, blancs, sans autre décoration que des rangées de livres d'histoire et quatre petits postes de télévision. Les rares soirées qu'il passait chez lui à regarder les journaux du soir, Nate allumait les quatre chaînes principales en même temps. Vautré sur le divan près duquel s'entassaient des piles de magazines, il se servait de quatre télécommandes pour monter ou baisser le son selon ses centres d'intérêt.

Il passa la majeure partie du week-end dans sa chambre, allongé sur un matelas posé à même le sol. Il n'avait pas trouvé le temps d'aller acheter un lit. De toute façon, les rares femmes qu'il amenait parfois chez lui ne se souciaient guère de l'aménagement de son appartement.

Il resta un moment prostré sous l'édredon, les stores baissés, la lumière éteinte, encore sous le choc de ce que venait de lui révéler Joy et qui risquait de tout faire capoter. Joy et Kendall. Quel cauchemar ! Si elle s'était envoyée en l'air avec Saddam Hussein, Manuel Noriega ou le chef du Ku Klux Klan, la situation n'aurait pas été pire. Il broya du noir, se lamenta puis se ressaisit. Passer au lit six heures, six jours ou même six mois ne changerait rien à la situation. Il se trouvait face à un gros problème. Il devait le résoudre.

Il alla se faire du café dans la cuisine et réfléchit. Comme toujours, il avait trois solutions.

Un : dire la vérité, tout avouer à la face du monde avant que le monde ne l'apprenne par lui-même.

Où cela les mènerait-il ? Un électorat qui apprécierait la candeur d'un tel aveu par le candidat lui-même ferait-il confiance à un homme qui, pour une raison ou une autre, ne se serait pas montré capable ou désireux de satisfaire sa femme ? S'il ne lui avait pas offert ce qu'elle était en droit d'exiger, qu'en serait-il du pays ?

Exit, donc, la première solution.

La bouilloire siffla. Nate versa l'eau frémissante sur le café soluble.

Deuxième option : nier, nier, nier ! Mais nier toute relation intime entre Joy Wingard et Bill Kendall exciterait la curiosité des journalistes, les pousserait à chercher à savoir comment Kendall avait appris l'existence de la Croisade contre le sida avant même qu'elle n'ait été annoncée. Et si quelqu'un avait vu ces deux crétins ensemble ? Washington était une ville étrange, où l'on gardait secrets des projets aussi capitaux que le projet Manhattan, qui avait abouti à l'explosion de la première bombe atomique, mais où le premier politicien qui enlevait son pantalon dans une chambre qui n'était pas la sienne se faisait pincer en cinq minutes. Quant à ce que Richard Nixon appelait « les dénégations plausibles », elles se révélaient rarement plausibles et toujours dangereuses.

Restait la troisième solution : noyer le poisson, inventer un pieux mensonge.

Joy reconnaîtrait en toute candeur avoir rencontré plusieurs fois Bill Kendall lors de divers événements mondains de la capitale, où ils avaient sympathisé. D'un autre côté, les interviews de Wingard et de sa femme réalisées par Kendall leur avaient permis d'échanger des points de vue sur leurs centres d'intérêt communs, y compris le sida.

La presse goberait-elle ce bobard ? Sans doute pas entièrement. Peut-être pas du tout. Tout dépendrait du talent de comédienne de Joy. Si elle ne se démontait pas et paraissait sincère, cela pourrait marcher. Mais il ne faudrait surtout pas dire la vérité à Wingard. Obliger Joy à raconter des craques présentait déjà des risques. Mieux valait ne pas prendre celui de voir le candidat pris lui-même en flagrant délit de mensonge, d'autant qu'il ne supporterait peut-être pas la nouvelle de l'infidélité de sa femme. Or, il lui fallait consacrer toute son énergie à la poursuite de la campagne. Rien ne devait l'en distraire. Donc, il ignorerait tout. Si Nate feignait de croire aux explications de Joy, Wingard y croirait aussi. Bien sûr, si le scandale finissait par éclater, il ne ferait plus jamais confiance à son directeur de campagne. Pourtant, même si Nate détestait l'idée de cacher la vérité à son ami, il fallait tenter le coup. Tout ce à quoi il travaillait depuis vingt ans était en jeu.

Garder secrète, à son propre domicile, la vie privée de Joy serait difficile. Mais Nate était un menteur professionnel et s'en enorgueillissait. N'avait-il pas réussi à cacher à tout le monde le pot-de-vin d'un demi-million de dollars que lui promettait ce juge minable du New Jersey ?

Oui, la troisième option était la bonne.

Sa décision prise, il se sentit ragaillardi. Il extirpa du fouillis de sa penderie un jean et un chandail roulé en boule, dénicha une paire de mocassins. Il réfléchissait toujours. Pour commencer, il demanderait à Pete Carlson d'étouffer toute information sur le testament pouvant provenir de Key News. Sacré Pete, vaniteux comme un coq. Heller avait été surpris lorsqu'il avait exigé, en échange de ses services, un poste à la Maison Blanche. « Je veux créer l'événement, lui avait-il dit, non le commenter. »

En fait, se dit Nate, ce minus assoiffé de pouvoir jouait sur du velours. Si Wingard était élu président, Carlson deviendrait secrétaire général de la Maison Blanche. Si Wingard perdait, il resterait présentateur de « À la une ce soir ». Il gagnait sur tous les tableaux.

Nate, lui aussi, allait gagner. Il venait, en quittant son appartement, de trouver comment il pourrait toucher le pot-de-vin du juge Quinn, que Wingard triomphe ou pas.

Pour l'heure, il savait ce dont il avait envie. D'un bon restaurant chinois : du canard laqué et du riz cantonais plein son assiette. Il dînait toujours dans un chinois avant d'entamer une bataille. Cela lui portait chance.

54

Capote rabattue, la décapotable de location traversa le pont George Washington et prit la direction du nord. Le week-end du Memorial Day promettait d'être somptueux. Eliza avait accepté avec enthousiasme la suggestion de Mack de louer une voiture et d'aller prendre un grand bol d'air avant d'entamer une nouvelle semaine de travail.

— Jadis, lui dit-il, travailler six ou sept jours par semaine ne me faisait pas peur. Key, l'information, rien d'autre ne comptait pour moi.

Il élevait la voix pour couvrir le bruit du vent et la musique diffusée par la radio. La brise emmêlait ses cheveux bruns, le soleil éclairait son visage. Il portait un vieux jean décoloré, une chemise à rayures bleues et blanches et un blazer bleu marine de bonne facture, quoique usagé. Eliza nota la marque de ses lunettes de soleil, de ses mocassins de cuir. L'uniforme parfait du cadre urbain en vacances.

— À présent, poursuivit-il, j'économise mon temps. J'ai vraiment besoin de souffler de temps à autre.

Eliza l'écoutait, la tête en arrière, jouissant du soleil sur ses joues. Elle se sentait si bien, si libérée dans cette voiture découverte ! Elle éprouvait un plaisir qu'elle n'avait pas connu depuis longtemps : prendre du bon temps.

Dans le rétroviseur, elle jeta un coup d'œil vers Janie qui, assise à l'arrière, paraissait aussi détendue qu'elle. La jeune femme chassa de son esprit toute référence à son travail, ses reportages, son émission. Seul comptait le moment présent. Une décapotable, un beau jour de mai, un homme séduisant assis près d'elle, son trésor à l'arrière. Que souhaiter de plus ?

— Où allons-nous ? Tu ne me l'as pas dit.

— Dans une petite ville nommée Piermont. Tu connais ?

— Non, mais j'en ai entendu parler.

— Elle te plaira. C'est une petite bourgade nichée au bord de l'Hudson. Elle a conservé son cachet des années 1930. Woody Allen y a tourné quelques scènes d'un de ses films. Au fil des années, l'endroit est devenu de plus en plus recherché. Les petites boutiques ont laissé la place à des magasins chics, des galeries d'art et des antiquaires. Mais Piermont a réussi à préserver son authenticité. On y trouve deux restaurants huppés et d'autres plus pittoresques.

— Je meurs de faim.

Le trajet fut court. Mack gara bientôt la voiture dans la rue principale de Piermont, dont le charme enchanta Eliza.

— Et ce n'est qu'à une demi-heure de Manhattan ? s'écria-t-elle d'une voix incrédule.

— Je savais que tu serais contente, répondit Mack avec un grand sourire. Que dirais-tu d'un brunch ? Nous visiterons la ville après.

Ils s'installèrent à une table, dans un vieux restaurant.

— Végétarien, s'étonna Eliza en consultant le menu d'un air dubitatif.

— Pas d'affolement. Tu vas être agréablement surprise.

Mack et elle commandèrent une omelette maison. Janie, elle, voulait des crêpes. En attendant d'être servis, ils regardèrent les gens qui déambulaient devant eux, savourèrent l'atmosphère de la petite ville. On apercevait, non loin de là, l'Hudson et le Tappan Zee Bridge. Les plaisanciers faisaient doucement manœuvrer leurs voiliers sur le fleuve. La fraîche odeur de l'eau emplissait l'air.

La serveuse leur apporta des oranges pressées et un panier de galettes de froment, suivis de petits bols remplis de confitures de fraises, de myrtilles et de citrons. Vinrent ensuite les omelettes aux légumes, bien baveuses. Des tranches de cantaloup et de melon d'hiver garnissaient les assiettes, accompagnées d'une coupe de fraises et de myrtilles fraîches. Janie apprécia ses crêpes, qu'elle tint à badigeonner elle-même de sirop d'érable.

— Je ne savais pas que la nourriture diététique pouvait avoir aussi bon goût, reconnut Eliza. Alors que les gens se préoccupent de plus en plus de la qualité de ce qu'ils mangent, je me régale souvent d'un bon gros hamburger au fromage garni d'une énorme part de frites !

Mack la regarda avec ironie.

— Si ton public savait… Que fais-tu de tous les conseils de diététique que tu lui donnes ?

Ils éclatèrent de rire. Mack, alors, changea de sujet.

— Tu as pris connaissance du dernier audimat de « À la une ce soir » ? Le taux d'écoute ne cesse de s'effondrer.

— J'ai vu, répondit Eliza en portant sa tasse de café à ses lèvres.

— Alors ?

— Si tu veux la vérité, cette chute ne me réjouit pas. Je n'aime pas Pete Carlson, mais cette baisse d'audience est mauvaise pour nous tous.

— Pourtant, si elle continue, on parle de toi pour monter sur le trône.

— C'était peut-être vrai il n'y a pas si longtemps, mais je n'en suis plus si sûre. J'espère simplement que l'article du *Mole* n'a pas trop terni mon image dans la maison. Si c'est le cas, Pete restera indéboulonnable, mauvais indices ou pas.

Mack se pencha vers elle, lui prit la main.

— Pourquoi ne racontes-tu pas aux téléspectateurs, dans ton émission du matin, ce qui s'est réellement passé ? Tu ne trouveras jamais une tribune aussi favorable. Tu pourrais tout expliquer, mettre les choses à plat. Si, bien évidemment, tu penses que c'est ce qu'attend l'Amérique.

La jeune femme sentit la chaleur des doigts de Mack, perçut la tendresse de son regard.

— Est-ce l'Amérique qui tient à savoir, ou toi ?

— Les deux.

— Je te raconterai un jour, promit-elle. Mais pas maintenant, ajouta-t-elle en désignant Janie.

Mack hocha la tête. La petite fille s'écria :

— Demain, je me baigne dans une piscine et Mme Twomey sera là pour me regarder nager !

— J'aurais aimé que tu assistes à la soirée de Louise, Mack.

— Hélas, quelqu'un doit faire tourner la baraque. C'est moi qui suis chargé des émissions sur le Memorial Day. Alors mesdames, notre jour de vacances ensemble, c'est aujourd'hui.

Il régla la note et tous trois flânèrent le long des rues, visitant les boutiques, les magasins d'antiquités, les galeries d'art. Après s'être fait barioler la figure comme une Indienne par un peintre de trottoir et avoir englouti une double glace au chocolat, Janie s'effondra sur le siège arrière de la voiture. Elle dormit pendant tout le trajet du retour, ne s'éveilla même pas lorsque Mack la porta jusqu'à l'appartement d'Eliza.

— C'est ce que j'aime chez ta fille, dit-il à la jeune femme alors qu'elle revenait de coucher l'enfant. Elle est tellement coopérative…

La gorge d'Eliza se noua. Toute la journée, elle avait pensé à cet instant. Elle avait peur. Peur de se lier de nouveau à quelqu'un, de tomber de nouveau amoureuse. Peur d'oublier John. Elle savait qu'elle devrait un jour recommencer à vivre. Mais elle n'était pas sûre de se sentir tout à fait prête.

— Tu veux un café ? demanda-t-elle, essayant de gagner du temps.

Mack s'avança vers elle, posa ses mains sur sa taille.

— Non, je ne veux pas de café.

Il se pencha, plaqua doucement ses lèvres sur son cou. Eliza sentit leur chaleur sur sa peau, un fourmillement parcourir tout son corps.

— Je ne sais pas.

— Moi si, murmura-t-il.

— Mais Janie dort à côté.

— Ne t'inquiète pas.

Sa bouche frôla la sienne. Il l'attira contre lui. Sans hâte, elle se laissa aller. Enfin, elle déboutonna la chemise de Mack, timidement, tout d'abord, puis avec fébrilité. John n'était nulle part dans la pièce.

55

Avec des cris de joie, Janie plongea dans la piscine de Bears Nest. Seule enfant présente au barbecue du Memorial Day, elle monopolisait l'attention. Mme Twomey, assise sur une chaise de jardin, la surveillait. Jenny retroussa son pantalon blanc et trempa ses pieds dans l'eau, aspergeant la petite fille qui, agrippée au rebord, l'arrosa à son tour avant de se laisser couler sous l'œil attentif de William.

Alanguis dans des chaises longues, Eliza, Yelena, Range et Louise sirotaient leurs cocktails tout en jouissant du calme de cette fin d'après-midi.

— J'adore cet endroit, s'exclama Eliza sans s'adresser à quelqu'un en particulier. Janie et moi devrions déménager. Il ne faut qu'une demi-heure pour arriver jusqu'ici.

— C'est parce qu'il n'y avait pas de circulation aujourd'hui, rectifia Range. En temps normal, aux heures de pointe, on met deux ou trois fois plus de temps.

— Cela ne me poserait aucun problème. Pas avec mes horaires. Les routes ne sont pas engorgées à 4 heures du matin.

— Les allers et retours ne paraissaient nullement gêner Bill. Il prétendait que les embouteillages lui permettaient, le matin, de mettre de l'ordre dans ses idées et, le soir, l'aidaient à décompresser.

Le visage de Louise devint grave.

— Pauvre Bill.

Il y eut un long silence. Louise, enfin, ajouta :

— Je sais que je ne devrais dire ça, mais ces obsèques ont été magnifiques, non ?

Tous acquiescèrent. Jenny déclara, depuis la piscine :

— Au début, je pensais que la messe aurait dû avoir lieu à Saint-Patrick. J'assiste tous les dimanches matin à la messe de 8 heures. C'est vraiment splendide. Mais la cathédrale de Newark est superbe elle aussi et puisque c'est ce que Bill souhaitait, c'était magnifique en effet.

Voyant qu'elle allait fondre en larmes, Range tapa dans ses mains.

— Bien. Du nerf, tout le monde ! Bill n'aurait pas aimé nous voir nous morfondre. Je vais piquer une tête.

— Tu as raison, dit Louise en se levant. Je vais mettre le poulet sur le gril.

— Laissez-moi vous aider. J'adore préparer les barbecues.

Eliza bondit sur ses pieds.

— Vous venez, Yelena ?

— Bien sûr, mais juste en observatrice. La cuisine n'est pas mon fort.

— Vous éplucherez bien le maïs ?

— Je crois que j'y arriverai !

Le gril était prêt. Louise y étala les morceaux de poulet, qu'Eliza enduisit de sauce piquante.

— Comment vous sentez-vous réellement, Louise ?

— Comme ci, comme ça. Je ne cesse de me demander si Bill pensait à son geste depuis longtemps. Si j'avais su, peut-être aurais-je pu faire quelque chose.

Eliza effleura son épaule.

— Nous nous posons tous la même question.

Yelena apparut, portant un grand saladier.

— J'ai songé à appeler le psychiatre de Bill, avoua Louise à Eliza. Il pourrait peut-être m'apporter quelques réponses ou, du moins, m'aider à trouver un peu de paix.

— Pourquoi pas ? répondit Eliza après un instant de réflexion. Je suis sûre qu'il serait heureux de parler avec vous. Il est très ouvert. Je suis bien placée pour le savoir, il est aussi mon thérapeute. Lorsque j'ai eu besoin d'aide, Bill m'a donné son numéro de téléphone.

56

Voilà. C'était là. Le coffret d'acajou marqueté. Il n'avait pas de serrure.

Il s'ouvrit. Ce qu'il contenait fut extrait avec prudence. C'était frais, doux au toucher. Curieux que quelque chose d’aussi petit puisse être aussi meurtrier.

Dès l’affaire réglée, le pistolet serait remis à sa place.

C’était bien triste. Mais il n’y avait pas d’autre choix.

Il ne faut jamais rien savoir. Or, le docteur Karas en savait trop.

JUIN

57

L'homme poussa son chariot contre l'escalier menant à une élégante maison de grès brun. La porte noire, fraîchement repeinte, arborait un lourd heurtoir de cuivre. Un lion, nota l'homme. Parfait. Un autre animal pour sa ménagerie.

Il ouvrit le sac-poubelle posé dans son chariot, trouva ce qu'il cherchait. Après un rapide coup d'œil à droite et à gauche pour s'assurer qu'il n'y avait personne en vue, il extirpa son arme, la pointa vers le mur. La forme d'une tête de fauve à la crinière bouclée apparut, suivie des yeux et des moustaches.

Un prêté pour un rendu, donnant, donnant, c'est un lion maintenant.

L'homme remit rapidement le capuchon sur la bombe de peinture, le fourra dans le sac-poubelle avant de pousser de nouveau son chariot le long de la rue. Décontracté, pas trop vite. Surtout ne pas attirer l'attention. Un SDF ne doit jamais avoir l'air de se hâter.

Il se sentait bien. Demain, il aurait tout le loisir d'admirer sa création, lorsqu'il reviendrait jeter un coup d'œil à ses animaux chéris. Demain soir, au moment où il parlerait pour de bon au docteur Karas. Il l'avait surveillé assez longtemps.

Il était tard, à présent. Tout ce qu'il lui fallait, c'était un endroit pour dormir. Juste une sieste, se dit-il avec un petit rire.

58

Louise Kendall dégusta sa seconde tasse de café dans sa cuisine aux murs d'un blanc immaculé en lisant le *Record*. On ne parlait que de Haines Wingard et du vote du New Jersey, dernier scrutin des primaires, qui aurait lieu le jour même. Personne n'avait le moindre doute : Haines Wingard serait élu candidat du parti à la présidentielle. On savait déjà qu'il fêterait sa victoire dans le comté surpeuplé de Bergen.

Louise nota avec intérêt qu'il établirait son quartier général au Park Ridge Marriot, l'hôtel où, dans le courant du mois, serait lancée la collecte pour la New Visions for Living. Avec une pointe d'envie, elle imagina la salle de bal remplie de caméras, de micros, de journalistes. Elle avait si souvent accompagné Bill lors de manifestations de ce genre qu'elle en avait gardé une sorte de fascination pour ces événements. Elle aurait adoré, ce jour-là, assister au triomphe de Wingard. Même simple spectatrice, elle aurait eu l'impression de participer à la fête.

Le téléphone sonna. C'était Range Bullock. Après les banalités d'usage, il en vint au fait. Il s'apprêtait à se rendre au Marriot et lui proposait de le rejoindre.

« Nous pourrions déjeuner ensemble », dit-il.

Ravie, Louise avala sa dernière gorgée de café. Depuis la mort de Bill, elle ne rêvait que de sortir, de s'étourdir. Le barbecue qu'elle avait organisé à Bears Nest lui avait offert une première occasion de briller à nouveau, d'être entourée, de rire. Et la présence de Range n'avait pas été le moindre de ses plaisirs.

Elle se précipita dans sa luxueuse salle de bains rose. Elle se doucha, se lava les cheveux, s'épila les sourcils, prit soin d'arracher les quelques cheveux gris que son coiffeur avait oubliés la dernière fois qu'il les avait teints, se rasa les jambes et vérifia même la perfection de ses orteils, ce qui la fit sourire. Qui, aujourd'hui, aurait l'occasion de les voir nus ?

Une demi-heure plus tard, vêtue d'un pantalon beige, d'un chemisier blanc et d'un blazer bleu marine, le tout s'harmonisant avec ses mocassins en faux crocodile, elle monta dans sa Jaguar, appréciant à sa juste mesure, en quittant le parking, le regard approbateur du gardien de la résidence.

Lorsqu'elle se gara, moins d'une heure plus tard, dans la cour du Marriot, il lui parut évident que l'hôtel ne vivait pas un jour ordinaire. Sur l'aire réservée aux véhicules, les cars régie des télévisions s'alignaient les uns contre les autres. Des techniciens s'affairaient pour les relier par câbles à la salle de bal de l'établissement. Louise trouva enfin une place et pénétra dans l'hôtel par la porte de derrière. Elle n'eut qu'à longer les deux murs formés par les agents de la sécurité qui filtraient les entrées pour se retrouver dans le vestibule. Devant la porte à deux battants de la salle de bal, elle aperçut tout de suite Range, solide dans sa chemise sans cravate et son pantalon kaki. Sentant sans doute son regard dans son dos, il se retourna et, tout sourire, s'avança vers elle.

Il la trouva splendide. Sur les anciennes photographies de Bill et d'elle qu'il avait eu l'occasion de voir, elle dégageait un charme juvénile et doux que les années avaient durci. Son visage s'était ciselé. Elle gardait pourtant quelque chose d'enfantin dans les yeux, en dépit des petites rides qui, au coin de ses paupières, trahissaient non le poids des années mais les chagrins qui avaient marqué son existence. Comme un défi, ses cheveux couleur miel flottaient avec grâce sur ses épaules. Range savait qu'une femme mère d'un enfant de dix-huit ans dissimulait des mèches grises. Quelle importance ? Elle s'approcha d'une démarche souple et pleine d'assurance, consciente de la finesse de sa silhouette.

— Louise, quel bonheur de te voir ! Tu es resplendissante.

Il l'embrassa sur la joue. Elle sentit le discret parfum de son après-rasage.

— Je voudrais d'abord te remercier de m'avoir invité à ton barbecue. Ce fut une réussite pour tout le monde.

— Et toi, merci de m'avoir appelée. J'adore ce genre de surprise.

Elle se laissa prendre par les épaules et entraîner dans la cour. Range lui fit les honneurs du car régie de Key, d'où partirait la retransmission du discours de victoire de Wingard vers l'ensemble du territoire. Tout se ferait à une vitesse telle que les téléspectateurs, en n'importe quel point des États-Unis, entendraient la déclaration du candidat avec moins d'une seconde de décalage.

Louise était fascinée, comme une petite fille devant une poupée qui parle.

— Tu veux manger un morceau ? demanda Range.

— Je meurs de faim.

— On déjeune à l'hôtel ?

— Si tu y tiens. Mais si tu peux t'échapper une heure ou deux, je connais un meilleur endroit.

Dix minutes plus tard, ils s'installèrent à l'Esty Street Café, dont le propriétaire, Scott Tremble, reconnaissant Louise, les accueillit avec tous les égards et leur proposa sa spécialité du jour : coquilles Saint-Jacques avec sa salade d'épinards frais. Ils parlèrent du travail de Range, de ce qui l'attendait cet été, lorsqu'il couvrirait les conventions de juillet et d'août.

— Je m'en passerais volontiers, murmura-t-il d'un air las.

Son ton n'échappa pas à Louise.

— Tu aimes ton métier, répondit-elle.

— Jadis, oui, je l'aimais. Maintenant, tout est différent. Bill me manque, comme il manque à l'Amérique. Depuis que Pete Carlson présente « À la une ce soir », nos chiffres sont mauvais.

— On parle d'Eliza Blake pour le remplacer si les taux continuent à baisser.

— Je m'en accommoderais avec plaisir.

Ils en étaient au café. Tout en soufflant sur sa tasse, Louise s'aperçut qu'en une heure, avant que Range ne fasse allusion à Bill, elle n'y avait pas pensé une seconde. Depuis sa mort, cela lui arrivait pour la première fois.

— Bill me manque, dit-elle. Même si nous ne vivions plus ensemble, nous restions très liés à travers William. Nous ne prenions jamais une décision à son sujet sans nous concerter.

Elle posa sa tasse.

— Et puis on n'oublie pas son premier amour. Qui sait s'il n'est pas le seul homme que j'ai vraiment aimé ?

— Il t'aimait aussi. Il n'arrêtait pas de me parler de vos années de bonheur.

Elle répliqua, avec une ironie désabusée.

— Tout a une fin.

— Penses-tu que William ait joué un rôle dans votre séparation ?

— Non. Le souci que nous nous faisions pour lui aurait dû, au contraire, nous rapprocher. Mais les années passaient. Nous avions tous les deux nos ambitions, notre conception de la vie. Nous avions mûri, pour tout dire. Hormis notre fils, nous finissions par ne plus avoir grand-chose en commun. Nous étions encore assez jeunes et assez honnêtes pour le reconnaître, pour admettre qu'un mariage de convenance nous serait insupportable à l'un comme à l'autre. Nous disposions également d'assez d'argent pour vivre chacun de notre côté, considération importante quand on a un enfant à nourrir.

Le serveur leur présenta la note, interrompant leur conversation. Range consulta sa montre.

— Je donnerais tout pour ne pas te quitter, mais il faut que j'y aille, dit-il avec une sincérité qui la toucha. J'ai vraiment apprécié ce déjeuner. N'en restons pas là. Que penserais-tu d'un dîner dès que possible ?

— Le plus grand bien, murmura-t-elle.

59

Le juge Quinn détestait que Nate l'appelle au tribunal de Hackensack. Il accepta quand même la communication en prenant soin de laisser la porte de son bureau ouverte, pour que son clerc ne s'imagine pas qu'il y avait là-dessous un secret quelconque.

— Oui, monsieur Heller. Comme c'est gentil à vous de me téléphoner. Les primaires doivent accaparer tout votre temps. Que puis-je pour vous ?

— Demandez-moi plutôt ce que je peux faire pour vous, monsieur le juge. Pourquoi ne viendriez-vous pas à Houston le mois prochain, afin de vous rendre compte par vous-même de tout ce qu'on peut s'offrir avec un demi-million de dollars ?

60

À 22 heures, deux heures après la clôture du scrutin, ce que tout le monde prévoyait arriva. Haines Wingard obtint le nombre de voix nécessaire pour devenir le candidat de son parti. Nate Heller annonça qu'il prononcerait une allocution dans la demi-heure qui suivait, s'assurant ainsi que des extraits de son discours seraient repris par les derniers bulletins d'information locaux.

À 22 h 20, Wingard et Joy firent leur entrée dans la salle de bal du Marriot par une porte latérale, sous les applaudissements. Tout sourire, ils eurent du mal à gagner le podium. Il leur fallut serrer des mains innombrables, se plier aux félicitations, aux paroles d'encouragement de leurs partisans qui, par centaines, avaient envahi la salle et criaient leur enthousiasme.

Wingard prononça son allocution à 22 h 30. Il remercia tous ceux qui lui avaient apporté leur soutien sans ménager ni leur temps ni leurs efforts, promit de faire de son mieux au cours des mois de campagne à venir, comptant sur l'appui de son parti et du peuple américain tout entier. Les ballons s'envolèrent, les cris de joie fusèrent et l'orchestre attaqua *Les beaux jours sont de retour*. Wingard et Joy exultaient.

À 22h50, ils quittèrent l'estrade et s'engouffrèrent dans leur voiture qui, en cinquante minutes, les conduisit au Waldorf Towers, où ils passeraient la nuit.

À 23h01, toutes les télévisions ouvraient leurs journaux par le discours de victoire de Wingard.

À 23h15, les techniciens présents au Marriot remballèrent leur matériel. Yelena Gregory les appela pour les féliciter de la façon dont ils avaient couvert l'événement. Range avala un autre comprimé contre les maux d'estomac et poussa un grand soupir de soulagement. Jusqu'à la dernière minute, il avait vécu sur les nerfs. Car l'inattendu pouvait toujours se produire.

Enfin délivré de son anxiété, il repensa à son déjeuner en compagnie de Louise. Il l'avait toujours trouvée attirante. Mais jamais, du vivant de Bill, il n'aurait songé à lui téléphoner. La mort de son ami avait tout changé. Il ne pensait pas que Bill se formaliserait de son attitude. Peut-être même l'aurait-il encouragée. Il lui disait souvent qu'il souhaitait à Louise tout le bonheur possible, qu'elle méritait de rencontrer de nouveau l'amour.

Il eut soudain une envie irrépressible de la revoir et songea un instant à sauter dans sa voiture. Agir de façon impulsive, pour une fois, le changerait. Mais comment Louise réagirait-elle en le voyant sur le pas de sa porte un peu avant minuit ? Une voix intérieure lui soufflait qu'elle trouverait cette surprise plus qu'agréable.

Finalement, il n'osa pas. Il remercia tous ceux qui avaient travaillé avec lui ce soir-là, prit une bière au bar et regagna Manhattan.

61

Le lendemain du résultat des primaires, le sénateur Wingard fut invité dans les émissions du matin de toutes les chaînes. Il réserva le meilleur, Key, pour la fin. Il pénétra dans les studios d'un pas ferme, souriant comme toujours, serrant les mains du personnel qui tenait absolument à saluer le héros du jour et, peut-être, le prochain président des États-Unis. Seule une certaine lassitude dans son regard trahissait la fatigue de ces dernières semaines.

Superbe dans sa robe de soie magenta, Joy ne se contentait pas de l'accompagner. Elle aussi était l'objet de toutes les attentions. Le syndrome « First Lady » commençait à jouer.

On introduisit le couple dans le salon du studio. Les deux époux prirent place sur un canapé bleu tandis qu'un technicien du son accrochait avec dextérité deux micros minuscules au revers de la veste du sénateur et sur le haut de la robe de Joy. Les deux invités furent ensuite maquillés et coiffés.

Après la première page de publicité, Eliza vint les rejoindre, en tailleur jaune. Elle nota, debout derrière le couple, la présence de Nate Heller.

— Cinq secondes.

Eliza et son co-animateur, Harry, s'installèrent sur deux sièges, en face du canapé.

— La nuit dernière, déclara la jeune femme, le sénateur Haines Wingard a obtenu les suffrages nécessaires à sa nomination comme candidat de son parti. Le sénateur et Mme Wingard sont avec nous ce matin. Félicitations et bienvenue dans notre émission.

— Merci, Eliza. C'est un plaisir pour nous d'être là.

— Eh bien, monsieur le sénateur, vous avez gagné. Que ressentez-vous ?

— Un bonheur immense ! La saison des primaires a été longue, épuisante, et je suis ravi qu'elle se termine. Je me contente, pour l'heure, de savourer ma fierté et ma joie.

— Vous ne pourrez pas vous croiser les pouces longtemps, répliqua Eliza avec un large sourire. L'avenir n'attend pas. Quels sont vos projets ?

Wingard lui rendit son sourire.

— Dans l'immédiat, je vais prononcer, dès ce matin, plusieurs allocutions à New York. Cet après-midi, je regagne Washington où m'appellent mes obligations de sénateur. Et demain, je prend un jour de vacances. Mais, ajouta-t-il, désignant d'un geste un endroit hors du champ de la caméra, mon directeur de campagne m'a déjà concocté un emploi du temps pour les jours suivants. Il est impitoyable ! Plus sérieusement, nous n'allons pas, bien sûr, rester assis et nous reposer en attendant la convention de cet été. Nous allons sillonner le pays, présenter notre programme au peuple américain.

On entendit les premières notes du thème musical de l'émission.

— Monsieur le sénateur, nous devons faire une pause. Acceptez-vous de rester avec nous ? Harry n'a pas eu l'occasion de vous poser de questions et nous souhaiterions également nous entretenir avec Mme Wingard.

— Volontiers.

Eliza profita de la publicité pour se diriger vers le *desk* du flash d'informations, quelques pas plus loin. Elle commençait à avoir mal à la tête et voulait prendre un comprimé contre la migraine. Dans sa hâte, elle laissa tomber la boîte qu'elle avait sortie de son sac. Un stagiaire se baissa, ramassa les gélules qui s'étaient répandues par terre, les remit dans la boîte, tandis qu'un des membres de l'info tendait à la jeune femme le bulletin qu'elle devrait lire après la publicité.

Elle le parcourut rapidement. Les trois premiers sujets concernaient les derniers examens médicaux du président Grayson, l'annonce d'un sommet économique qui se tiendrait à la fin de l'été et la fin d'une grève. Elle n'eut pas le temps de prendre connaissance du quatrième, le directeur de plateau lui signalait déjà que la page de pub s'achevait.

Face à la caméra, la jeune femme débita son texte. Tous, dans le studio, la regardaient sur les écrans de contrôle, sauf Joy qui se tourna vers elle et l'observa tandis qu'elle entamait la lecture du quatrième sujet.

— Les habitants d'une élégante résidence d'Upper East Side, à Manhattan, ont appris ce matin, avec consternation, l'assassinat, dans la rue, d'un éminent praticien new-yorkais. Le docteur Léo Karas.

Eliza se tut, fixa d'un air incrédule le prompteur devant elle. Un silence de mort régnait dans le studio. Tous avaient les yeux braqués sur elle.

Elle fit un effort surhumain pour se ressaisir avant de reprendre :

— Le docteur Léo Karas, psychiatre et auteur de nombreux ouvrages, a été tué d'une balle, apparemment par un voleur, alors qu'il regagnait sa résidence à pied, tard hier soir, venant de son cabinet. C'est tout pour cette demi-heure. Retrouvons à présent Harry, en compagnie du sénateur et de Mme Wingard.

Le visage en feu, le cœur battant à tout rompre, Eliza arracha son écouteur, éteignit son micro et se précipita hors du studio.

62

Il avait été facile d'appeler un serrurier pour ouvrir l'appartement et faire fabriquer un nouveau trousseau de clés.

Le sien avait pu tomber n'importe où. Ce petit porte-clés en argent, où était-il passé ?

Mon Dieu, je vous en prie… Faites qu'il soit n'importe où mais pas sur la 80e Rue Est.

Si quelqu'un le trouvait, la police remonterait tout de suite la piste.

63

Au cours des longues années solitaires et désespérées qu'il avait vécues dans les rues de New York, il avait vu bien des choses : des hommes et des femmes cherchant leur nourriture dans les poubelles, urinant sur le trottoir, dormant sur les grilles du métro, recroquevillés dans de grands cartons – ce qu'il avait fait lui-même –, des hommes se battant au milieu de la chaussée, des sans-abri s'accouplant sous les portes cochères – cela aussi, il l'avait fait. Il ne pouvait compter les jours où il avait mendié, grappillant quelques pièces pour pouvoir s'acheter de quoi boire jusqu'à l'inconscience, avant de se réveiller le visage dans son propre vomi. Il ne remarquait même plus les vendeurs de drogue, les voleurs et les prostituées qu'il croisait tous les jours. Rien ne l'étonnait plus.

Sa main calleuse fouilla la poche de son pantalon sale, tâta le porte-clés. Il était là. Il l'avait trouvé sur le trottoir, à côté du corps du docteur Karas, allongé par terre, l'arrière de la tête troué par une balle. Les voix lui avaient ordonné de le prendre.

« Un prêté pour un rendu, donnant, donnant, laisse-lui l'éléphant. »

Il n'avait aucune envie de renoncer à son animal favori. Mais il devait obéir aux voix. Celle d'Eliza Blake avait été si douce lorsqu'elle lui avait demandé de surveiller le docteur. Il savait qu'elle serait furieuse s'il désobéissait.

Il avait posé soigneusement le bel éléphant de cuivre près du cadavre, ramassé rapidement le porte-clés tout neuf, peu désireux de tomber nez à nez avec la police.

Depuis, il n'était plus retourné dans la 80e Rue. Il était resté plus bas. Il repéra trois maisons de grès sombre dans un bloc d'immeubles en rénovation datant des années 1960, attendit qu'on y installe les heurtoirs. Enfin, un par un, ils apparurent.

La première nuit, il fut déçu de trouver, sur une grande portée d'entrée verte, une feuille de chêne en fer. La seconde fois, il aperçut, sur la maison voisine toute neuve, une coquille Saint-Jacques en cuivre.

Chou blanc.

La troisième fois fut la bonne. Une tête de loup en cuivre dépassait d'une porte rouge. Cette nuit, cette bête sauvage rejoindrait sa ménagerie. Les propriétaires, qui avaient travaillé dur pour restaurer leur maison, ne seraient pas contents. Mais il n'avait pas encore de loup. Il brûlait de sortir la bombe de peinture de sa cachette. Encore quelques heures à attendre.

64

Le père Alec lut dans le *Star Ledger* l'annonce de l'assassinat du docteur Karas. L'article s'étendait sur sa carrière, le rôle capital qu'il avait joué dans la création d'une clinique spécialisée dans le traitement des malades du sida, mais aussi au sein du centre universitaire de Médecine et de Chirurgie dentaire de Newark. Alec éprouvait ce que ressentent les lecteurs en découvrant dans la presse ce qu'ils savent déjà. Il ne pouvait en parler à personne. Il se réfugia dans son paisible petit bureau de l'évêché, derrière la cathédrale, se remémora sa première rencontre avec Bill Kendall.

— Mon père, j'ai le sida.

Cet aveu, il l'avait entendu de nombreuses fois, mais jamais de la bouche d'une personnalité aussi en vue. Au bout du compte, Bill Kendall, le présentateur multimillionnaire, n'était qu'un enfant de Dieu dans la peine, comme n'importe quel autre. Il allait mourir. Ce ne serait pas une mort douce. Elle serait probablement douloureuse, dégradante et laide. Le père Alec savait que l'homme assis à côté de lui n'ignorait rien de ce qui l'attendait. Son visage reflétait une angoisse incontrôlable. Le jeune prêtre chercha les mots de réconfort qui apaiseraient cet homme. Mais Kendall, il s'en rendit compte tout de suite, avait besoin qu'on l'écoute, non qu'on lui parle. Sans doute voulait-il raconter son histoire, se décharger de son fardeau. Il avait besoin de compassion, pas de conseils.

Bill expliqua qu'il sortait à peine de la clinique, où son psychiatre lui avait arrangé un rendez-vous avec un spécialiste. Il avait une peur panique d'être reconnu. Le médecin lui avait juré qu'il protégerait son identité par tous les moyens. Kendall le crut. Il ne pouvait qu'avoir confiance en un homme recommandé par son psychiatre.

Il raconta aussi au père Alec que Karas lui avait prescrit un antidépresseur pour lutter contre le stress qui l'envahissait, affirmant que cela le libérerait au moins de la souffrance psychique. Mais Bill, en dépit de ce médicament, se sentait toujours aussi malheureux. Il avait aperçu les deux tours jumelles de la cathédrale en sortant de l'hôpital et, d'instinct, avait marché dans leur direction.

Il lui raconta aussi comment il avait découvert, un matin, une grosseur sous son aisselle : inflammation du système lymphatique. Le diagnostic du sida avait suivi peu après. Il serra les mains du prêtre. Le père Alec plongea ses yeux dans les siens.

— Pensez-vous que nous puissions parler à nouveau ? Cela aide.

— Quand vous voulez.

Bill jeta un regard circulaire à la vaste cathédrale. Le prêtre comprit.

— La prochaine fois, nous pourrions nous retrouver dans mon bureau.

— Mais je ne veux pas qu'on me reconnaisse.

— Venez avec moi.

Le père Alec l'entraîna vers la chapelle de la Vierge. Elle était déserte. À la suite du prêtre, Bill contourna l'autel de marbre dont le retable, comme une cathédrale miniature, montait jusqu'aux voûtes, dissimulant une porte.

— Elle donne sur le réfectoire de l'évêché. Personne ne vous verra entrer ou sortir. Appelez-moi d'abord, et nous nous rencontrerons là.

Ainsi commencèrent-ils à se voir et à parler. Ce fut au cours d'un de ces entretiens que Bill mentionna le nom de son psychiatre.

— Je sais que les futures religieuses et ceux qui s'apprêtent à devenir prêtres bénéficient, durant leurs années de formation, d'un soutien moral. Parler à un psychiatre peut aider les gens ordinaires, mais un catholique a besoin de justifier son pari, ce pari de Pascal que nous faisons tous. Voilà pourquoi je me confie à vous : pour être du bon côté.

La pertinence de ses paroles avait fait rire les deux hommes.

— Je vous aime beaucoup, vous savez. J'aimerais vous avoir comme ami. Il est trop triste que je doive mourir alors que je viens à peine de vous connaître.

Le père Alec n'avait pas su quoi répondre.

Au cours de leur entretien suivant, il proposa à Kendall de le bénir avec les saintes huiles réservées aux malades. Bill accepta avec empressement.

On conservait les saintes huiles dans la sacristie aux parois de chêne sculpté, nichée entre la chapelle de la Vierge et l'évêché. En silence, le père Alec posa ses mains sur la tête de Bill. Ensuite, il trempa son pouce dans la fiole d'huile consacrée et traça le signe de la croix sur son front.

— À travers cette huile sainte, que le Seigneur, dans sa miséricorde, t'accorde la grâce du Saint-Esprit. Donnez-moi vos mains.

Elles tremblèrent lorsque le prêtre les bénit.

— Que le Seigneur, qui t'a pardonné tes péchés, te guérisse et te sauve.

Cette fois, Bill avait regardé le prêtre bien en face et murmuré :

— Amen.

Se souvenant de cette scène, le père Alec se demanda si, sans cette bénédiction, Bill se serait suicidé. La consécration des malades équivalait aux derniers sacrements. Savoir que son ami était mort en état de grâce réconfortait Alec; il avait préparé Bill à sa confrontation avec Dieu, lui avait dit ce qu'il croyait devoir lui dire. D'un autre côté, il restait hanté par l'idée qu'il n'avait peut-être pas prononcé les mots justes, ceux qui l'auraient empêché de commettre l'irréparable.

65

Grâce à Dieu, personne n'avait trouvé le porte-clés.

Les choses n'auraient pas pu mieux se passer. Tous les commentaires télévisés développaient la même thèse. Karas avait été victime de la violence urbaine, si répandue dans la société d'aujourd'hui.

La police penchait elle aussi pour l'hypothèse de l'agression liée à un vol. On avait découvert le corps de Karas dans la 80e Rue Est, entre Park Avenue et Madison Avenue. Un individu très digne mais un peu éméché, rentrant chez lui après une soirée bien arrosée, avait brutalement dessaoulé en trébuchant contre le médecin étendu sur le trottoir. L'homme appela le 911. La police et une équipe de secours arrivèrent sur les lieux en moins de cinq minutes. Pour le docteur Karas, il était trop tard.

On ne trouva sur le cadavre ni portefeuille, ni montre, ni objet précieux, bague ou autre. On n'identifia le corps que grâce à l'inscription « L. Karas » tracée sur sa chemise par son blanchisseur, à l'encre indélébile. Un jogger, dans la partie sud de Central Park, tomba au milieu d'une allée sur le portefeuille du docteur. Le voleur avait laissé les cartes de crédit, se contentant de prendre l'argent.

Ainsi, concluaient les commentateurs, une personnalité qui avait consacré sa vie à tenter d'améliorer l'existence de ses semblables, avait perdu la vie au cours d'une agression absurde.

Avec quelle rapidité la police de New York s'était-elle empressée de classer l'affaire, sans chercher d'autres pistes ! Celle d'un patient haineux, par exemple, ou d'une relation financière. Les enquêteurs étaient tellement débordés… Une chance, ou plutôt la preuve que Dieu approuvait cet acte, bénissait l'élimination du docteur Karas.

Le psychiatre, sans conteste, travaillait beaucoup. Il était plus d'une heure du matin lorsque n'importe qui, prêtant l'oreille, aurait pu entendre le portier lui dire :

— Bonne nuit, docteur Karas.
— Bonne nuit, Juan, à demain.

Merci beaucoup, Juan, d'avoir mis un nom sur sa silhouette.

Les rues étaient paisibles. Karas traversa Park Avenue, comme toutes les nuits. Personne en vue. Agir au bon moment. Karas ne se trouvait qu'à quelques pas, de dos. Une cible idéale.

Il n'entendit jamais la détonation.

66

Le détective Colburn lut les articles du *Daily News* et du *New York Post* relatant l'assassinat du docteur Karas. Il nota avec satisfaction que le service d'information de la police avait agi selon les instructions et passé sous silence la découverte de l'éléphant de bronze à côté du corps.

Ils n'avaient surtout pas besoin d'une élucubration du genre *L'assassin fou, voleur de heurtoirs.* D'autant que si la presse apprenait que le heurtoir en question était celui qu'on avait dérobé devant la maison de Bill Kendall, ce serait le bouquet !

67

D'après la position du soleil, Louise se rendit compte qu'il était temps de rentrer. Il y avait une heure et demie qu'elle prenait le soleil au bord de la piscine, songeant à son dîner avec Range.

Tout était prêt. L'homme de ménage avait nettoyé la maison de New York de fond en comble. Il avait, sur la terrasse, dressé la petite table ronde – dont la nappe et les serviettes rose foncé rendaient plus vives encore les couleurs des assiettes mexicaines en terre cuite au vernis luisant –, mis au réfrigérateur les crevettes marinées prévues en hors-d'œuvre et les deux daurades qu'elle comptait faire griller. Deux bouteilles de vernaccia di San Gimignano fraîchissaient dans un seau à glace, près d'un chianti que Louise ouvrirait dès son retour de la ferme.

Elle enfila sa petite robe de coton, chaussa ses sandales, ramassa ses crèmes solaires qu'elle fourra dans son sac de paille avec le roman sur lequel elle avait été incapable de se concentrer. Après avoir vérifié que ses clés de voiture et son portefeuille étaient bien dans le sac, elle se rendit directement au parking.

Elle salua d'un sourire les autres résidents alanguis dans leurs chaises longues, s'arrêta dans les toilettes pour dames du club-house de Bears Nest et se regarda longuement dans le miroir. Ma pauvre ! Tu ferais mieux de te dépêcher si tu veux avoir le temps de te refaire une beauté.

La ferme Demarest, à Hillsdale, n'était qu'à cinq minutes. Toutes fenêtres ouvertes, le vent dans les cheveux, Louise emprunta la Spring Valley Road, puis une longue allée débouchant sur une vaste grange rouge. Jadis, la ferme Demarest vendait quelques produits sur un petit stand en bordure de route. À présent, comme un peu partout dans le nord du New Jersey, la production de la ferme avait pris de l'ampleur et elle ne vendait pour ainsi dire plus aux particuliers. Mais les Demarest s'étaient tout de même attachés à choyer leurs plus anciens clients. Louise trouva tout ce qu'il lui fallait : des haricots verts frais, de la laitue, des tomates, des champignons, des carottes, des fraises et même du pain français, sans compter des gueules-de-loup qui, pensa-t-elle, s'harmoniseraient parfaitement avec son service de table.

— Vous avez des invités, ce soir ? lui demanda Marsha Demarest, en enveloppant les fleurs dans du papier vert.

— Un petit souper, tout au plus.

En la voyant s'en aller, Marsha se dit que Mme Kendall n'avait pas paru aussi heureuse depuis très, très longtemps.

68

Revêtue de son peignoir blanc, les cheveux défaits et les yeux gonflés de larmes, Eliza s'était recroquevillée sur son lit.

Une fois de plus, un être qu'elle aimait s'en était allé.

De la chambre voisine lui parvenait la voix de Mme Twomey, qui lisait une histoire à Janie. « On ne fait pas d'erreurs. On apprend, c'est tout. » Qui avait dit cela ? Le docteur Karas ?

En dépit du soleil doux de ce jour presque estival, Eliza gardait ses rideaux fermés. Dans l'obscurité paisible de la pièce, elle pouvait se souvenir à loisir. La mort de Bill, ses nouvelles responsabilités à Key, tout la ramenait au docteur Karas. Elle entendait encore ses dernières paroles : « Méfiez-vous de Pete Carlson. »

On l'avait tué. Mon Dieu, faites que ce soit une coïncidence. Elle en doutait pourtant. Elle se moquait de ce qu'affirmait la police. La mort de Karas n'était pas due à un acte de violence isolé. Son instinct lui disait qu'il s'agissait d'un assassinat.

Elle se leva, serra le cordon de son peignoir, et alla s'asseoir à son bureau. Elle alluma son ordinateur d'un geste las. Elle ouvrit et ferma tous les fichiers de Bill, relisant ses notes pour la centième fois. Tout ce qui concernait Karas était là, soigneusement consigné, avec des dates remontant au mois de février.

Pourquoi Bill était-il retourné le voir à ce moment-là ?

Pourquoi juste après la primaire du New Hampshire ?

Le matin qui avait suivi la victoire de Wingard avait été glacial. Mais les responsables de « Key to America » tenaient à cette interview devant le pont couvert. C'était elle, Eliza, qui l'avait interrogé. L'entretien terminé, au moment de la page de publicité, il s'était approché de Joy Wingard. Ensuite, que s'était-il passé ? Réfléchis, Eliza, réfléchis !

Soudain, tout lui revint. Bill était différent des autres jours. Il n'avait plus cette expression de confiance en lui qui le caractérisait. Il paraissait choqué, bouleversé. Blessé au plus profond.

Sa présence devant le pont, si tôt le matin, avait surpris Eliza. Il n'avait aucune raison de se trouver là. Il n'était pas censé apparaître à l'écran.

Était-il venu pour ces quelques minutes passées à discuter avec Joy Wingard ?

Elle tapa le nom de Joy.
L'ordinateur se mit à chercher.

69

Pauvre imbécile de Yelena. Elle finissait toujours par lui dire ce qu'il voulait savoir. Elle semblait sur la réserve, ces derniers temps, mais elle crachait quand même le morceau.

Pete Carlson appela son contact au *Mole*.

— Eliza Blake et Bill Kendall avaient le même psy, Léo Karas. Kendall est mort et Karas vient de se faire flinguer.

La réponse, au bout du fil, l'exaspéra. Il aboya :

— Faites-en ce que vous voulez ! C'est votre boulot !

70

Sur la terrasse, il commençait à faire frais. Louise proposa à Range de rentrer boire un dernier verre dans la bibliothèque.

— Soyons paresseux et décadents, dit-elle en l'entraînant vers le petit ascenseur intérieur, avant d'appuyer sur le 3. Lorsque j'ai acheté cette maison, j'ai hésité à faire installer cet ascenseur. Ce n'est pas mon genre. Je ne m'en sers d'ailleurs que pour monter mes courses depuis ma voiture. Et puis, dans une maison de trois étages, on s'aperçoit que c'est parfois bien agréable.

Tout en l'écoutant, Range examinait les boutons. Au rez-de-chaussée, il y avait un garage et la buanderie, au premier le salon, la salle à manger, la cuisine et l'office. La bibliothèque se trouvait au troisième, ce qui laissait le second pour les chambres.

La porte de l'ascenseur s'ouvrit doucement et Louise précéda Range dans la bibliothèque. La pièce au plafond voûté, éclairée par un splendide lustre vénitien, aux murs vert sombre, était tapissée de rayonnages sur lesquels s'alignaient de vieux volumes reliés de cuir et des livres neufs. Sur un bureau en acajou, près de la fenêtre, trônait un ordinateur. Dans une niche, un bar en bois sombre étincelait de délicats verres en cristal. Dans un autre coin, deux fauteuils de cuir vert entouraient une table de jeu, sur laquelle était posé un échiquier aux pièces de jade, près d'un accueillant canapé recouvert d'un tissu oriental. Un tapis chinois aux motifs verts et roses dissimulait en partie le parquet impeccablement ciré.

Louise désigna le canapé.

— Assieds-toi et détends-toi.

Elle se dirigea vers le bar, saisit deux verres et se mit à énumérer les digestifs. Range opta pour un cognac.

— Avec de la glace, dit-il.

Comme elle le servait, Louise eut soudain une conscience aiguë de cet instant magique. Elle ferma les yeux une fraction de seconde, savourant ces prémices à une plongée dans l'inconnu. L'alchimie fonctionnait. Elle désirait Range Bullock et tout, dans son attitude, indiquait qu'il la désirait aussi. Cette sensation de nouveauté, de risque, la grisait.

Elle revint vers le canapé, tendit son verre à Range, perçut son regard de convoitise, qu'il fit glisser discrètement sur son chemisier de soie, sa petite jupe bleu marine, ses jambes nues, descendant jusqu'à ses pieds parfaits aux ongles couleur pêche. Une tenue toute simple, si l'on exceptait le gros bracelet en or qui enserrait son poignet droit et une paire de boucles d'oreilles d'inspiration orientale.

Range prit son verre de cognac, s'efforçant de chasser de son esprit l'image troublante de ce qu'il découvrirait sous le fin chemisier. Émue, Louise s'empressa de reprendre leur conversation là où ils l'avaient interrompue. Pendant le dîner, ils avaient beaucoup parlé de Key News et de la vie d'un journaliste de télévision. Les anecdotes que Range lui avait racontées l'avaient captivée. Il y avait longtemps qu'un homme ne l'avait pas autant intéressée. Louise savait qu'elle avait faim de quelque chose. Et à mesure que les minutes s'écoulaient, elle était de plus en plus certaine que ce quelque chose s'appelait Range Bullock.

Elle enleva une de ses sandales avant de s'asseoir près de lui sur le canapé, son pied nu replié sous sa jambe.

— Je n'ai pas osé aborder ce sujet à table, mais comment se débrouille Pete Carlson ?

Range grogna.

— Je ne le supporte pas. Pourtant, je fais de mon mieux pour que ses prestations à l'antenne soient bonnes. La baisse du taux d'écoute de « À la une ce soir » nuit à tout le monde, surtout à moi.

— Et…

— Il continue à descendre.

— Zut, murmura Louise avec une moue charmante. Ils auraient mieux fait de choisir Eliza Blake. Je regarde son émission du matin de temps en temps et je la trouve vraiment excellente.

— Oui, elle se défend bien. Je me fais quand même du souci pour elle. Elle a récemment reçu un gros choc. Pete est peut-être un vantard, mais il ne traîne aucune casserole. Tu sais que Léo Karas était le psy d'Eliza. Sa mort l'a complètement retournée.

— Elle m'a en effet appris, au barbecue, qu'elle était une de ses patientes. J'avais d'ailleurs l'intention d'aller le trouver, pour essayer de savoir s'il connaissait les raisons qui ont poussé Bill au suicide.

Elle but une gorgée de cognac avant de poursuivre :

— Bill a commencé à le voir peu après le diagnostic de la maladie de William. Il était vraiment affecté. Il m'a toujours affirmé que Léo lui avait sauvé la vie.

— Tu n'as pas été surprise de voir son nom sur le testament ?

— Oui et non. Après tout, cela s'est passé il y a treize ans. Mais je suppose que Bill restait reconnaissant envers cet homme. Quant aux relations qu'ils entretenaient depuis notre divorce, je n'en ai pas la moindre idée.

— Et toi ? Comment as-tu accueilli le diagnostic ?

— Au début, je me suis sentie soulagée d'avoir enfin une réponse. Depuis des années, nous nous demandions ce qui n'allait pas chez lui. S'asseoir, ramper, marcher, il a tout fait avec un retard considérable. Il n'a vraiment commencé à parler qu'à six ans. Pourquoi battait-il des bras, tapait-il dans ses mains ? Nous avons été presque heureux d'avoir une explication. Nous avons été une des premières familles à apprendre cette déficience du chromosome X.

Elle but une seconde gorgée, se tut un instant.

— Je suis passée par tous les stades, de la dépression totale à la manifestation d'une volonté sans faille. La plupart du temps, je crois que je me suis efforcée d'agir de mon mieux, c'est tout.

Elle eut un petit rire triste.

— On aurait pu me trouver complètement folle. J'ai voulu tout apprendre. Parfois, j'en savais plus que les spécialistes que je consultais. Mais que pouvais-je faire d'autre ? C'est mon enfant. Cette déficience du chromosome X, je ne l'ai pas voulue. C'est elle qui nous a choisis. Après l'avoir acceptée, il ne me restait plus qu'à me battre. William était un petit garçon adorable, et il l'est toujours. Avec lui, j'oscille sans cesse entre la douleur et la joie.

— Où est-il, ce week-end ?

— Chez un ami.

Elle contempla son verre et répéta :

— Chez un ami. Je me suis tellement inquiétée pour lui, tu sais. J'avais si peur qu'il n'ait jamais une existence normale, des relations, des amis. J'avais tort. Il suit son chemin. Il m'arrive même de penser que sa vie sociale est plus intense que la mienne.

Range lui prit la main.

— J'aimerais remédier à cela.

— Je donnerais tout pour que tu le fasses.

Il lui ôta son verre de la main, le posa avec le sien sur la table. Il se leva, lui tendit les mains, l'aida à se lever et la conduisit jusqu'à l'ascenseur. Sa bouche couvrit fermement la sienne tandis que sa main droite commençait à déboutonner le col de son chemisier et que la gauche appuyait sur le 2.

71

Eliza et Janie avaient passé l'après-midi au zoo. Pour la centième fois, Janie voulait voir les singes. Eliza s'était forcée à l'accompagner, pensant qu'un peu d'air frais lui ferait du bien. Lorsqu'elles rentrèrent, le répondeur clignotait.

— Eliza, c'est maman. Je souhaitais juste savoir comment tu allais. Rappelle-moi.

Clic. Elle écouta les autres messages. Mary Cate lui demandait de venir enregistrer la présentation d'un sujet sur lequel ils travaillaient. Range désirait la voir dès lundi ; il avait quelque chose à lui dire. Harry Granger, enroué et presque inaudible, lui proposait d'assurer seule l'émission du matin, il avait perdu sa voix. Elle l'appela, inquiète pour sa santé. Elle l'aimait beaucoup. Elle savait qu'il vivait seul et l'idée de le savoir malade la perturbait. Une belle semaine en perspective, se dit-elle. Enfin, elle appela Rhode Island.

— Bonjour, maman.

— Bonjour, ma chérie. Tu as eu mon message ? Comment va Janie ?

— Très bien. Et toi ?

— Je voulais simplement te dire que je déteste ta nouvelle coiffure. L'ancienne était bien mieux. Quant à tes toilettes, elles sont trop voyantes. Et pourquoi reçois-tu tous ces écrivains, avec leurs horribles idées subversives ? Tu ne devrais pas t'intéresser à ces communistes.

— La guerre froide est finie, maman.
— C'est ce qu'ils essaient de nous faire croire.
— Comment va papa ?
— Bien. Il est à la station-service.
— Embrasse-le pour moi. Je te rappellerai le week-end prochain.
— J'y compte bien, ma chérie. Au revoir.

Elle savait où elle les avait cachées. Provision en cas d'urgence. Passer tous les jours à l'antenne, lire des insanités sur son compte dans des feuilles à scandale, apprendre la liaison secrète qu'entretenait un présentateur vedette avec la femme du prochain président, subodorer qu'on avait assassiné son psychiatre parce qu'il en savait trop, ce que toutes ces pressions n'étaient pas parvenues à provoquer, une conversation de quelques minutes avec sa mère avait réussi à le faire. Elle les trouva enfin, hésita trente secondes, installa Janie devant sa vidéo favorite et gagna la salle de bains dans laquelle elle s'enferma à double tour. Là, assise sur le rebord de la baignoire, Eliza alluma une cigarette.

72

D'un air renfrogné, Range fixa Eliza par-dessus ses lunettes. Son bureau était encombré de paperasse et elle remarqua que son tube de vitamines était presque vide.

— Eliza, il faut que je te parle. Les indices dégringolent. Cela pourrait, en fin de compte, être bon pour toi. Tu dois donc te préparer. Rien, désormais, ne doit t'atteindre. Ton avenir en dépend.

— Range, j'ai un peu de mal, en ce moment, à me concentrer sur ma sacro-sainte carrière.

— Si j'étais toi, je le ferais.

Après cette chaleureuse entrée en matière, il lui annonça que Joy Wingard viendrait à Key dans le courant de la semaine pour enregistrer le lancement public de la Croisade contre le sida. Il souhaitait que l'interview qui suivrait, menée par Eliza, soit centrée sur le rôle joué par l'épouse du candidat dans cette collecte à l'échelle nationale.

La jeune femme se demanda si, comme il avait été le meilleur ami de Bill, il était déjà au courant. En tout cas, il fallait qu'elle aborde la question avec lui.

— Bill et Joy Wingard étaient amants, dit-elle.

— Comment le sais-tu ? répondit-il sans la moindre émotion.

— Par une source confidentielle. Une source sûre.

Il resta impavide. Impossible de savoir si cette révélation l'avait troublé ou non. Il la regarda longuement, avant de déclarer sèchement :

— Je ne chercherai pas à identifier cette source parce que, franchement, je m'en fous. Si Bill Kendall et Joy Wingard s'aimaient, c'était leur affaire. En ce qui me concerne, cela n'influe en rien sur la capacité, ou l'incapacité de Wingard à diriger ce pays. Tu sais que Bill était mon meilleur ami. Pourtant, si j'avais appris des informations peu reluisantes sur lui, j'espère que j'aurais eu le cran de les rendre publiques, sans me soucier de sa mémoire. Mais là, il s'agit de sa vie privée, de cette intimité à laquelle nous avons tous droit et que je respecterai. Il n'y aura pas une allusion, dans « À la une ce soir », à cette liaison.

Il la dévisagea encore, comme s'il voulait que ces mots s'impriment dans son esprit. Elle sut qu'il lisait dans le sien lorsqu'il ajouta :

— Bien sûr, tu es libre d'en parler à Yelena. À toi de voir. Soit elle entérinera ma décision, soit elle passera outre.

73

Programme de campagne de Joy Wingard pour la journée

New York City

– 7 h 15 : interview en direct pour « Today's Show »

– 7 h 45 : ABC, direct pour « Good Morning America »

– 8 h 15 : direct pour « CBS This Morning »

– 8 h 45 : direct pour « Key to America »

10 h 00 : allocution en différé sur la Croisade contre le sida

12 h 00 : déjeuner

Newark

14 h 00 : programme de lutte contre le sida au New Jersey Children's Hospital

15 h 15 : programme d'aide aux enfants prématurés au centre hospitalier universitaire du New Jersey

16 h 30 : clinique spécialisée dans le traitement des malades du sida, centre médical Saint-Michael

18 h 30 : retour à Washington

À 6 heures du matin, Eliza s'installa dans le fauteuil en cuir de la salle de maquillage, étudia l'emploi du temps de Joy Wingard tandis que Lucille la préparait. Un emploi du temps chargé. Elle avait appris avec soulagement la guérison de Harry, qui assurerait l'interview de 8 h 45. Cela lui laisserait tout le loisir de suivre Joy pendant le reste de la journée.

Sa conversation avec Range Bullock l'avait fait réfléchir. Jamais, tout au long de sa carrière, elle n'avait eu à affronter un tel dilemme. Elle approuvait Range lorsqu'il défendait le droit à la vie privée. D'un autre côté, si l'on admettait que toute information devait combler la curiosité du public, la liaison entre Bill et Joy en était une. Mais si les médias n'avaient pour rôle que la révélation de ce qui était réellement important pour le public, la question de la liaison de Bill se posait de façon différente. En refusant de la divulguer, Range faisait peut-être passer son amitié pour Kendall avant son devoir professionnel. Eliza attendait toutefois d'avoir suivi Joy tout au long de la journée pour arrêter sa décision. Et, craignant d'avoir à assumer seule une responsabilité de cette importance, elle avait pris rendez-vous, à 10 heures, avec Yelena Gregory. Ensuite commencerait sa tournée avec Joy, qui se terminerait par la visite de la clinique de Newark.

Lucille achevait son maquillage lorsque Harry apparut, coquet selon son habitude, une tasse de café à la main, un exemplaire du *Herald Tribune* sous le bras. Il n'avait pas l'air dans son assiette.

— J'ai une faveur à te demander, lui dit-il. Pourrais-tu, finalement, interviewer ce matin Joy Wingard à ma place ? Je me sens vraiment patraque.

— C'est vrai que tu as l'air d'avoir besoin de repos, répondit-elle en le regardant. Ne t'en fais pas, je te remplace. D'autant que cela cadre bien avec mon programme.

Il parut infiniment soulagé.

— Je savais que tu dirais oui. J'ai pris la liberté de t'apporter le dossier.

Il déplia son journal, dévoilant une chemise qu'il lui tendit.

Eliza l'ouvrit et parcourut rapidement des articles qu'elle avait déjà lus. Au fond, elle n'était pas mécontente de remplacer Harry. Elle allait bientôt avoir Joy en face d'elle. Elle pourrait lui poser des questions qui feraient mouche.

74

— Réveille-toi, Janie. Il est temps de te lever, ma petite fée.

Les grands yeux bleus de la petite fille s'ouvrirent avec peine. Mme Twomey se pencha, lui baisa le front.

— Dépêche-toi, mon ange. Je t'ai préparé des toasts. Fais vite. Ils ne resteront pas chauds très longtemps.

L'enfant bondit hors de son lit, suivit sa gouvernante jusqu'à la cuisine, après un rapide arrêt dans la salle de bains. À ce moment-là, le téléphone sonna.

— Madame Twomey, c'est moi. Tout va bien ?

— Pas de problème, madame Blake. Janie vient de se lever et elle s'apprête à prendre son petit déjeuner. Vous voulez lui parler ?

— Ne la dérangez pas. C'est à vous que je voudrais demander un service. J'ai laissé mon carnet à l'appartement et j'en ai besoin aujourd'hui. J'envoie un coursier le chercher.

— Où est-il ?

— Dans ma chambre, sur la table de nuit. Glissez-le dans une des enveloppes que je range dans le tiroir de mon bureau, si vous voulez bien. Vous pourrez le confier au portier, ou lui demander de faire monter le coursier.

— Très bien, madame Blake. Je m'en occupe tout de suite.

— Merci, madame Twomey. N'oubliez pas que je passerai l'après-midi à Newark et que je rentrerai plus tard que d'habitude. Embrassez Janie pour moi.

Laissant la petite fille dévorer ses toasts, la gouvernante pénétra dans la chambre d'Eliza et trouva le carnet sans la moindre difficulté. Elle pensa à Eliza et se sentit fière de travailler pour une personne qui occupait un poste aussi important. Dire qu'elle s'adressait à des stars de cinéma et aux candidats à la présidence comme s'il s'agissait de gens ordinaires !

En sortant l'enveloppe du tiroir, son regard tomba par inadvertance sur une page où elle lut, en lettres capitales : Bill Kendall. En dessous, un autre nom, celui de Joy Wingard accompagné, entre parenthèses, des mots « liaison amoureuse » précédant un troisième nom, Léo Karas, suivi du mot « psychiatre », lui aussi entre parenthèses. Enfin apparaissait une dernière notation : DQ, suivie d'un point d'interrogation.

On sonna à l'interphone. Mme Twomey referma vivement le carnet et trottina vers la porte d'entrée.

— Faites monter le coursier, s'il vous plaît.

Elle glissa promptement le carnet dans une enveloppe, sur laquelle elle écrivit « Eliza Blake, Key News ». La révélation de la liaison entre Bill Kendall et l'épouse du candidat à la présidence l'excitait au plus haut point. Elle pensa au succès qu'elle aurait si elle racontait cette histoire à ses amies du Irish-American Club. Pourtant, elle se tairait. Le prestige éphémère que lui vaudrait son petit effet auprès de ses amies ne valait pas celui, durable, que lui conférait son intimité avec une personne telle qu'Eliza Blake.

Elle donna l'enveloppe au coursier, referma la porte et rejoignit Janie dans la cuisine.

— Bravo, ma petite fée ! Tu as bien mangé !

75

L'annonce de la visite de Joy Wingard à Newark s'étalait en première page du *Star Ledger*. Le père Alec nota avec satisfaction que cette visite serait consacrée aux équipements médicaux affectés au traitement du sida. Coïncidence ironique, mais opportune.

Pour la première fois depuis trois semaines, il disposait d'une journée entière. Ces derniers temps, ses fonctions à l'évêché ne lui avaient laissé aucun répit. Ses supérieurs, impressionnés par ses talents d'organisateur, lui confiaient des tâches administratives de plus en plus accaparantes. Même s'il avait fait vœu d'obéissance, il commençait à regretter le contact direct avec les fidèles. La mission pastorale de l'Église lui paraissait plus importante que la gestion de ses affaires.

Il contempla, à la une, la photographie de Joy Wingard. Ravissante, vraiment. Le doute qui le taraudait depuis la mort de Kendall revint le hanter. Savait-elle que Bill avait le sida ? Cette question, la nuit, lui faisait souvent faire des cauchemars. D'un côté, il était lié par le secret, de l'autre, il estimait que, si Joy était séropositive, il fallait qu'elle le sache ; commencés tôt, les traitements étaient plus efficaces. Sans parler du risque de répandre l'infection… Les experts affirmaient qu'il y avait sept fois moins de risques pour qu'une femme transmette le virus à un homme que le contraire, mais cela arrivait. Haines Wingard deviendrait peut-être le prochain président des États-Unis. Le prêtre ferma les yeux, préférant ne pas penser aux conséquences de ce qu'il savait.

Il avait d'abord songé à envoyer à Joy une lettre anonyme, lui suggérant de passer le test. Mais il renonça très vite à cette lâche solution. D'autant que sa lettre, même accompagnée de la mention « personnelle » ou « confidentielle », serait sans doute ouverte par les services de sécurité. Peut-être même ne la recevrait-elle jamais.

Dieu venait-il d'apporter la réponse au père Alec ? Il lui serait facile de se trouver cet après-midi à l'hôpital Saint-Michael. Dans cet établissement catholique, un prêtre n'attirerait pas l'attention. Peut-être pourrait-il approcher Joy et lui parler. Il était certain, à présent, de n'avoir pas d'autre choix. Il fallait qu'elle connaisse les risques qu'elle encourait. Ne pas la prévenir constituerait une faute grave. Il espérait que Dieu et Bill Kendall comprendraient.

Après tout, se dit-il avec pragmatisme, Bill ne lui avait pas parlé de Joy dans le secret du confessionnal. Même si la bénédiction qu'Alec lui avait donnée entraînait le pardon de ses péchés, il ne s'était jamais confessé à lui.

Le prêtre ne savait pas comment il s'y prendrait pour aborder l'épouse du candidat. Mais une voix intérieure lui disait qu'il réussirait.

76

Joy prenait son rôle très à cœur. Elle s'était documentée à fond sur le sida et cela se voyait. Elle répliqua aux questions des animateurs de l'émission du matin avec aisance, élégance et pertinence. Elle avait été un peu surprise que personne, au cours des trois interviews précédentes, n'ait abordé le problème du legs de Bill Kendall.

À Key, l'entretien débuta de façon banale. Eliza commença par demander à Joy quel impact avait eu le lancement de la Croisade contre le sida. Joy répondit avec une satisfaction non feinte que le peuple américain faisait preuve d'une générosité sans pareille. Les dons affluaient.

— Mais tant qu'on n'aura pas trouvé un traitement définitif, tout restera encore à faire pour ceux qui vivent quotidiennement avec le sida. Ce fléau s'attaque à tous, hommes, femmes, riches ou pauvres, Blancs ou Noirs. Le cas des enfants est particulièrement préoccupant. Cet après-midi, je me rends d'ailleurs à Newark, où des spécialistes ont mis au point un programme d'aide tout à fait remarquable.

— Pourquoi Newark ?

— Le New Jersey occupe, après New York et la Floride, le troisième rang pour le nombre de nourrissons contaminés à la naissance. Il détient également le plus grand pourcentage de femmes infectées par la maladie. Cette situation a forcé les autorités de cet État à saisir le problème à bras-le-corps. Et l'Église de la région a fourni davantage de lits d'hôpital pour les malades atteints du sida que n'importe quelle autre institution du pays. Il y a beaucoup à apprendre là-bas.

— Madame Wingard, à l'issue de cet entretien, vous devez enregistrer un appel public en faveur de votre collecte. Ici, à Key, nous avons noté avec intérêt que Bill Kendall a légué par testament 100 000 dollars à la Croisade contre le sida.

— C'est exact.

Les mâchoires de Joy se crispèrent. Eliza le remarqua et garda le silence un moment, offrant à la jeune femme la possibilité de poursuivre elle-même. L'épouse du candidat se contenta de la fixer d'un œil froid, comme si elle la mettait au défi d'insinuer autre chose. Eliza décida d'en rester là pour l'instant. Elle aurait d'autres occasions de pousser Joy dans ses retranchements.

— Bill Kendall se sentait-il particulièrement concerné par le sida ?

Joy débita alors la réponse qu'elle avait mise au point avec Nate Heller, en espérant qu'elle ne paraîtrait pas préparée à l'avance.

— Bill Kendall était un être humain de grande valeur. Tout ce qui affectait ses semblables lui allait droit au cœur. Nous avons évoqué ensemble plusieurs œuvres de charité. Comme vous le savez sans doute, il s'est énormément consacré aux handicapés mentaux. Et il fut de ceux qui prirent conscience, dès le début, du danger que représentait le sida.

Le thème musical de l'émission retentit. Eliza remercia son invitée et annonça la séquence consacrée aux derniers films à l'affiche, qui débuterait après la page de publicité. Joy Wingard se débarrassa du micro fixé sur son tailleur. Elle se leva, s'avança vers Eliza et lui serra la main avec un sourire gracieux. Eliza lui apprit qu'elle travaillait à un sujet sur leur collecte et qu'elle la suivrait à Newark plus tard dans la journée.

— Si je peux vous aider en quoi que ce soit, n'hésitez pas à vous adresser directement à moi, rétorqua Joy.

Mais en dépit de la courtoisie de cette réponse, Eliza crut déceler, dans la voix de l'épouse du candidat, une dureté inhabituelle.

77

Le garçon de salle poussa la civière contre le mur de la salle d'attente de l'hôpital et se précipita vers le téléphone.

— C'est moi.

— Je n'ai pas le droit de recevoir des coups de fil personnels pendant mes heures de travail !

— Désolé, je n'ai pas pu t'appeler avant. Je serai bref. Joy Wingard sera là aujourd'hui. Ouvre l'œil.

— Je n'arrête pas. À propos, Pete, tant que je vous ai au téléphone. J'ai réfléchi. Vous ne m'avez pas filé grand-chose, pour ma petite info sur Bill

Kendall. Si je répandais la nouvelle, je pourrais m'en mettre dix fois plus dans les poches.

La réponse, résignée, ne tarda pas.

– Ça va, ça va. Tu veux combien ?

78

— Tu as été magnifique, ce matin, ma chérie. Je suis arrivé tôt au bureau et j'ai suivi tes quatre interviews. Pas une seule question ne t'a désarçonnée. Je suis fier de toi.

Assise dans le petit studio de Key, Joy s'entraînait à lire sur le prompteur le texte de son allocution sur la Croisade contre le sida quand on lui passa l'appel de Wingard. Sans lui laisser le temps de répondre, il ajouta :

— Cette journée sera ta journée. Comme je dois regagner le Sénat, à Washington, tu parleras en notre nom. Tes performances de ce matin sont un fabuleux début. Courage, mon ange !

Wingard se montrait plus à l'aise avec le concret. Les nuances, les suggestions, tout cela le dépassait. Joy en conclut que les insinuations à propos de Bill Kendall ne l'avaient pas troublé.

Nate Heller, lui, avait regardé les interviews depuis sa chambre d'hôtel. Les subtiles allusions d'Eliza Blake ne lui avaient pas échappé. Il souhaitait assister à l'enregistrement de l'allocution sur la Croisade contre le sida et il aborda Joy alors qu'elle pénétrait dans le studio, la félicitant pour sa prestation. Mais Eliza Blake lui restait en travers de la gorge.

— La garce, siffla-t-il. Une fouille-merde, voilà ce qu'elle est.

— Allons, Nate, elle n'a fait que son travail.

— Ben voyons. Tu la couvres, maintenant ?

— Je crois que nous devrions être soulagés que personne d'autre n'ait abordé le sujet.

Nate se calma.

— Tu as raison. Nous avons eu de la chance. De toute façon, nous ne pouvons plus rien faire, maintenant. Peut-être est-ce la fin de l'épisode Kendall.

— Ne prends pas tes désirs pour des réalités, Nate.

Il la suivit des yeux tandis qu'elle traversait le studio, montait sur l'estrade et s'installait sur le siège placé face au micro, derrière un *desk* recouvert de Formica gris.

« Non merci », répondit-elle à la maquilleuse.

Elle préférait se préparer elle-même. La voix du réalisateur lui parvint d'un micro incrusté dans le plafond. Il la regardait sur son écran, dans la salle de contrôle. Il lui affirma qu'elle avait l'air sensationnelle et demanda au cameraman de se rapprocher un peu plus.

Joy se rendit alors compte, à sa grande surprise, qu'elle n'avait absolument pas le trac. Elle se sentait aussi concentrée que les techniciens présents dans le studio. Il s'agissait heureusement d'un différé. Si elle commettait une erreur, on procéderait à un nouvel enregistrement. Elle n'avait rien à perdre.

79

À quelques mètres de là, dans le grand bureau de la présidente de Key, Eliza révéla à Yelena Gregory ce qu'elle avait trouvé dans les notes de Bill.

— Je ne sais pas trop quoi faire, dit-elle. Cette information sent le soufre. Je tenais à vous en parler pour que nous puissions prendre ensemble une décision.

Yelena hocha la tête d'un air sombre.

— Vous avez bien fait. Si ce que vous m'apprenez ne semble pas me surprendre, c'est parce que Range m'a déjà mise au courant.

Eliza sursauta. L'attitude de Bullock la blessait. Pourquoi lui répondre sèchement qu'il s'agissait d'une affaire privée et se précipiter ensuite dans le bureau de Yelena ? Elle se sentit soudain trahie.

Comme consciente de son trouble, Yelena prit soin de la rassurer.

— Ne vous faites pas d'idées fausses, Eliza. Range n'est pas venu me trouver derrière votre dos, bien au contraire. Il estimait simplement avoir été trop brutal avec vous. Lui aussi s'est mis à douter ; il avait besoin d'obtenir une autre opinion.

— Et qu'avez-vous décidé, lui et vous ?

Yelena se leva, contourna son bureau, planta sa forte silhouette devant Eliza, passa ses larges mains dans ses cheveux coupés très courts.

— J'ai retourné le problème toute la nuit. Inutile d'ajouter que j'ai mal dormi. Quelle est notre responsabilité ici ? Il faut que quelqu'un trace la ligne de démarcation entre vie publique et vie privée.

Elle garda le silence un instant, jeta un coup d'œil dans la rue, se retourna.

— Je serais tentée, au moins sur ce point, de donner raison à Range. La liaison entre Bill Kendall et Joy – à supposer qu'elle ait existé – ne fait nullement partie de ce que le public doit savoir pour décider des capacités de Wingard à diriger le pays.

Eliza n'apprécia pas que Yelena fasse mine de mettre en doute la réalité de la relation entre Joy et Bill. Elle poussa pourtant un soupir de soulagement. Elle s'était déchargée de son fardeau et Yelena avait tranché. Elle lui en fut reconnaissante. La sagesse et l'expérience de cette femme plus âgée qu'elle la rassuraient. De toute façon, l'idée de trahir l'intimité de Bill ne lui avait jamais plu.

— Yelena, quelque chose d'autre me tourmente.

— Quoi ?

— Le meurtre du docteur Léo Karas.

Yelena parut surprise, mais intéressée.

— D'après tout ce que j'ai lu dans la presse, la police croit à un homicide lié à un vol. Elle se trompe. Il s'agit d'un assassinat.

Eliza se tut, se demandant si elle devait en dire davantage. Si elle ne pouvait pas évoquer ses soupçons devant la présidente de Key News, à qui se confierait-elle ?

Le téléphone intérieur sonna.

— Yelena, Pete Carlson est là.

— Dites-lui d'attendre. Je serai à lui dans quelques minutes.

Un signe, pensa Eliza. Ne va pas plus loin. Pas pour l'instant.

Yelena attendait, toujours aussi intéressée.

— Je crois que je deviens un peu paranoïaque, ces temps-ci. Les policiers savent sans doute ce qu'ils font, se reprit-elle.

Eliza se leva.

— Merci, Yelena. Cette conversation m'a fait du bien.

— Je suis là pour ça, mon petit. Nous vivons des moments intenses, une campagne passionnante. Je suis impatiente de savoir comment elle se terminera. J'ai vu sur le programme de travail que vous passerez la journée en compagnie de Joy. Elle ne doit pas trop vous porter dans son cœur, après votre question sur Bill.

Eliza répondit, légèrement embarrassée :

— Ah, vous avez regardé l'émission de ce matin ? Je…

— Ne vous justifiez pas, répondit Yelena d'une voix apaisante. Indépendamment de l'entretien que nous venons d'avoir, la question sur Bill devait être posée.

— Je ferais mieux de me dépêcher, dit Eliza en regardant sa montre. Je voudrais assister à la fin de l'enregistrement de Joy. Merci encore, Yelena.

Les deux femmes sourirent, se serrèrent chaleureusement la main. Eliza allait sortir lorsque la présidente lui demanda :

— Vous avez encore les notes de Bill ?

— Oui, elles sont chez moi, en sécurité. Il ne s'agit que de copies. Je suis sûre que Jenny détient toujours les originaux.

— Alors, tout va bien, répliqua Yelena en riant. Avec Jenny, ils n'ont rien à craindre. Elle veillera sur eux comme sur la prunelle de ses yeux !

Elle raccompagna la jeune femme jusqu'à la porte, fit entrer Pete Carlson. En le croisant, Eliza se força à lui dire bonjour.

Pete ferma la porte derrière lui. Il ne connaissait pas le motif du passage d'Eliza dans ce bureau, mais il était certain d'une chose : Yelena n'avait pas l'air aussi heureuse de le voir que d'habitude.

— Que se passe-t-il ? Tu n'es pas toi-même, depuis quelque temps. Ai-je fait quelque chose de choquant ?

Yelena secoua la tête. Pourtant, la brusquerie de ses manières en disait long. Elle était en colère.

Sa dernière note de téléphone ne mentionnait qu'une communication « longue distance ». Le cœur battant, elle avait composé le numéro. La réponse bourrue l'avait figée sur place.

« Ici Nate Heller. »

80

De retour dans son bureau après son entrevue avec Yelena, Pete Carlson se rua avec fureur sur le téléphone.

— Pourquoi ne m'as-tu pas dit que Joy était la maîtresse de Bill Kendall ?

— Qu'aurais-tu fait de l'information ? rétorqua Nate Heller.

— Un scoop du tonnerre !

— Réfléchis, Pete. C'est justement pour cette raison que je ne t'ai rien révélé. Cela n'aurait pas aidé Haines Wingard à devenir le prochain président des États-Unis. Tu oublies tes ambitions ?

Carlson ne trouva rien à répondre. Il détestait qu'on lui cache quoi que ce soit, à plus forte raison des secrets aussi explosifs que celui-là. Heller avait raison. S'il avait ébruité l'affaire, cela aurait compromis les chances de Wingard. Mais il voulait être dans le même bain que les autres. Seul celui qui sait détient le pouvoir.

— En fait, comment l'as-tu appris ?

— Par Yelena.

— Nom de Dieu ! Le monde entier va être au courant !

— Ne t'affole pas. Elle ne dira rien. Elle tient trop à la réputation de Key et à la mémoire de Bill. Apparemment, Range sait tout lui aussi. Mais, selon Yelena, il se taira. Bill était son meilleur ami.

— Il y a un autre problème.

— Lequel ?

— Eliza Blake. Elle est dans la confidence.

— Tu crois qu'elle parlera ?

— Je n'en sais rien. Mais gardons-la à l'œil.

81

Le programme d'aide aux enfants prématurés du centre hospitalier universitaire du New Jersey consistait essentiellement à offrir aux bébés venus au monde trop tôt, trop petits, trop faibles ou malades, ce que les médecins appelaient une « nourriture affective ». Des volontaires se rendaient tous les jours à l'hôpital pour procurer un peu de chaleur humaine à ces nouveau-nés qui luttaient pour leur survie. L'apparition du sida avait considérablement alourdi la tâche déjà épuisante des médecins, des infirmières et des bénévoles.

Désespérées, trop pauvres ou contaminées elles-mêmes, certaines mères abandonnaient leur enfant immédiatement après l'accouchement. Les nourrissons passaient quelques mois à l'hôpital avant d'être placés dans des familles d'accueil. Pendant cette période, des mères de substitution, toutes bénévoles, s'installaient près des couveuses, parlaient aux bébés ou leur fredonnaient des chansons. Les plus chanceux, c'est-à-dire les plus robustes, étaient parfois sortis de leur couveuse et déposés dans les bras de ces femmes qui les berçaient.

Les bénévoles et les infirmières s'attachaient aux enfants, allant parfois jusqu'à les recueillir chez elles et à les adopter. D'autres, lorsque les bébés à qui elles avaient donné tout leur amour trouvaient des familles d'accueil, éprouvaient un douloureux sentiment de perte. Volontaires et infirmières, toutes affirmaient que, bien souvent, elles ressentaient une satisfaction affective au moins égale à la tendresse qu'elles prodiguaient.

— La chaleur d'un autre corps, le contact de la peau sont essentiels à toute expérience humaine, expliqua l'infirmière principale à Joy. Les nourrissons, comme les petits animaux, ont besoin d'une symbiose étroite avec leur mère, ou avec une mère de remplacement. Aimeriez-vous en prendre un dans vos bras ?

Joy hésita, regarda avec anxiété le fragile petit être couché dans le lit d'enfant. L'infirmière l'encouragea d'un sourire, lui fit signe de s'asseoir près du lit, souleva délicatement le nouveau-né emmailloté et le déposa au creux de son bras. De sa main libre, l'épouse du candidat chercha, sous la couverture, la main de l'enfant. Aussitôt, les phalanges minuscules s'enroulèrent avec force autour de son petit doigt. Une larme apparut au coin de l'œil de Joy.

« Magnifique, pensa Nate Heller. Une photo en or ! »

82

Seul dans la chapelle du centre hospitalier Saint-Michael, le père Alec attendait paisiblement. Un membre des services de sécurité aux chaussures bien cirées, le récepteur radio à l'oreille, entra et jeta un coup d'œil. La présence de cet ecclésiastique en soutane assis sur un banc, au dernier rang, ne lui parut pas anormale. Le père Alec en fut un peu choqué. Que se serait-il passé s'il avait eu l'intention de blesser Mme Wingard ? N'importe qui pouvait se déguiser en prêtre. L'inspection discrète de l'agent n'avait rien à voir avec de la sécurité. Bien sûr, lui et ses collègues ne pouvaient pas contrôler chaque personne qui croisait le chemin de l'épouse du candidat, mais Alec préférait croire qu'ils remarquaient toute personne un peu nerveuse. Or, il devait avoir l'air nerveux. Car il allait effectivement, aujourd'hui, blesser Mme Wingard.

Il se leva, fit une génuflexion et marcha vers le fond de la chapelle, passa la tête par l'entrebâillement de la porte. Personne. Le couloir était encore désert.

Le *Star Ledger* précisait que l'épouse du candidat consacrerait sa visite à Newark à la lutte et au traitement contre le sida. Le diocèse ne cachait pas sa fierté. Avec sa clinique, ses équipes de soutien et de consultation, le centre traitait environ quarante pour cent des cas de sida répertoriés dans le comté d'Essex. Mme Wingard en apprendrait plus ici que n'importe où. « Sans compter, songea Alec avec angoisse, l'horreur qu'elle ressentirait en s'entendant dire, après avoir vu tant de malades, qu'elle risquait, elle aussi, d'avoir été contaminée... »

Il perçut une agitation dans l'entrée. Quelques secondes plus tard, une femme en rose avança lentement dans sa direction, penchée vers une religieuse qui l'accompagnait et qu'elle écoutait avec attention. Devant elle, les cameramen marchaient à reculons. D'autres hommes et d'autres femmes l'entouraient. Le prêtre pensa qu'il s'agissait de ses gardes du corps, de ses collaborateurs et de journalistes.

Son angoisse redoubla. Et si elle ne s'arrêtait pas ?

Tout d'un coup, elle fut devant lui. Elle s'arrêta, imitée par son entourage. Avec un grand sourire, elle lui tendit la main.

— Bonjour, je suis madame Wingard.

Il eut l'impression que son visage lui rappelait vaguement quelqu'un.

— Madame Wingard, je suis le père Alec Fisco, de la cathédrale du Sacré-Cœur. Consentiriez-vous à m'accorder un moment ?

Elle se tourna vers un individu de petite taille au regard peu amène qui se tenait derrière elle. L'homme consulta sa montre, répliqua brutalement qu'ils n'avaient pas le temps. Joy s'apprêtait à se confondre en excuses lorsqu'elle reconnut le jeune ecclésiastique.

— La cathédrale du Sacré-Cœur ? Bien sûr ! Que puis-je pour vous ?

— Je souhaiterais vous entretenir en privé.

Elle sourit, montra le groupe qui la cernait, haussa les épaules d'un air désespéré.

— Peut-être pourrions-nous parler dans la chapelle, murmura-t-il avec un regard suppliant. Une petite minute… Je vous en prie.

— Nate, je voudrais avoir une brève conversation avec le père dans la chapelle. Pourriez-vous arranger cela ?

Le petit homme parut contrarié. Il donna quand même ses instructions à voix basse. Les cameramen se détachèrent du groupe pour aller filmer l'extérieur de l'hôpital avant de regagner les voitures de presse. Ils possédaient assez d'images du prêtre et de Mme Wingard.

En un instant, Alec se retrouva assis sur un banc dans la chapelle déserte, près de la probable future *First Lady* des États-Unis. Elle s'efforça de le mettre à l'aise.

— Mon père, votre homélie, aux obsèques de Bill Kendall, était très belle. Je suis sûre qu'elle a procuré un peu de réconfort à sa famille.

— Merci. Je l'espère. Je suis flatté que vous vous souveniez de moi.

— Étiez-vous un intime de Bill ?

— Notre relation a été brève, mais je crois pouvoir affirmer que je le connaissais bien.

Il y eut un silence, ni l'un ni l'autre ne sachant comment poursuivre l'entretien. Le prêtre avait l'air triste, horriblement gêné.

— Que se passe-t-il, mon père ?

— Madame Wingard, ce que j'ai à vous apprendre me consterne, mais je ne peux me dérober.

— Quoi ? De quoi s'agit-il ?

Il reprit son souffle, la fixa comme un homme malade.

— Madame Wingard… Bill Kendall avait le sida.

Elle cessa de respirer, mordit sa lèvre inférieure. Mais son visage resta impassible. Elle se leva, lissa la veste de son tailleur, rajusta une mèche de ses cheveux. Puis elle saisit la main du prêtre.

— Merci, mon père. Je vous sais gré d'avoir parlé.

La bouche entrouverte, il la regarda se diriger vers la porte de la chapelle, l'ouvrir et faire face à la foule qui l'attendait de l'autre côté.

83

Le sénateur Wingard regagna son bureau après le vote par le Sénat, à une large majorité, de la loi qu'il défendait.

Son triomphe le laissait de marbre. Ils croyaient qu'il avait gobé leur bobard. Cette pensée lui broyait l'estomac. Jamais il ne s'était douté que Joy pouvait mentir à ce point.

Avec Nate, c'était différent. Ce fumier évitait de le regarder dans les yeux chaque fois que le testament de Kendall revenait sur le tapis. En plus, qu'il n'ait risqué, lui si soupçonneux, aucun commentaire sur un legs destiné à une œuvre de charité avant même que sa création n'ait été rendue publique, ne lui ressemblait pas. Il devait donc être au courant des rapports entre Joy et Kendall.

Wingard jouait le jeu. Il ne souhaitait pas, pour l'instant, avoir une explication avec Joy. La campagne lui semblait mille fois plus importante que son mariage. Il voulait y consacrer toutes ses forces, toute son énergie. Mais il savait à présent qu'il ne pouvait faire confiance ni à Heller ni à Joy. Ils lui dissimulaient la vérité. Que lui cachaient-ils d'autre ?

Il aurait été excessif de dire qu'il avait le cœur brisé. Il se sentait simplement résigné. Il savait depuis longtemps que Joy et lui ne partageaient plus grand-chose. Chacun se montrait attentionné et poli envers l'autre, mais la complicité de leurs premières années de mariage n'existait plus. Plus d'attirance, plus de désir. Ils faisaient l'amour par habitude, sans émotion. La course à la Maison Blanche ne les avait pas rapprochés. Leur mariage était devenu un arrangement politique.

Curieusement, Wingard souffrait davantage de la trahison de son directeur de campagne. Il lui avait voué une confiance absolue, aveugle. Il savait à présent à quel point il avait été naïf. Il aurait dû se montrer plus lucide. Leur amitié de jeunesse, la collaboration qui avait suivi ne signifiaient pas que les choses ne pouvaient pas changer. Les frères trahissent leurs frères. Il ne s'était pas attendu à cela de la part de Nate, c'est tout.

Quelle importance, en fin de compte ? L'essentiel, pour Wingard, c'était de devenir président. Il ne lui restait plus qu'à vivre avec ce mensonge. Peut-être finiraient-ils tous les trois par s'y faire ? Wingard avait suivi l'ensemble des interviews de la matinée la gorge nouée. Joy n'avait rien laissé transparaître, pas même en répondant aux questions d'Eliza Blake. S'il n'avait pas lu son journal, lui aussi aurait cru à ses explications. Mais il avait lu le journal, et la lettre.

84

— Qu'est-ce que ce curé te voulait ? grommela Nate à peine installé dans la voiture qui les conduisait à l'aéroport de Newark.

— Oh, rien de bien grave. Il m'a parlé de l'avortement, de tout le mal qu'il pensait de cet horrible péché. C'est un jeune homme sincère. Il m'a demandé d'user de ma position pour influencer l'opinion.

Nate écarquilla les yeux.

— Qu'as-tu répondu ?

— Que je comprenais et respectais ses sentiments, et que je le remerciais.

— Parfait. Évite l'avortement tant que tu pourras.

Joy devait avoir, dans l'avion, un entretien avec un journaliste de l'Associated Press. Cette perspective la soulageait. Elle n'aurait pas à s'asseoir à côté de Nate. Même s'ils étaient devenus, par la force des choses, des alliés objectifs, elle jouissait de tous les instants passés loin de lui. Moins elle le voyait, mieux elle se portait. Et elle ne tenait pas à lui parler maintenant, après sa conversation avec le père Alec.

Dans la navette qui reliait Newark à l'aéroport de New York, elle répondit aux questions du correspondant de l'Associated Press avec une aisance qui la sidéra. Sirotant un ginger ale bien frappé, elle s'exprima de façon posée tout en faisant preuve d'une autodérision qui enchanta son interlocuteur. Elle avait rapidement appris à séduire les journalistes. Avant chaque interview, elle apprenait par cœur des phrases toutes faites qu'elle glissait au bon moment, ce qui laissait penser qu'elle avait de l'esprit, de l'humour et de la repartie.

L'avion entama sa descente. La nuit n'était pas encore tombée, mais les balises d'atterrissage scintillaient déjà sur la piste. Joy sentit son cœur cogner dans sa poitrine. Comment avait-elle pu paraître aussi détendue, aussi charmeuse avec le journaliste alors qu'elle ne cessait de penser, effarée, à ce que le père Alec venait de lui révéler ?

85

À moins de deux minutes du début des informations télévisées, Yelena rejoignit Range, Louise et Kean dans l'aquarium où tous s'apprêtaient à suivre le journal du soir sur l'écran de contrôle fixé contre le mur. D'autres écrans retransmettraient les journaux des chaînes concurrentes, le son baissé au minimum, pour que les responsables de Key puissent comparer leurs reportages avec celui qu'ils allaient diffuser.

Yelena se tourna vers Jenny.

— Il est bon de vous savoir de nouveau parmi nous.

— Elle parle pour moi, ajouta Range.

— Vous ne savez pas à quel point il est bon de revenir.

Jenny sourit avec fierté. Elle avait de quoi. Elle avait décidé de revenir à Key à ses conditions. Depuis toujours, elle rêvait de travailler dans la réalisation. Pas question pour elle de se retrouver reléguée dans un placard doré, comme « une de la première heure ». Après deux semaines d'absence, se sentant toutes les audaces, elle avait appelé

Range, lui faisant part sans détour de ses véritables désirs. À sa grande surprise, il lui avait immédiatement offert un poste d'assistante de réalisation sur « À la une ce soir ». Qui lui avait dit que le malheur offrait toujours une nouvelle chance ?

Installée sur le canapé, jambes croisées, sa jupe longue savamment retroussée jusqu'aux cuisses, Louise ne pensait qu'à son dîner avec Range, après le journal. En fait, elle y avait songé toute la journée. Le chaud soleil de ce début d'été lui donnait des idées. Elle savait que Range avait réservé une table chez Lespinasse. Ce que lui ignorait, c'est qu'elle avait, de son côté, retenu une chambre pour la nuit au Saint-Régis. Elle regarda, à travers la vitre de l'aquarium, Pete Carlson qui, dans le studio, attendait posément le moment de passer à l'antenne.

Ce soir, toutes les chaînes feraient leur une sur la campagne. Carlson commença par commenter les images de Joy Wingard visitant l'hôpital Saint-Michael.

— Regardez le prêtre qui s'adresse à Joy ! s'écria Louise. N'est-ce pas lui qui a prononcé l'homélie lors des funérailles de Bill ?

Le visage du père Alec apparut en gros plan. Yelena se tourna vers Louise.

— Très juste. Vous avez le coup d'œil. Vous êtes sûre que vous ne voulez pas travailler pour nous ?

86

Eliza rentra de Newark épuisée. Émergeant tout juste de la baignoire, Janie, son singe en peluche sous le bras, l'accueillit avec des cris de joie.

— Maman, maman !

— Ma chérie, comme tu m'as manqué ! Tu as passé une bonne journée ?

— Oh oui ! Zippy et moi on a reçu des amis.

— Vraiment ? Qui ?

— Billy et Chris.

Devant la porte de la salle de bains, Mme Twomey lui raconta, avec son inimitable accent irlandais, que les jumeaux Haffler étaient venus jouer à l'appartement cet après-midi et que les trois enfants s'étaient amusés comme des fous. Janie ne la contredit pas.

— On a même fait des gâteaux !

— Vraiment ? J'espère que vous m'en avez gardé.

— Plein ! Et Mme Twomey a préparé de la compote de pommes. Il y en a aussi pour toi.

La petite fille l'entraîna vers la cuisine. Elles s'assirent toutes les deux devant la table en verre. Janie but un verre de lait, pendant qu'Eliza sirotait un thé léger et goûtait les brownies préparés par sa fille. Luttant contre la gourmandise, elle repoussa l'assiette.

Après avoir mis de l'ordre dans la salle de bains et préparé le lit de Janie, Mme Twomey vint leur dire au revoir. Elle embrassa la petite et resta plantée devant Eliza, se dandinant d'un air gêné.

— Quelque chose ne va pas ? demanda la jeune femme.

— Madame Blake, il y a longtemps que j'ai envie de vous dire quelque chose. J'ai regardé ce Pete

Carlson présenter le journal télévisé et je pense que vous êtes bien meilleure que lui. Vous devriez présenter les nouvelles à sa place. Voilà ce que je pense. Eh bien, je l'ai dit.

Sa confusion fit sourire Eliza.

— Je crois que vous êtes un peu partiale, madame Twomey. Mais merci quand même. Votre avis m'est très précieux.

La gouvernante s'en alla en rougissant. Eliza jeta un coup d'œil à l'horloge du micro-ondes. 20 h 15. D'ordinaire, elle rentrait plus tôt, ce qui lui laissait une bonne demi-heure en compagnie de sa fille, avant que Janie aille se coucher. Elle décida, ce soir-là, de le prolonger un peu. Bien calée contre ses oreillers, Janie écouta sa mère lui lire ses histoires favorites, tout en serrant contre elle son singe en peluche.

— J'adore les singes, dit l'enfant. Pourquoi on n'en aurait pas un ici ?

— Tu as déjà Zippy, mon ange.

— Oui. Mais j'en voudrais un vrai.

— Non.

— Pourquoi ?

— On ne peut pas élever un singe dans un appartement.

— Oh, maman, je t'en prie !

— Désolée, Janie. La réponse est non.

L'après-midi passé avec les jumeaux Haffler avait suffisamment fatigué la petite fille pour qu'elle ne résiste pas longtemps. D'ailleurs, Eliza aussi tombait de sommeil. Avant d'aller se plonger dans un bain chaud, elle alluma le petit poste de télévision de la cuisine et remit à zéro la cassette qui, tous les soirs, enregistrait « À la une ce soir ». Mme Twomey lui avait laissé du poulet rôti, des haricots verts et une pomme de terre cuite au four. Elle fit réchauffer le tout tandis que passaient les nouvelles sportives locales. Eliza s'installait devant le poste au moment où Pete Carlson apparut à l'écran.

Pete, en tant que personne, ne valait rien. Mais à l'antenne, il dégageait un charisme certain qu'Eliza ne pouvait nier. Tel est l'étrange miracle de la télévision. Des êtres de valeur paraissent fades, et d'autres, comme Pete, brillent dès que les caméras se braquent sur eux. Alors, pourquoi les taux d'écoute étaient-ils en chute libre ? Le public percevait-il la médiocrité humaine de Pete derrière son aisance ? « Arrête ! » se dit la jeune femme. Elle était jalouse et le savait. En secret, elle ne rêvait que d'une chose : prendre sa place. « Contente-toi de bien faire ton travail, se dit-elle encore. Et continue à le faire de ton mieux. »

Carlson commentait les images de Joy Wingard berçant un nourrisson atteint du sida. Eliza se doutait bien que cette scène et la larme perlant sous la paupière de Joy constitueraient l'événement du jour. C'était tout naturel.

On la vit ensuite parler au jeune prêtre. Tout près d'eux au même moment, Eliza avait entendu son nom : le père Fisco, de la cathédrale du Sacré-Cœur. Elle avait immédiatement identifié l'homme qui avait prononcé l'homélie lors des obsèques de Bill. Qu'avait-il à dire à Joy derrière la porte close de la chapelle ? Que lui voulait-il ?

Elle se prépara un autre thé. Une longue journée l'attendait le lendemain et elle se sentait trop fatiguée pour continuer à s'interroger sur Joy Wingard et le père Fisco.

En plus, la baignoire débordait.

87

D'un coup de pouce, Jenny ouvrit un paquet de croquettes et versa une partie de son contenu dans le bol de Sylvester. Recroquevillé sous la table, le matou la regarda faire avec indifférence. Jenny ouvrit alors une boîte de bœuf aux carottes, la versa dans un récipient spécial micro-ondes qu'elle couvrit et fit chauffer le tout six minutes. Son dîner, se dit-elle une fois devant son assiette, différait peu de celui de son chat.

L'humeur maussade, elle revécut la scène à laquelle elle avait assisté dans le bureau de Range. En son absence, Louise et lui étaient devenus un véritable couple. Cela ne lui plaisait pas du tout. La présence de Louise dans l'aquarium, ce soir-là, l'avait outrée. Qu'une femme qui avait partagé la vie de Bill puisse s'intéresser à un autre homme dépassait son entendement.

Sylvester consentit enfin à émerger de dessous la table. Il renifla le bol, mâcha quelques croquettes et s'en alla, dédaigneux.

— Sale snob, grommela Jenny.

Louise, elle aussi, n'était qu'une snob. Elle ne se prenait pas pour n'importe qui, avec ses toilettes provocantes, lorsqu'elle se frottait à Range, flirtant avec lui devant tout le monde. Quelle vulgarité !

Quant à lui, inutile d'en parler. Ridicule, avec ses mines de vieux beau dès que Louise montrait le bout de son nez. Le meilleur ami de Bill ! Une honte… Finalement, personne n'avait jamais aimé Bill, sauf elle, Jenny. Et elle savait qu'à l'inverse de Louise, elle n'aimerait jamais personne après lui. Cette garce aurait dû se mettre à genoux et remercier le ciel d'avoir épousé un tel homme et de lui avoir donné un enfant, au lieu de sauter sur le premier venu un mois après sa mort. Être la veuve de Bill Kendall, même divorcée, aurait dû la combler.

Veuve de Bill Kendall ! Quel grand rôle ! Jenny, elle, en aurait été digne. Digne de marcher derrière son cercueil, d'entendre le prêtre s'adresser à elle, et à elle seule, le jour des funérailles.

Le prêtre. Elle venait de le voir à la télévision. Tout en triturant le bracelet d'ivoire qui ornait son poignet – un cadeau de Noël de Bill, son amour – elle se demanda ce que ce curé avait bien pu dire à Mme Wingard.

Elle se leva, posa son assiette dans l'évier, ouvrit le placard dans lequel elle rangeait ses produits de ménage, attrapa un chiffon propre et gagna la cuisine. Ces maudits peintres n'avaient rien nettoyé. Or elle détestait les taches.

Tout à coup, elle retrouva sa bonne humeur. Cet été, Range le lui avait promis, elle accompagnerait les équipes chargées de couvrir les conventions. Cela la mettait en joie. Enfin, elle pourrait exercer des responsabilités à sa mesure et prouver sa valeur.

Pete Carlson commenterait ces événements. Elle espérait qu'il se planterait de façon pathétique, ferait un flop gigantesque. Remplacer Bill… Pour qui se prenait-il !

En plus, l'ordinateur qu'il utilisait contenait encore les notes personnelles de Bill. Que se passerait-il si ce minable en prenait connaissance ?

« Impossible, se dit-elle. Il faudrait qu'il connaisse le mot de passe. » Or même elle, Jenny, l'ignorait.

Elle se redressa brutalement. Son bracelet heurta le mur et se brisa. Elle s'agenouilla pour en ramasser les morceaux.

Le cadeau de Bill. De l'ivoire.

« Un éléphant n'oublie jamais », disait-il.

Éléphant !

88

En arrivant aux studios, à 5 heures du matin, Eliza tomba sur Mack qui l'attendait. Son cœur battit plus fort. Elle lui dit avec un sourire radieux :

— Qu'est-ce que tu fais ici à une heure pareille ?

Elle mourait d'envie de l'embrasser. Mais le lieu ne s'y prêtait pas. D'autant qu'il arborait l'air sombre du porteur de mauvaises nouvelles.

— Allons dans ton bureau, dit-il en la prenant par le bras.

— Que se passe-t-il ? Dis-le-moi tout de suite.

— Non. Tout à l'heure.

Il l'entraîna jusqu'à l'ascenseur. Une fois dans le bureau de la jeune femme, il ferma soigneusement la porte et, d'un geste, lui demanda de s'asseoir.

— Bien, déclara-t-elle presque sèchement. Maintenant, tu peux parler.

— Voilà.

Il sortit de sa poche un exemplaire roulé du *Mole*. Eliza, en lisant le gros titre, sentit son pouls s'emballer.

ELIZA BLAKE : LE LIEN ENTRE LE SUICIDE DE BILL KENDALL ET LE MEURTRE DE LÉO KARAS.

— Maintenant, lui dit Mack, tu n'as plus le choix. Il faut que tu contre-attaques.

89

D'ordinaire, les dernières minutes de « Key of America » étaient consacrées aux plaisanteries improvisées d'Eliza et d'Harry lors de l'émission du matin. Mais ce jour-là, on ne parla que du monologue d'Eliza lors de cette même émission. Yelena rembobina la vidéo pour la regarder une nouvelle fois. Très stricte dans son tailleur couleur miel, Eliza fixait la caméra, sans ciller.

— En terminant l'émission, je voudrais vous parler à cœur ouvert. De moi, d'une période très pénible de ma vie que je pensais garder toujours secrète. Des articles récents et mensongers m'obligent à m'ouvrir à vous, en toute franchise.

La caméra la cadra en gros plan.

— Il y a quatre ans, après la mort de mon mari et la naissance de ma fille, j'ai vécu une période très difficile. Pour tout dire, je me suis effondrée. Bill Kendall, notre regretté présentateur, un de mes meilleurs amis, vint à mon secours et me recommanda un excellent psychiatre, le docteur Léo Karas. Les journaux ont raconté que j'avais été hospitalisée. C'est la vérité. J'ai passé près d'un mois dans un établissement du New Jersey, tout en continuant à être suivie par le docteur Karas, avec qui j'ai entamé une thérapie après ma sortie de clinique. Heureusement pour moi et mon enfant, je réussis à surmonter cette époque douloureuse.

Yelena ne perdait pas un mot de la déclaration d'Eliza, qui martela d'une voix forte :

— On a aussi prétendu que j'avais un problème avec la drogue. Pure calomnie. Je n'ai jamais pris le moindre stupéfiant, que ce soit de la cocaïne ou autre chose. Je m'empresse d'ajouter qu'à mes yeux, les toxicomanes ne doivent pas être condamnés, mais aidés. En deux mois, j'ai perdu deux amis chers : Bill Kendall s'est donné la mort, le docteur Karas a été assassiné. Je me suis juré de découvrir le lien entre ces deux disparitions tragiques.

À ce moment-là, la jeune femme se montra inflexible.

— Insinuer, comme l'ont fait certains journaux, que je pourrais être impliquée dans ces drames, est diffamatoire, malveillant et insultant. Ces deux hommes étaient des amis chers, qui occupaient dans ma vie une place irremplaçable.

Yelena arrêta la vidéo. Toute la journée, le standard de Key News avait été submergé d'appels, sans compter les fax. Une écrasante majorité de téléspectateurs soutenait Eliza.

La présidente ne pouvait que s'en féliciter. Mais pas uniquement parce que ce mouvement de masse était bon pour Key News.

90

Jenny s'était tassée au fond du taxi jaune qui, remontant la 10e Avenue, se dirigeait vers East Side. Elle avait hâte de se retrouver dans l'appartement d'Eliza. Accéder à l'ordinateur avait été un jeu d'enfant. Jenny avait encore les clés du bureau de Pete – non, rectifia-t-elle aussitôt, du bureau de Bill. Elle avait attendu que tout le monde s'en aille après les émissions du vendredi. Elle s'était glissée dans le bureau, s'était installée devant l'ordinateur et avait tapé les huit lettres.

ÉLÉPHANT. Magique.

Le répertoire intitulé « se souvenir » s'était aussitôt ouvert. Le premier fichier, par ordre alphabétique, avait pour nom « Éthique. PC. » Elle avait failli passer directement au suivant, pensant que PC voulait dire politiquement correct. Elle l'ouvrit quand même, à tout hasard. Et elle comprit à qui les deux lettres se rapportaient : PC pour Pete Carlson.

Le taxi freina devant l'immeuble d'Eliza. Le portier annonça Jenny. Mme Twomey, Janie à ses côtés, l'introduisit dans l'appartement.

— Maman se prépare pour une grande soirée, annonça fièrement la petite fille.

Eliza apparut dans l'entrée, en peignoir, une serviette autour de la tête.

— Jenny, que se passe-t-il ?

L'ancienne secrétaire de Bill n'était jamais venue chez elle auparavant.

— Eliza, j'ai besoin de votre aide. Il faut que je vous dise ce que j'ai trouvé dans l'ordinateur de Bill. Pete Carlson ! s'écria-t-elle, hors d'haleine.

Eliza lui prit le bras.

— Allons, Jenny, asseyez-vous et calmez-vous. À présent, racontez-moi tout.

— C'est Pete Carlson.

— Madame Twomey, voudriez-vous emmener Janie à la cuisine et lui donner son dessert ? Maintenant, parlez Jenny.

L'ancienne secrétaire ne savait par où commencer.

— Bien, je… Vous savez que Bill avait l'intention d'écrire un livre.

— Oui.

— Il avait pris des notes qu'il gardait en mémoire sur son disque dur. Des notes protégées par un mot de passe. Je n'ai pas réussi à y avoir accès après sa mort, ni à les transférer sur disquettes. Or, cet ordinateur est devenu celui de Pete.

— Continuez.

— En fait, j'ai fini par deviner le mot de passe.

Depuis le salon, Eliza apercevait Mme Twomey. Près d'elle, Janie répandait du sirop sur sa glace. Le contraste entre l'aspect paisible de cette scène et les récents bouleversements de son existence la mit mal à l'aise. Elle se força à demander :

— Qu'avez-vous découvert ?

— Quelque chose à propos de Pete Carlson et de la campagne de Wingard. Tout est dans l'ordinateur ! Je n'ai pas eu le temps de transférer les fichiers. Mais vous pourrez les consulter sur place.

Eliza jeta un coup d'œil à sa montre. D'ici vingt minutes, Mack passerait la prendre pour l'emmener au dîner de New Visions, au cours duquel elle prononcerait son allocution. Elle l'avait promis. D'abord, les mensonges publiés la veille dans le *Mole*, puis son intervention publique devant les caméras. Et à présent, ceci.

— Écoutez, procédons par étapes. Demain, je ne serai pas libre de toute la journée. Pourquoi ne pas enregistrer les notes et me les apporter ici dimanche ? Nous les étudierons et nous déciderons ensuite de la conduite à tenir.

Jenny, qui avait retrouvé son calme, hocha la tête.

— Je vais tout copier. Il y en a plus là-dedans que je n'en ai jamais lu. Quelque chose à propos d'un juge, et un fichier intitulé Joy. Je devrais peut-être appeler Yelena.

Eliza brûlait d'envie de se précipiter tout de suite dans le bureau de Bill. Mais un jour de plus ou de moins importait peu.

91

De nombreuses têtes se tournèrent vers Eliza Blake pour assister à son entrée dans la salle de bal bondée du Marriot. Elle s'arrêta dans l'encadrement de la porte, très élégante dans sa robe du soir blanche dénudant ses épaules. Relevée « à la française », sa coiffure mettait en valeur la finesse de son cou et les petits diamants qui ornaient ses oreilles, seuls bijoux qu'elle portait.

— Tu sais enfin ce que ressentent les stars, chuchota Mack.

Pour toute réponse, elle lui sourit.

— Tu es sublime, dit-il.

— Tu as raison, je me sens vraiment en beauté ce soir. Cela ne m'était pas arrivé depuis bien longtemps.

— Je suis heureux d'être là pour le voir.

Elle lui prit la main.

— Tu y es pour quelque chose.

Il rêvait de l'embrasser, longuement, passionnément. Il devrait attendre. Plus tard, après y avoir pensé tout au long de la soirée.

— Eliza ! Mack !

Louise, époustouflante dans sa robe noire largement fendue, vint les rejoindre.

— Eliza, vous êtes resplendissante ! Merci encore d'être venue ce soir. Nous avons tout vendu. Tout le monde veut vous voir et vous entendre !

Elle les entraîna vers une des cinquante tables rondes disposées dans la salle. Cinq cents convives fortunés avaient payé cinq cents dollars leur billet de loterie pour soutenir la fondation et son projet d'ouvrir un nouveau centre pour handicapés mentaux. Le thème de cette année était « Noir et blanc ». On avait décoré la pièce en conséquence : ballons noirs et ballons blancs au plafond, assiettes blanches, soucoupes noires, fleurs blanches sur toutes les tables. Dans un coin de la salle, un coupé BMW blanc à la capote sombre attendait son futur propriétaire, l'heureux gagnant de la tombola qui rentrerait chez lui au volant de cette merveille.

— Eliza, je vous ai placée à côté de William. J'espère que vous n'y voyez pas d'inconvénient.

— Pas le moindre. Je serai ravie de le connaître un peu mieux.

Louise sourit avec gratitude.

— Ne le laissez pas vous abreuver de paroles.

Le jeune homme baissa les yeux lorsque Eliza lui tendit la main. En dépit de sa confusion, il réussit à la serrer avec fermeté. La jeune femme le complimenta sur sa veste de smoking, qui lui donnait belle allure.

— Vous êtes jolie aussi, dit-il en bafouillant un peu.

Elle tenta de le sortir de sa réserve, le fit parler de son foyer et de son ordinateur.

— Mon père et moi travaillions beaucoup sur l'ordinateur, dit-il. Il me manque.

— Il me manque aussi, William. Il manque à beaucoup de gens.

— Ah bon ? Je croyais être le seul à le regretter.

Des larmes montèrent aux yeux de la jeune femme. Pauvre William… Son père était le centre de sa vie, comme John avait été le centre de la sienne. Quelques semaines après la mort de Bill, il devait être encore sous le choc.

Elle sentit les premiers élancements d'une migraine. Louise se tenait près de sa chaise.

— Eliza, avez-vous déjà rencontré le père Alexandre Fisco ?

— Je me souviens de vous, mon père. J'assistais aux funérailles de Bill. Ce fut une messe superbe.

Le prêtre lui sourit, presque aussi timidement que William.

— Merci.

— Nous avons beaucoup de chance que le père Alec soit là ce soir, poursuivit Louise. Il dira une prière au début du dîner.

Eliza décida d'avoir une conversation avec lui avant la fin de la soirée. Le prêtre s'installa lui aussi à côté de William. Des convives entouraient la table, ravis d'être présentés à Eliza par Louise, qui s'acquittait de sa tâche avec enthousiasme. Si les invités se sentaient heureux, cela ferait autant de billets vendus l'année prochaine. Louise disparut quelques instants, revint en compagnie d'un homme dont le smoking rehaussait la prestance.

— Eliza, j'aimerais vous présenter le juge Dennis Quinn. Dennis et Bill ont travaillé ensemble à la création de la fondation, il y a des années. Après une petite interruption, il est de retour parmi nous. Rien ne pouvait nous causer un plus grand plaisir.

Au moment où elle serrait la main du juge, Eliza sursauta en entendant la voix de son jeune voisin de table.

— L'homme aux drôles de cheveux rouges, disait William en fixant Dennis d'un air hostile.

Eliza regarda Dennis : il avait les cheveux d'un noir de jais, parsemés de petites mèches grises. William baissa le nez vers son assiette et se mit à parler tout seul.

« Dis donc, faudra que tu rembourses en plusieurs fois, mais comment, je ne pourrai jamais, on va trouver une solution, dis donc, faudra que tu rembourses en plusieurs fois, mais comment, je ne pourrai jamais, on va trouver une solution… »

Tout le monde se figea. Louise essaya de calmer le jeune homme, plaça sa cuillère dans sa paume en murmurant :

— Ça va, William ?

Le juge haussa les épaules, eut un sourire gêné.

— Pauvre gosse.

Le fils de Bill retourna à sa salade de fruits. Le père Alec dévisagea longuement Dennis Quinn.

92

Comment pouvait-on transpirer à ce point à la fin du mois de juin ? Ce devait être le réchauffement général de la planète lié à l'effet de serre. Une bouffée d'air brûlant s'engouffra dans la voiture lorsque l'homme baissa sa vitre au péage. La Lincoln noire quitta l'autoroute et prit la direction de l'ouest, vers Newark.

Ce coup de fil, tôt le matin, avait été une bonne idée. Le prêtre n'avait posé aucune question sur l'identité de son correspondant. Il avait simplement répondu que les confessions avaient lieu chaque samedi à 11 h 30. L'homme tenait à garder l'anonymat. Le prêtre l'avait rassuré : peu de gens viendraient recevoir l'absolution en ce jour torride.

— Mon père, j'aimerais autant que vous ne me voyiez pas.

— Bien. Je vous attendrai dans le confessionnal situé sous la quatrième station du chemin de Croix, à droite, au fond de la cathédrale, à 11 h 30. Vous apercevrez ma silhouette de l'autre côté du volet. Moi, je ne vous verrai pas.

— Vous en êtes sûr ?

— Absolument.

Peut-être disait-il la vérité, peut-être mentait-il. En tout cas, il fallait courir le risque. Il était indispensable de savoir si le père Alec allait poser un problème. Un problème qu'il faudrait résoudre d'une façon ou d'une autre.

La Lincoln parvint bientôt en vue des tours de granit de la cathédrale. Une brume de chaleur tremblait au-dessus de la place Jean-Paul II, que la voiture dépassa pour aller se garer dans une petite rue, devant l'évêché. Les grandes portes de la cathédrale, avait expliqué le père Alec, ne s'ouvraient que le dimanche et à l'occasion des offices principaux. Le reste du temps, on accédait à l'édifice en traversant le vestibule de l'évêché. L'homme avait une chance de s'y faire repérer. Mais, là encore, c'était un risque à courir.

Il fut agréablement surpris par la fraîcheur environnante. Le jeune homme de l'accueil ne leva même pas les yeux sur lui. Il était là pour répondre aux questions, pas pour en poser. Une flèche noire sur fond blanc indiquait que l'entrée de la cathédrale se trouvait sur la droite, au bout d'un long couloir orné de vitraux représentant des saints à la mine austère. Quinn franchit la petite porte, près du maître-autel. Le prêtre avait dit vrai : la nef était déserte, tout comme les bancs alignés de chaque côté. Quinn adopta la démarche d'un visiteur peu pressé, feignit de flâner en admirant les voûtes jusqu'à la quatrième station : « Jésus s'arrête devant sa mère affligée. » Le confessionnal était juste à côté. L'homme s'assit à l'extrémité d'un banc, dans l'ombre, et attendit.

11 heures : un prêtre en chemise noire et col blanc remonta la nef, salua le vieillard aux cheveux gris qui faisait reluire avec une cireuse électrique les dalles de marbre de l'allée.

— *Buongiorno*, Vittorio.

— *Buongiorno, Padre.* Comment va, ce matin ?

— Bien, Vittorio. *Un po' caldo, no ?*

— *Si, Padre.*

Le prêtre se glissa dans le confessionnal, referma la porte derrière lui. Une fois assis, il posa une étole violette sur ses épaules. Il entendit très vite, malgré le bruit de la cireuse, un pas se rapprocher. Quinn s'agenouilla sur le prie-Dieu, distingua, à travers les motifs trouant le judas, le profil du père Alec. Après un long silence, il chuchota :

— Mon père, je suis l'homme aux drôles de cheveux rouges. J'avais l'intention de vous parler hier soir, pendant le dîner, mais vous êtes parti juste après la prière.

— Continuez.

— Voilà. Je crains fort que vous ne sachiez que Bill Kendall et moi avions conclu un arrangement financier. J'avais emprunté une importante somme d'argent et Kendall exigeait son remboursement. Mais vous êtes sans doute déjà au courant de tout cela.

— Je n'ai pas le droit de vous répondre, dit le prêtre.

— Bien. Je comprends, mon père. Mais vous admettrez aisément que le suicide de Kendall ne m'a pas rendu malheureux. Je croyais être libéré de ma dette.

Silence.

— Malheureusement, le psychiatre de Bill a décidé de reprendre le flambeau. Lui aussi est mort.

— Avez-vous quelque chose à voir avec son assassinat ? demanda le père Alec.

— Non.

Quinn avait-il répondu trop vite ? Le prêtre n'aurait su le dire. Mais si ce pénitent n'était pas venu avouer le meurtre, que faisait-il là ?

— Pourquoi êtes-vous ici ?

Nouveau silence. Puis :

— Autant que je le sache, seuls trois hommes auraient pu me confondre. Il n'en reste qu'un.

— S'agit-il d'une mise en garde ? Menaceriez-vous un prêtre qui vous reçoit dans son église ?

Le prie-Dieu était inconfortable. Quinn changea de position, souleva un genou.

— Je veux simplement me sentir en sécurité. Cela ne m'est pas arrivé depuis longtemps.

— Vous pouvez vous fier au secret du confessionnal. Quoi que vous me disiez, je l'emporterai dans ma tombe.

Quinn comprit que le prêtre lui offrait une chance de se libérer de son fardeau. Il n'était pas venu pour cela. Mais allait-il laisser échapper l'occasion de lier les mains du prêtre, de l'enfermer dans le secret de la confession ? Le catholique qu'il avait été jadis fit un effort de mémoire avant de prononcer les paroles rituelles, qui lui revinrent subitement :

— Pardonnez-moi, mon père, parce que j'ai péché. Je ne me suis pas confessé depuis vingt ans.

Alec écoutait.

— Que comptez-vous faire, à présent ?

— Je réglerai mes affaires comme je l'entends, mon père.

93

Nate Heller avait décidé, en ce samedi, de s'offrir un dîner d'anniversaire. Personne ne l'avait appelé pour lui fêter ses quarante-six ans. Pas même Wingard, ce qui l'avait surpris. Il le faisait toujours, depuis des années. Mais sa campagne l'accaparait tout entier. Rien d'autre, pour lui, ne comptait.

Le garçon apporta des assiettes couvertes d'une cloche en argent : canard aux oranges, plat favori de Nate, beignets de crevettes, riz cantonais. Heller avala une gorgée de bière chinoise bien fraîche. Bon anniversaire à toi, Nate !

La journée avait été semblable à toutes les autres. Heller, Wingard et Joy avaient étudié le programme de la prochaine tournée. Joy paraissait soucieuse, ailleurs, ce qui l'avait perturbé. En l'état actuel des choses, il était hors de question qu'elle craque.

Il se doutait bien que son entrevue avec le prêtre, à l'hôpital de Newark, n'avait rien eu à voir avec l'avortement. Ce curé avait prononcé l'homélie de Bill, qui l'avait couché sur son testament. Encore un problème en perspective, au moment où il en avait le moins besoin. Tout allait pour le mieux. La Croisade contre le sida réussissait au-delà de toute espérance, les dons affluaient, plus nombreux chaque jour. Wingard avait réussi à créer un véritable élan dans l'opinion. Alors, surtout pas de vagues.

Le canard ne passait pas. Trop dur. Ce foutu curé était-il au courant de la liaison amoureuse de Joy ? Mon Dieu, faites que non, soupira Nate. Il rota, passa sur ses joues la serviette chauffée que le garçon venait de déposer devant lui avec une coupe d'oranges en tranches – il en raffolait au point de ronger la pelure – et une pâtisserie enveloppée dans une feuille de papier dont chacune contenait un aphorisme de Confucius. « Aide-toi toi-même », disait-elle. Belle maxime. Nate avait passé sa vie à s'aider lui-même, certain que personne ne viendrait jamais à son secours. Il ouvrit son portefeuille, consulta sa montre.

Il lui fallait attraper la dernière navette pour Newark. Il allait embobiner le juge, l'inviter à dîner demain soir, peut-être, le persuader qu'il lui obtiendrait un poste au niveau fédéral. Pete, lui aussi, avait besoin d'être remonté. Ses relations avec Yelena lui devenaient de plus en plus insupportables, mais cette femme constituait une source d'informations trop précieuse.

Nate sentit une brûlure au fond de son estomac. Sans doute avait-il mangé trop vite. De toute façon, son estomac, ces jours-ci, ne cessait de se rappeler à son bon souvenir. Penser à tout verrouiller lui donnait du tracas.

Il y avait un maillon faible : Eliza Blake. Il fallait se méfier de celle-là.

Joyeux anniversaire, mon cher Nate. *Happy birthday to you.*

94

Très tôt, en ce dimanche matin, la 5e Avenue était presque déserte. Le soleil, à peine visible entre les gratte-ciel, chauffait déjà le macadam. La fraîcheur de la cathédrale Saint-Patrick serait bien agréable, après cette attente de trente minutes sur le parvis, à guetter l'arrivée de Jenny pour la messe de 8 heures.

Que tout dût se terminer ainsi était bien triste. Mais il n'y avait pas d'autre choix. Jenny connaissait, ou connaîtrait bientôt, le contenu des fichiers personnels de Bill.

Elle arriva, son petit sac d'été blanc à la main, les traits tirés, tendus. Elle fit une génuflexion devant un banc vide, se redressa, marcha jusqu'au milieu de la rangée, s'agenouilla et pria. Pendant toute la messe, ses doigts osseux triturèrent les grains de verre de son chapelet. Ses lèvres remuaient en silence.

Au moment de la communion, elle se leva, inclina la tête avec une révérence marquée en s'approchant du prêtre. Une vraie grenouille de bénitier.

Pourquoi était-elle allée fourrer son nez dans ce qui ne la regardait pas ?

Il existait un terme spécial, non ? Viatique. L'ultime communion.

Le prêtre déposa la fine hostie sur sa langue. Et Jenny, sans s'en douter, reçut pour la dernière fois le corps et le sang du Christ.

L'assistance étant plus que clairsemée, garder un œil sur elle lorsqu'elle quitterait son banc dans sa petite robe de coton, le gilet bien boutonné car Dieu ne tolérait pas les bras nus dans son sanctuaire, ne poserait aucun problème. Bientôt, cet être si pieux garderait le silence à tout jamais. Phénomène étrange : quand on a déjà tué quelqu'un, recommencer paraît si simple…

— Allez en paix, ma fille.

— Rendons grâce à Dieu, répliqua Jenny.

95

Jenny descendit les marches de la cathédrale Saint-Patrick sans s'apercevoir qu'on la suivait. Elle chemina vers la station de métro en ne pensant qu'à Key, aux fichiers qu'elle allait copier dans le bureau de Bill avant de les apporter chez Eliza.

Elle revit furtivement le visage de Bill, son amour, lorsque la rame déboucha du tunnel. Elle sentit alors une violente poussée dans le dos.

JUILLET

96

— On se gèle, ici.

Eliza s'écarta de son bureau en se frottant les bras. Elle avait l'impression qu'il faisait presque dix degrés de moins dans sa pièce de travail que sur le rebord de la fenêtre, où le thermomètre confirmait ce qu'avaient prévu les météorologues : ce mois de juillet était l'un des plus torrides jamais enregistré.

Dans le salon, Janie et Mme Twomey peinaient sur un puzzle. Eliza et Mack essayaient de se concentrer sur la suite de la campagne présidentielle. Mais le cœur n'y était pas, seule la mort de Jenny occupait leur esprit. La police avait conclu à un accident, ou à un autre suicide. Si tôt, un dimanche matin, le drame s'était déroulé sans témoin.

Eliza faisait tout son possible pour se documenter sur la Convention prochaine, qui se tiendrait à l'Astrodôme de Houston. On attendait, dans la plus grande métropole du Texas, 5 000 délégués ou suppléants, 15 000 journalistes, tant de la presse écrite que de l'audiovisuel, plus de 40 000 participants ou invités. Tout le monde, là-bas, s'en félicitait. Avec sa périphérie, Houston couvrait une surface plus vaste que l'État de Rhode Island et l'afflux de gens venus de tout le pays apporterait à la ville des retombées économiques inespérées.

Eliza suivrait cette Convention en tant qu'envoyée spéciale de Key, non seulement au cours des journaux du soir, mais tout au long des bulletins d'information de la journée. Les services de la chaîne lui avaient, à ce titre, envoyé un fascicule détaillant tous les aspects de cet événement politique majeur : règles de procédure, liste, biographie et numéros de téléphone des délégués, place qu'ils occuperaient dans la salle, sans compter un historique de la campagne. En prenant connaissance de cette brochure, la jeune femme s'était rendu compte que les documentalistes de Key avaient négligé d'innombrables points importants. À elle de combler les lacunes, d'autant que la Convention, selon ses organisateurs, ne laisserait aucune place à la polémique. Elle serait centrée tout entière sur Haines Wingard, candidat consensuel et futur dirigeant du pays, symbole de l'unité de son parti. Eliza savait que les médias n'auraient à se mettre sous la dent, pour remplir leur temps d'antenne, que des anecdotes, de petites phrases glanées ici ou là et du matériel d'archives. Elle avait donc mené des recherches de son côté, lu des livres et des articles sur les précédents candidats à la Présidence, apprenant sans surprise les frasques extraconjugales de ces messieurs. Rien, en revanche, sur leurs épouses. Elle se demanda si quelqu'un avait déjà eu l'idée de consacrer un ouvrage à la vie secrète des premières dames des États-Unis. Un jour, peut-être, après avoir pris sa retraite, elle envisagerait la question. L'histoire de Joy Wingard occuperait dans son livre une place importante. Ce que la jeune femme savait à son sujet aurait suffi à transformer cette Convention si politiquement correcte en déballage de linge sale.

D'un air absent, elle caressa le talisman doré enroulé autour de son poignet.

— Mack, je n'arrête pas de penser à Jenny, aux fichiers qu'elle devait m'apporter. Si je me souviens bien, il y en avait un à propos d'un juge, un autre concernant Joy. Jenny me demandait de l'aider. J'aurais dû la retenir, l'accompagner tout de suite à Key. Mais tu étais sur le point de passer me prendre. J'étais obsédée par le dîner de la fondation, l'allocution que je devais prononcer. Alors que je venais de m'installer près du fils de Bill, Louise m'a présentée à ce juge Quinn. Tu te souviens de lui. Au moment où je le saluais, le jeune William l'a appelé « l'homme aux drôles de cheveux rouges ». Et Jenny vient de se faire écraser par une rame de métro. Cela peut paraître absurde, mais j'ai l'impression que tout est lié.

Mack réfléchit un instant.

— Il nous est impossible de consulter les notes de Bill. Nous ignorons le mot de passe. À Houston, nous découvrirons peut-être quelque chose.

Eliza traversa la pièce, passa les bras autour de son cou.

— Mack ?

— Oui ?

— Ce voyage au Texas me plaît infiniment.

— Je sais. Rien ne te passionne autant que la politique et ses intrigues.

— Ce n'est pas à cela que je pensais. Est-ce que tu réalises que, pour la première fois, nous serons ensemble ailleurs qu'à New York ?

— Si l'on peut dire. Il y aura là-bas des milliers de personnes. Et nous ne ferons que travailler. Nous n'aurons guère de temps à nous.

— Qui veut peut… lui souffla-t-elle à l'oreille.

97

Louise embrassa les cheveux ondulés de son fils, le borda avec tendresse avant de quitter la chambre sur la pointe des pieds. William séjournait chez elle pour quelques jours, à cause de travaux qu'on effectuait dans son foyer.

Elle écouta une minute à la porte. Elle l'avait fait des centaines de fois. Avant de s'endormir, William parlait souvent seul. Cette manie de se remémorer les conversations de la journée en répétant à la suite les questions et les réponses l'avait toujours fait sourire. C'était sa façon à lui de se souvenir de ce qui lui était arrivé en classe, permettant ainsi à sa mère de savoir ce qu'on lui avait appris, les erreurs qu'il avait commises, les corrections de ses professeurs et même le nom de ses camarades avec lesquels il s'était battu. Ce soir-là, le soliloque de William lui fit repenser au dîner de la fondation, à la gêne qu'il avait distillée chez les convives. Enfin, c'était du passé…

Elle gravit lentement les marches menant à la bibliothèque du troisième étage, s'installa devant le bureau d'acajou. Sur un coin de la table, le saladier en cristal où elle fourrait ses papiers était bourré de factures non ouvertes et de lettres auxquelles elle n'avait pas encore répondu. En temps normal, Louise, si ordonnée, si méticuleuse, n'aurait jamais pris un tel retard. Mais l'intrusion de Range dans son existence avait tout bouleversé. Elle sortait avec lui au moins deux ou trois soirs par semaine, passait ses week-ends avec lui dans le New Jersey. Seul frein à cette vie qu'elle qualifiait elle-même de « bâton de chaise », Range avait décidé de ne jamais passer la nuit en sa compagnie les soirs où William était là. Il le lui avait dit avant qu'elle se sente obligée de le lui demander, ce qui l'avait soulagée.

Elle avait également consacré une bonne partie de son temps à collecter des fonds pour la fondation. Cela en valait la peine. Le dîner avait connu un véritable triomphe, en grande partie grâce au charme d'Eliza, dont l'intervention avait séduit tous les convives. Comble de bonheur, la jeune femme, à la demande de Louise, avait accepté de présider la tombola de l'année suivante.

Louise sourit. La perspective d'accompagner Range à Houston la comblait. En attendant, l'idée de disposer d'une soirée à elle, au calme, pour mettre de l'ordre dans ses papiers ne lui déplaisait pas. Elle avait des chèques à signer, des dossiers de clients à compléter. Elle commença par les factures, les charges de la copropriété, les notes de gaz et d'électricité, les échéances de ses diverses assurances, santé, automobile, qui arrivaient toujours à cette période de l'année. Vinrent ensuite les demandes de contribution émanant d'organisations de bienfaisance. Lorsqu'il n'y eut plus un seul chèque à libeller, elle entreprit de répondre aux lettres de condoléances qui lui parvenaient encore, écrivant un mot personnel à chacun, notamment au vice-président des États-Unis, que Bill avait plusieurs fois interviewé et qui terminait sa lettre en évoquant les obsèques, « dignes, précisait-il, d'un tel homme ».

Cela lui rappela qu'il lui faudrait remercier le père Alec de s'être occupé de tout. Le père Alec.

Joy Wingard. Léo Karas. Le testament de Bill. Il existait certainement, entre tout cela, un lien qui la perturbait. L'autre soir, elle avait vu le prêtre parler à Joy. Il ne pouvait s'agir d'une coïncidence. Que se passait-il ? Elle demanderait à Range ce qu'il en pensait.

Après avoir écrit au vice-président et à trois autres personnes, elle décida d'aller se coucher. Alors qu'elle vissait le capuchon de son stylo et s'apprêtait à éteindre la lumière, elle nota la présence, à côté de l'ordinateur, d'une petite pile de disquettes bien en ordre, trace, sans doute, du passage de William. Elle ne put s'empêcher de sourire en pensant à la dextérité avec laquelle il jouait avec cette machine. Tant de personnes « normales » s'affolaient en s'approchant du clavier !

Elle n'éprouva pas la curiosité de jeter un coup d'œil sur les étiquettes. Elle ne remarqua donc pas la dernière disquette de la pile, qui portait, tracées d'une grande écriture maladroite, ces quatre lettres : PAPA.

98

— Surtout, avait dit le docteur, n'en prenez jamais plus d'une à la fois. À trop fortes doses, ce médicament peut être mortel.

Quatre petites pilules vert pâle d'un demi-milligramme : deux milligrammes en tout. Cela suffirait. Les pilules furent écrasées, la poudre obtenue soigneusement coulée dans une gélule de Fiorinal, verte elle aussi. Seule la gélule trafiquée fut replacée dans la boîte. Les autres furent jetées. Une fois la boîte dans le sac d'Eliza, il ne resterait plus qu'à attendre. La fréquence des migraines de la jeune femme déciderait du moment.

Le plus tôt serait le mieux.

99

« Si cet avion s'écrase, toutes les télévisions du pays seront en deuil », se dit Eliza en se dirigeant vers son siège. Le vol New York-Houston était rempli de journalistes en vue et de délégués des trois États limitrophes en route pour la Convention. On ne pouvait pas ne pas les distinguer les uns des autres. Les délégués portaient des badges proclamant « Wingard président ! » et se comportaient comme s'ils embarquaient pour une grande fête. Les journalistes, eux, arboraient la mine sérieuse de gens se rendant à leur travail.

En descendant l'allée centrale du 737, Eliza reconnut Dan Rather assis en première classe. CBS continuait donc à offrir à son présentateur une place de choix. Ce n'était pas le cas de Key. La jeune femme se sentit un peu mieux quand elle aperçut le présentateur de la chaîne publique concurrente installé, comme elle, en classe économique. Elle remarqua d'autres visages familiers, parmi lesquels plusieurs correspondants de la presse écrite, mêlés aux journalistes de télévision. Elle songea en souriant qu'elle pouvait mettre un nom sur leurs visages uniquement parce qu'ils participaient parfois, à titre de commentateurs ou de spécialistes, à des débats télévisés.

Key News était largement représentée. Très attentionnée, Louise parlait à l'oreille de Range Bullock. Il devait vraiment se passer quelque chose entre ces deux-là, pour que le directeur de la rédaction, obsédé d'ordinaire par son travail, ait demandé à la veuve de Bill de l'accompagner. Eliza était seule. Mack la rejoindrait plus tard.

Elle glissa son sac sous son siège, s'assit contre le hublot. Au moment où elle ajustait sa ceinture de sécurité, Yelena Gregory prit place sur le siège voisin, visiblement ravie de la voir.

— Quelle bonne surprise ! On ne sait jamais qui on va devoir supporter pendant trois heures.

— Je suis impressionnée, répondit Eliza avec un grand sourire. La présidente en classe touriste, mêlée aux autres membres de l'équipe ! Je pensais que vous alliez voyager à l'avant, avec les huiles.

— Je donne l'exemple, ma chère. Et puis, nous sommes tous dans le même bateau. Mes collaborateurs vont m'adorer pour cet effort !

Elle disait vrai. Les membres du personnel et les techniciens appréciaient que les pontes et les vedettes acceptent de les côtoyer. Cela valorisait leur travail. Après tout, une émission de télévision ou un film étaient une entreprise commune à tous.

Le pilote mit les gaz. Le décollage n'allait plus tarder. Yelena serra les bras de son siège au point que ses jointures blanchirent. Eliza n'aurait jamais imaginé que la toute-puissante présidente de Key News pût avoir peur en avion. Elle avait réalisé jadis un reportage sur les stages que suivent les gens terrifiés par le transport aérien. Elle avait interrogé des gens de tous horizons, un médecin, une mère au foyer, un homme d'affaires, un garçon de café, deux vieilles dames et une styliste de mode, unis dans leur panique et leur volonté de la vaincre. Il faudrait désormais ajouter Yelena à la liste.

Ce ne fut que lorsque le Boeing eut atteint son altitude de croisière et que le clignotant annonça que les passagers pouvaient desserrer leur ceinture que Yelena relâcha la pression de ses doigts. Elle se tourna alors vers Eliza avec un petit sourire gêné.

— Pas très macho, non ? Je n'en suis pas bien fière, mais j'ai à chaque fois une peur bleue.

Elle changea aussitôt de sujet.

— Comment va votre petite fille ?

— On ne peut mieux. Elle a moins pleuré, cette fois-ci. Je crois qu'elle commence à s'habituer à mes voyages. Je ne sais pas si je dois m'en réjouir ou le regretter.

Yelena lui tapota le bras.

— Cela doit être difficile pour vous de la laisser. Je le comprends aisément, même si je n'ai pas d'enfant. C'est d'ailleurs un des grands regrets de ma vie. J'ai subi une hystérectomie au début des années 1980. Je vous envie votre petite fille, vous savez.

— Oui. Et je sais aussi que j'ai beaucoup de chance de l'avoir, répondit Eliza, un peu gênée.

Une hôtesse apporta le déjeuner, mettant fin à la conversation. Poulet à la crème, riz et salade de tomates et concombres. Pas si mal.

— Jenny White vous a-t-elle appelée au cours du week-end précédant sa mort ? demanda Eliza, impatiente de changer de sujet.

— Non, mentit Yelena.

Eliza appuya sa tête contre le dossier de son siège et ferma les yeux.

– Mon Dieu, j'aurais dû me précipiter, murmura-t-elle.

Elle parlait des notes de Bill.

Yelena ne parut pas réellement intéressée.

– Écoutez, nous mettrons tout cela au clair après notre retour à New York. Pour l'instant, concentrez-vous sur votre travail à la Convention. Ne pensez plus qu'à cela.

Elle s'excusa, se leva et se dirigea vers les toilettes, s'arrêtant pour échanger un mot avec chaque employé de Key qu'elle reconnaissait. Pete Carlson était assis à côté de la pauvre Mary Cate Ryan, que ce voisinage consternait. Range et Louise étaient l'un à côté de l'autre, visiblement très amoureux.

Eliza ouvrit le nouveau numéro de *Newsweek*, presque entièrement consacré à la Convention qui débuterait lundi. Selon les sondages, si l'élection présidentielle avait lieu ce jour-là, Haines Wingard l'emporterait haut la main sur le président Grayson. La jeune femme eut le temps de lire les sept pages de l'article avant que Yelena ne regagne sa place.

– Eliza, accordez-moi une faveur. Ne parlez à personne de ma phobie de l'avion. Non que j'en aie partculièrement honte, mais elle ne correspond pas vraiment à l'image que je doive donner aux autres. Il faut bien reconnaître que nous vivons dans un monde où toute vulnérabilité est interprétée comme un signe de faiblesse.

Eliza se sentit pleine de sympathie pour cette femme carrée, franche, qui s'efforçait, en toute circonstance, de paraître forte. Le défaut de sa cuirasse, qu'elle n'avait pas réussi à lui cacher, la lui rendit plus proche encore.

— Comptez sur moi, dit-elle. Lorsque nous serons rentrées de Houston, peut-être accepterez-vous de venir dîner un soir chez moi, en compagnie de Janie ?

— C'est la plus charmante invitation qu'on m'ait faite depuis longtemps.

Yelena se sentit terriblement coupable vis-à-vis d'Eliza Blake.

100

Devant la centaine de collaborateurs, d'agents de sécurité et de journalistes présents dans le jet affrété par Wingard, le candidat, pourtant de tempérament assez réservé, se conduisit pendant le vol vers Houston avec une exubérance et une gaieté qui les sidéra, se livrant à des facéties auxquelles il ne les avait pas habitués.

Il faut dire qu'il avait de quoi se sentir euphorique. Il triomphait dans tous les sondages. Le président Grayson accumulait les erreurs. Wingard, au contraire, ne commettait pas une faute. Ses prises de position sur les impôts, la couverture sociale, le crime, le contrôle de la vente d'armes à feu et l'éducation allaient droit au cœur de la plupart des électeurs. La Croisade contre le sida avait enflammé l'imagination du pays. Le peuple américain semblait faire bloc autour de l'homme qui voyait dans l'éradication de la maladie une priorité nationale. Haines Wingard avait acquis l'étoffe d'un héros.

Nate Heller lui-même savourait l'excitation du jour. Il n'en abandonnait pas pour autant sa méfiance naturelle, persuadé qu'un bon général ne relâche jamais sa vigilance. Mais il admettait que Wingard avait raison de se détendre enfin devant ses troupes, de renoncer à son quant-à-soi, puisque c'était lui, Nate, qui l'avait poussé à le faire. Les facéties du candidat avaient été programmées, comme tout le reste.

Joy, elle aussi, se déplaçait dans l'allée centrale de l'avion, plus radieuse que jamais. Le plaisir qu'elle prenait à cette campagne ne cessait de l'étonner. Même si, en son for intérieur, elle s'en défendait, elle ne pouvait s'empêcher d'évoquer les changements que son entrée à la Maison Blanche provoquerait dans sa vie. Récemment encore, elle souffrait de n'avoir pas d'enfant, de ce qu'était devenu son mariage, de n'être que « l'épouse du sénateur Wingard ». À présent, il semblait de plus en plus probable qu'elle deviendrait bientôt la première dame des États-Unis.

Si tout se passait bien.

101

Au volant de sa voiture de location, Eliza Blake se fraya un chemin à travers le vaste parking à ciel ouvert qui entourait les quinze étages de l'Astrodôme. Construit pour permettre aux habitants de la ville de se protéger des torrides étés texans, l'édifice ressemblait à un fabuleux vaisseau gris qui, venu de l'espace, aurait amerri sur un océan d'asphalte. Eliza imagina aussitôt que des petits êtres au crâne surmonté d'antennes et en combinaison argentée poussaient les grandes portes de métal du dôme et avançaient en pleine lumière. Sur la façade flottait une immense bannière étoilée. Des drapeaux aux couleurs du Texas bordaient l'allée menant à l'entrée principale.

L'Astrodôme était en réalité un gigantesque ensemble sportif. Les Texans y venaient applaudir les Astros, l'équipe de base-ball de Houston, et beaucoup d'autres sports s'y produisaient. Pour la Convention, l'immense stade couvert avait été réaménagé de fond en comble. On avait installé des milliers de spots, accroché sur tout l'intérieur de la coupole 225 000 ballons blancs et bleus, dissimulé les panneaux d'affichage et les tableaux de résultats des matchs, construit une estrade de deux mètres cinquante de haut dominée par un aigle gigantesque aux ailes déployées. Derrière le podium, un rideau bleu de vingt mètres de long masquait un tiers des 55 000 places du stade, afin de le rendre un peu plus chaleureux. Le résultat était impressionnant. Eliza, en pénétrant dans la salle, en eut le souffle coupé.

Les 15 000 représentants des journaux et des télévisions venus de tout le pays et du monde entier étaient regroupés dans un hall grand comme quatorze terrains de football ! *Newsweek*, *Time Magazine* et les principales agences de presse, Associated Press, Reuters et Knight-Ridder avaient chacun affiché leur logo devant leur stand. Le *Wall Street Journal* faisait face au *Chicago Tribune* et au *New York Times*. Le *Los Angeles Times* jouxtait le *Boston Globe* et le *Baltimore Sun*. Les médias étrangers étaient rassemblés. Et Key partageait une allée et des sanitaires avec CBS, ABC et CNN. C-Span et NBC occupaient une autre partie du hall. Même si elles se taillaient la part du lion, les grandes chaînes voisinaient avec les stations locales venues de tous les États-Unis, soucieuses de rendre compte de la Convention en privilégiant ses incidences sur la vie de leur région.

Eliza chaussa une paire de baskets. Avec les innombrables allées et venues qu'elle ne manquerait pas d'effectuer tout au long de la semaine, elle ne supporterait rien d'autre aux pieds. Elle traversa le stade jusqu'au hall réservé à la presse et gagna le stand de Key. Elle montra son passe à l'agent de sécurité posté à l'entrée du stand et fut surprise qu'il ne la reconnaisse pas. Peut-être était-ce parce qu'elle n'avait aucun maquillage, ou parce qu'elle portait un pantalon kaki et un simple tee-shirt. Elle ne s'en formalisa pas outre mesure. Le garde n'avait pas l'air du genre d'homme qui se lève tôt pour regarder les informations du matin.

L'espace réservé à Key avait été aménagé comme une réplique en miniature de ses locaux new-yorkais, avec un emplacement affecté aux services financiers, un petit bureau privé pour Yelena, des pièces réservées aux correspondants, aux réalisateurs, aux techniciens. « À la une ce soir » et « Key to America » avaient chacun leur propre studio. Au centre du dispositif, un *desk* commun permettait d'accéder aux ordinateurs, au photocopieur et aux fax. On avait installé, au fond, six salles de rédaction équipées de matériel apporté directement de New York. Une vidéothèque, une salle de conférences et un réfectoire complétaient le tout.

La première personne qu'aperçut Eliza fut Pete Carlson. Horreur ! Elle espérait que ce n'était pas un mauvais présage…

— Belle installation, hein, Eliza ?

Mon Dieu, il avait un regard si insistant ! Il la détailla de la tête aux pieds. Quel mufle !

— C'est le mot juste, répondit-elle sans lui sourire. Tu as déjà vu le stade ?

— Bien sûr. J'ai même commencé des essais pour le premier journal du soir. J'espère qu'ils ont mis l'air conditionné dans la cabine des régisseurs, ajouta-t-il pour paraître aimable.

— J'en suis sûre, Pete.

Ce serait la première fois qu'il présenterait le journal en *prime time* depuis une Convention nationale. Même si les taux d'écoute avaient un peu augmenté ces derniers temps, ses prestations de cette semaine décideraient de son avenir. Il avait toute la pression sur lui.

« Ne lui souhaite pas bonne chance, se dit Eliza. Il a été trop content de te mettre des bâtons dans les roues. » Elle se demanda ce qui le rendait si sournois, si mesquin. L'ambition ? Un manque de confiance en lui ? Les deux, sans doute. En tout cas, il lui avait montré son vrai visage en sabotant, quelques semaines plus tôt, une de ses interventions en direct. « Tu m'as possédée une fois, honte à toi. Si tu me possèdes deux fois, honte à moi », s'amusa-t-elle à chantonner en silence.

S'il apprenait la liaison de Bill et de Joy, il en ferait un scoop et son audimat exploserait. À moins que, ayant été mis au courant par Yelena et Range, ce qui, étant donné sa position, était tout à fait plausible, il n'ait décidé de garder l'information secrète. Peut-être avait-il quelque chose à gagner en ne la divulguant pas.

102

Il lui était de plus en plus difficile de satisfaire ses pulsions. Les heurtoirs, du moins ceux qu'il recherchait, se faisaient de plus en plus rares. Les gens s'étaient-ils concertés ? Y avait-il un complot contre lui ? Pourquoi ne fixaient-ils plus ses animaux chéris sur leurs portes ? Cette pensée le déprimait chaque jour davantage.

Il ne demandait pas la lune. Il aimait ses bêtes et l'agrandissement de sa ménagerie constituait le seul plaisir qui lui restait. Et puis, il obéissait à ce qu'on lui demandait, ni plus ni moins. Il y avait déjà presque quinze jours qu'il n'avait pas trouvé de nouvel animal. Plusieurs heurtoirs étaient apparus dans le quartier qu'il surveillait. Des rosettes, des fleurs de cornouiller, des anneaux en fer, des cordons en cuivre, et même deux amoureux, leur baiser figé pour toujours dans le métal. Mais pas le moindre animal.

Abattu, il traînait les pieds en poussant son chariot aussi plein que d'habitude. La nuit était chaude. Il savait qu'il portait des vêtements trop épais pour la saison, mais il avait toujours froid. Il aperçut une poubelle. Il trouverait sûrement quelque chose à manger, ou même des canettes, qu'il pourrait rapporter en échange de quelques pièces. Il fouilla les ordures. Quelqu'un était passé avant lui. Ces derniers temps, la concurrence était rude dans la récupération des déchets.

Il jeta un coup d'œil à un vieux quotidien. On y voyait un homme et une femme s'apprêtant à prendre l'avion. Ils souriaient et agitaient la main depuis la passerelle. La légende disait que Joy et Haines Wingard venaient d'atterrir à Houston pour assister à la Convention nationale de leur parti. La belle affaire. Rien de cela ne le concernait plus. Que le prochain président soit démocrate ou républicain, lui resterait toujours un sans-abri condamné à errer à travers les rues.

Il poursuivit son safari urbain. Deux blocs plus loin, son cœur se mit à battre. Une tête de taureau en cuivre, impeccablement astiquée, veillait farouchement sur une porte vernie verte. Jamais il n'avait possédé de taureau. La vue de cette tête et de ses cornes lui procura son premier plaisir depuis longtemps. Il respira profondément, examina les lieux. Le mur de la maison était d'un blanc immaculé. Accroché au balcon, un panneau indiquait : « Peinture fraîche ».

— Donnant, donnant, peins-leur un taureau, un taureau tout beau.

Il trouva la bombe de peinture au fond de son sac en plastique. La caméra dissimulée dans la voiture garée sur le bord du trottoir le filma en train d'asperger la porte.

103

Seuls les quatre derniers jours de la Convention firent l'objet d'une intense couverture médiatique. Trop ardues, les éreintantes discussions internes au parti sur la plate-forme électorale et le programme de gouvernement qui avaient eu lieu la semaine précédente ne passionnaient guère le grand public. Tout commença vraiment le lundi soir, à l'ouverture de la première session. Depuis le coup de gong de début jusqu'aux acclamations délirantes accueillant, le jeudi suivant, le discours d'acceptation de Haines Wingard, tout avait été soigneusement programmé par les stratèges du parti en fonction des retransmissions télévisées.

« Key to America », animée par Eliza Blake, émettait chaque matin depuis le studio à ciel ouvert de Key installé dans l'Astrodôme, en duplex avec Harry Granger resté à New York. L'émission du lundi diffusa des reportages sur les préparatifs de la Convention à Houston, sur la campagne de Wingard dans le centre de l'Amérique et rendit compte des différents avis des délégués. Elle s'achevait par une interview en direct de Joy Wingard conduite par Eliza. L'équipe de campagne avait, hors antenne, insisté auprès de la jeune femme sur le souhait de Joy, qu'accompagnait Nate Heller, de promouvoir la Croisade contre le sida.

D'un geste, le chef de plateau annonça à Eliza qu'elle pouvait commencer.

— Madame Wingard, selon vous, la publicité faite autour du testament de Bill Kendall a-t-elle stimulé votre croisade ?

La réponse de Joy fut lisse, sans surprise.

— Son legs nous a énormément aidés pour une raison évidente : Bill Kendall était un homme respecté et une personnalité très populaire. Les gens ont imité son geste, car ils avaient confiance en lui. Son appui a donné à notre collecte un surcroît, non seulement de retentissement, mais de crédibilité.

— Madame Wingard, le mois dernier, vous avez visité un établissement de Newark, dans le New Jersey, spécialisé dans la lutte contre le sida. À cette occasion, avez-vous appris quelque chose que vous ne saviez pas auparavant ?

Joy jeta à la jeune femme un regard aigu.

— J'ai constaté, Eliza, alors que le nombre de personnes infectées par le virus ou ayant déjà développé la maladie s'accroît dans des proportions dramatiques, que des milliers d'autres essaient, grâce à Dieu, de trouver des traitements, d'apporter aux victimes soutien et réconfort. Mon mari, quant à lui, a réitéré sa volonté de faire tout son possible pour éradiquer ce fléau.

L'épouse du candidat fixa Eliza droit dans les yeux. Y avait-il de la défiance dans son attitude ? La jeune journaliste consulta brièvement ses fiches.

— Changeons de sujet, si vous en êtes d'accord, madame Wingard. Des chiffres rendus publics dans l'émission de ce matin indiquent que la criminalité urbaine, en Amérique, atteint des sommets inégalés. Pour parler de façon réaliste, quelle action votre mari peut-il mener dans une société où tout citoyen risque d'être abattu en pleine rue, uniquement pour les quelques dollars qu'il a en poche ?

Cette fois, Eliza eut l'impression d'avoir fait mouche. Le rouge monta aux joues de Joy, et la championne de l'aisance balbutia :

— Je n'ai pas pris connaissance des statistiques que vous évoquez. Notre société… comment dire ? est foncièrement juste. Pourtant, voyez-vous, nous devons encore régler quelques problèmes.

Sa voix, petit à petit, se raffermit. Après une seconde de réflexion, elle enchaîna :

— La criminalité a des causes profondes. Elle prend souvent naissance dans la perte d'espoir en l'avenir, le sentiment de n'avoir aucune prise sur sa propre vie. Si nous pouvions travailler à l'établissement d'une société où les gens posséderaient des raisons de croire en eux-mêmes et en leur capacité à se construire une existence décente, peut-être ne se tourneraient-ils pas vers la drogue et le crime.

« Joli rétablissement », pensa Eliza.

À la fin de l'interview, Joy la remercia sans la regarder. Remarquant la tension entre les deux femmes, Nate Heller s'avança vers elles.

— Dans quel hôtel êtes-vous descendue ? demanda-t-il poliment à Eliza.

C'était la question banale par excellence, celle que se posaient d'entrée de jeu tous ceux qui assistaient ou travaillaient à la Convention.

— À l'Oaks.

— Ah… Nous, nous sommes tous au Galleria.

— Je sais.

Nul n'ignorait le nom de l'hôtel où logeaient le candidat, son épouse et son entourage. Appartenant à la même chaîne, les deux établissements étaient situés de part et d'autre d'une célèbre galerie marchande aux boutiques aussi prestigieuses que Tiffany's et Neiman Marcus.

— Assisterez-vous à la soirée qui suivra la session de ce soir ? poursuivit Heller.

— Si j'arrive à garder les yeux ouverts, répliqua gaiement Eliza.

— Dans ce cas, j'espère vous y voir, conclut Joy avec un sourire de convenance.

La Chambre de commerce de Houston donnait une réception dans la salle de bal du Galleria.

Les médias y étaient bien entendu conviés. Les Wingard devaient y faire une apparition.

Joy et Heller quittèrent le studio. Eliza se précipita aussitôt vers un des six téléphones alignés contre le mur et composa le 212 pour sortir. Sa gorge se noua lorsqu'elle entendit la petite voix au bout du fil.

— Allô ?

— Janie, mon ange, c'est maman !

— Maman, tu me manques !

— Tu me manques aussi, chérie. Est-ce que tu t'amuses bien avec Mme Twomey ?

— Oui. Elle est en train de me préparer des crêpes en forme d'animaux pour le petit déjeuner.

— Tu en as de la chance !

— Je te la passe !

C'était tout Janie. Même si elle souffrait de ne pas voir sa mère, elle n'aurait raté pour rien au monde son feuilleton favori. Or, il était 9 h 15 à New York et *I love Lucy* allait commencer.

Mme Twomey prit le récepteur et jura à Eliza que tout allait pour le mieux.

— Me diriez-vous autre chose s'il y avait un problème ? questionna tout de même Eliza.

— Vous savez bien que oui. Mais tout se passe réellement très bien. Janie vous a regardée quelques minutes sur l'écran avant de zapper sur *Sesame Street*.

C'était bon signe. Si l'absence de sa mère l'avait trop perturbée, la petite fille n'aurait sans doute pas voulu changer de chaîne.

— Qu'allez-vous faire aujourd'hui ?

— Une promenade dans le parc tant qu'il fait encore frais.

Pour la énième fois, Eliza se surprit à rêver d'une maison loin de Manhattan, avec une piscine ou un club de natation à proximité. En cette saison, Janie aurait dû jouer dehors, au soleil de juillet, plutôt que de rester confinée dans l'air conditionné d'un appartement. L'été prochain, peut-être, Janie ferait enfin la planche dans une belle piscine à l'eau transparente.

— Merci mille fois, madame Twomey. Je ne sais pas ce que je deviendrais sans vous. La semaine passera vite et je serai bientôt rentrée. Janie me manque tellement ! Je me console en passant aux vacances que nous prendrons dès mon retour.

— Ne vous tracassez pas, madame Blake. Janie est d'excellente humeur. La petite fée est tout excitée à l'idée d'aller au bord de la mer la semaine prochaine.

Eliza raccrocha, luttant contre l'émotion qui la submergeait. La petite fée… Il était déjà assez pénible d'être accaparée par sa carrière, élever seule un enfant rendait sa situation plus douloureuse encore. Janie n'avait pas de père, pas de grands-parents auprès d'elle. « Ne confonds pas tout », se sermonna silencieusement Eliza. Janie était une enfant privilégiée. Sa mère gagnait beaucoup d'argent, lui assurant le meilleur de ce que peut rêver une petite fille. Voilà pourquoi il était primordial qu'elle réussisse sa vie professionnelle. Elle ne disposait d'aucune fortune personnelle et ne pouvait compter que sur son travail pour offrir à sa fille la compagnie de Mme Twomey, une école privée, des vacances à la mer. C'était parfois difficile, comme aujourd'hui, mais Eliza aimait son existence et son métier. Bien sûr, à l'instant précis où elle avait raccroché, elle aurait donné sa situation, son avenir et sa notoriété pour le simple plaisir de voir Janie courir sur une pelouse, sous un jet d'eau.

104

Le détective Colburn avait refermé son piège sur le vandale audacieux et tenace. Il avait été facile de trouver un propriétaire acceptant de servir d'appât. Sens civique pas mort. D'un autre côté, le cobaye en question aurait une bonne histoire à raconter dans les cocktails.

Colburn choisit lui-même le heurtoir : le plus gros, le plus beau qu'il pût trouver. Un taureau en cuivre du Texas, aux cornes impressionnantes, d'au moins vingt centimètres. S'il avait été lui-même obsédé par les heurtoirs, celui-là l'aurait comblé. Il comptait sur cette fascination pour confondre son homme.

On avait repeint le mur en blanc. La petite caméra programmée pour se déclencher à 21 heures était installée dans une voiture banalisée garée au coin de la rue, l'objectif braqué sur le mur.

Colburn sut que le piège avait fonctionné en descendant, le lendemain matin, du taxi qu'il avait pris pour se rendre sur les lieux. Le heurtoir de cuivre avait disparu. On apercevait sur le mur blanc, peinte à la bombe, la tête plutôt bien dessinée d'un taureau. Colburn la photographia. Il déverrouilla ensuite la portière de la voiture de police, s'installa au volant et prit la direction du commissariat. À un feu rouge, il glissa la cassette vidéo dans sa poche. Arrivé au commissariat, il la visionna à vitesse réduite, pour ne rien perdre de l'enregistrement. Juste après minuit, le coupable apparut.

Un SDF ! Colburn s'attendait à voir un enfant !

Il isola deux images de l'homme au chariot. Sur la première, on distinguait très bien la mince silhouette d'un individu entre deux âges, portant un pantalon trop grand pour lui, une veste d'hiver et une casquette des Yankees. La seconde, plus rapprochée, prise comme il se retournait une fois son forfait accompli, montrait un visage tanné, creusé de rides profondes autour des yeux et de la bouche. L'homme n'était pas rasé. D'épais cheveux noirs, hirsutes, dépassaient du bord de sa casquette.

Colburn décida de faire des copies du portrait et de les distribuer aux alentours de la maison. Avec un peu de chance, quelqu'un reconnaîtrait le SDF. Peut-être pourrait-on l'arrêter cette nuit même.

105

Louise se retourna dans l'immense lit quand la porte se referma. Range repartait pour le hall de presse de l'Astrodôme. Ils venaient de regarder ensemble Joy Wingard interviewée par Eliza. Cet entretien et la conversation qu'elle avait eue ensuite avec Range l'avaient mise mal à l'aise. Elle savait à présent ce qu'elle subodorait depuis longtemps mais n'avait jamais voulu regarder en face : il s'était passé quelque chose entre Bill et Joy Wingard. Ses soupçons avaient vraiment pris corps lors de la première interview de Joy par Eliza. Jusque-là, elle n'avait pas réalisé que Bill connaissait l'existence de la Croisade contre le sida bien avant son lancement. Sans doute avait-elle occulté cette anomalie, refusant d'imaginer Bill avec une autre femme. Par une sorte d'accord tacite, Range et elle, jusqu'à présent, n'en avaient pas parlé. Mais après l'interview de ce matin, elle lui avait demandé ce qu'il pensait des questions d'Eliza.

— Elle ferait mieux de se surveiller ! s'était-il écrié d'une voix hargneuse.

Avant de reprendre plus calmement :

— Je ne comprends pas pourquoi elle se braque encore sur le cas de Bill. C'est de l'histoire ancienne.

— Pourquoi réagis-tu ainsi ?

Il passa une main dans ses cheveux roux.

— Écoute, Lou, j'adorais ton mari. Tu tiens à ce que je te le dise encore une fois ? D'accord. C'était mon meilleur ami. Et je ne tiens pas à ce qu'on se souvienne de lui comme l'homme qui couchait avec la femme du président. Je veux qu'on garde uniquement en mémoire l'être humain exceptionnel et le grand professionnel qu'il était.

Le silence s'installa entre eux.

— Tu devais bien t'en douter, murmura enfin Range.

— Je préfère ne pas y penser. Cela me déprime. Tout était fini entre nous, mais l'imaginer avec une autre femme me fait un drôle d'effet. Sans parler de la frénésie qui s'emparerait des médias si la nouvelle était diffusée. Et la question d'Eliza à propos de Newark ? Crois-tu qu'elle était à double sens, qu'elle avait un rapport avec l'entretien entre Joy et le père Alec ? Et celle sur le crime, la description du meurtre du docteur Karas ?

Avant qu'il ait pu répondre, le portable de Range sonna.

— Nous en parlerons plus tard. Il faut que je parte.

Il s'en alla, soulagé.

106

Il était 22 h 30, heure locale, lorsque retentit le gong clôturant la première session. À New York, il était déjà 23 h 30. Cela signifiait qu'Eliza devrait se lever à 4 h 00 du matin pour préparer l'interview qui serait retransmise à 6 heures, heure de Houston, et ouvrirait « Key to America » à 7 heures, heure de New York. La jeune femme était épuisée, ses yeux se fermaient malgré elle et ses pieds endoloris, en dépit des baskets, lui faisaient horriblement mal. Elle ne rêvait que de retourner à son hôtel et de se plonger dans un bain bouillant avant de se glisser entre des draps frais.

En quittant le stade central pour récupérer son sac dans le hall de presse, elle tomba sur Mack.

— Comment ça c'est passé, ce soir ? lui demanda-t-il.

— J'ai eu tous ceux que je voulais : les gouverneurs du Texas, de Californie et de l'État de New York, les adversaires et les partisans de l'avortement, le porte-parole de la cause des femmes et M. Personnalité lui-même, le directeur de campagne Nate Heller.

Elle se tut, hors d'haleine. Mack sourit.

— Charmant jeune homme, n'est-ce pas ? Cette semaine restera sa semaine de gloire. Je n'ai rencontré personne, ce soir, disant du mal de Wingard ou de sa campagne. Et toi ?

— Idem. Tous ces gens l'idolâtrent.

— Ils savent qu'ils ont un battant à leur tête.

En quittant le dôme en compagnie de Mack, au milieu de la foule des délégués et des journalistes, Eliza repensa à son entretien avec Joy. Avait-elle eu raison ou tort de lui poser des questions insidieuses ? L'épouse du candidat avait bien perçu leur sens caché. Joy se doutait, Eliza l'avait bien senti, qu'elle avait deviné quelque chose. En était-elle effrayée ou, au contraire, la proximité du danger la stimulait-elle ? Et Range et Yelena ? Estimaient-ils qu'Eliza était allée trop loin en ne tenant pas suffisamment compte de leur décision commune de garder le silence ? Les questions les plus sournoises ne leur avaient certainement pas échappé. Pourtant, ils n'avaient fait aucun commentaire.

Mack interrompit sa rêverie.

— Allons-nous à la soirée du Galleria ?

— Je n'en peux plus, Mack.

— Juste une petite apparition. C'est à deux pas de ton hôtel et j'ai entendu dire que le buffet serait somptueux. En plus, le grand homme et sa femme seront là.

« Après tout, se dit Eliza, une demi-heure de plus, à la fin de cette interminable journée, ne pèserait pas lourd. »

— D'accord. Une toute petite apparition.

Une fois dans la salle de bal, elle ne regretta pas sa décision. Les organisateurs de la soirée avaient tout fait « à la texane ». Des ballons argentés recouvraient les murs, un bar somptueux s'étalait au fond de la pièce. Une multitude de serveurs proposaient des coupes de champagne, pendant que d'autres poussaient des chariots chargés de spécialités locales aussi appétissantes les unes que les autres. Les convives se marchaient sur les pieds, dans une cohue indescriptible.

Tout en savourant du poisson fumé à la sauce Cajun, Eliza aperçut l'équipe de Key. Mack et elle se frayèrent un chemin vers Pete Carlson, Yelena, Range, flanqué comme toujours de Louise Kendall, et Mary Cate. Élevant la voix pour couvrir le chahut des invités et le vacarme de l'orchestre, la jeune femme adressa quelques mots à Louise, lui demanda des nouvelles de William.

— À dire vrai, Eliza, il est difficile à cerner. Parfois, il semble en pleine forme. Et à d'autres moments, il a l'air tellement triste ! Je suppose que tout enfant qui vient de subir un choc passe ainsi d'une humeur à l'autre. Une chose est sûre, ajouta-t-elle en souriant. S'il répète encore une fois « Un éléphant n'oublie jamais », je suis bonne pour l'asile.

Eliza n'eut pas l'occasion de répondre. L'orchestre venait d'entonner l'hymne américain pour saluer l'entrée de Wingard et de Joy. Il fallut du temps au couple, à qui Nate Heller et les gardes du corps ouvraient la voie, pour gagner le podium sous des cris de joie et dans une exaltation communicative. La salle mit de longues minutes à se calmer. Le candidat put enfin prononcer quelques mots. Il confia à la foule son bonheur d'être enfin autorisé à quitter sa chambre d'hôtel, après avoir peaufiné toute la journée son discours. L'assistance éclata de rire. Le candidat exprima alors sa gratitude envers Houston et le Texas, sans oublier ses partisans à travers tout le pays. Il alla même jusqu'à féliciter les médias pour l'objectivité de leur travail.

— Faux-jeton, murmura Mack à l'oreille d'Eliza.

— Ne sois pas cynique, chuchota-t-elle en retour.

Le moment du départ arriva. En quittant la salle, les Wingard saluèrent leurs admirateurs de la main, comme lors de leur entrée. Ils atteignaient la dernière marche du podium lorsque Eliza vit Nate Heller entraîner un homme vers le candidat. Avec son large sourire, Wingard lui serra la main.

Eliza sursauta en reconnaissant le juge Quinn.

— Que nous faut-il de plus ? dit-elle à l'oreille de Mack. Il se passe ici quelque chose de louche. J'en suis convaincue. Il faut absolument que je trouve un moyen d'accéder à l'ordinateur de Bill !

Elle se tourna vers le reste de l'équipe.

— Contrairement à vous, veinards, je dois me lever à l'aube. Je vous laisse.

— Que dirais-tu d'une escorte jusqu'à ta chambre ? suggéra Mack.

Eliza sourit.

— Ne me tente pas. Il faut que je me lève avec les idées claires et une mine de jeune fille. En passant par la galerie marchande, mon hôtel est à une minute. Je ne risque rien.

— Comme tu voudras. Je souhaite d'ailleurs voir deux ou trois personnes avant de rentrer me coucher.

Eliza traversa le rez-de-chaussée désert de la galerie marchande en se remémorant les détails de cette longue journée, réussie, épuisante et propice à la migraine. Que signifiait cette poignée de main entre Quinn et Wingard ? Que pouvaient-ils bien mijoter, ces deux-là ?

Elle s'arrêta devant la devanture d'une boutique de jouets où des petites poupées texanes habillées en cow-boys de pied en cap étaient accoudées à une barrière miniature. Eliza se promit de venir en acheter une pour Janie le lendemain. Elle tenait à peine debout, ses pieds endoloris ne la portaient plus. Et elle commençait à ressentir, dans la tête, des élancements caractéristiques.

107

Haines Wingard se pencha vers sa femme. Dormait-elle vraiment ou faisait-elle semblant ? Depuis quelque temps, il se posait la même question sur tous ses faits et gestes. Ils n'avaient pas fait l'amour depuis la nuit qui avait suivi les funérailles de Bill Kendall, deux mois plus tôt. Il se voyait mal lui expliquer la nécessité soudaine d'utiliser des préservatifs. De toute façon, elle le dégoûtait.

S'il l'avait encore désirée, il aurait pu lui dire qu'il ne songeait qu'à la protéger, lui laissant croire que c'était lui qui avait eu une aventure. Au point où il en était, il se souciait comme d'une guigne de ce qu'elle pouvait imaginer. Une seule chose comptait : il ne voulait pas attraper le sida.

Elle l'avait peut-être déjà contaminé. Or, on ne pouvait détecter la présence du virus que six mois après l'infection. À ce moment-là, il serait président. Il était sûr que Joy n'avait pas vu Kendall depuis le New Hampshire. S'il faisait un test d'ici un mois, il n'y aurait pas d'erreur possible.

108

Eliza s'éveilla en sursaut. Sa chambre était plongée dans l'obscurité. Le réveil lui indiqua qu'elle n'avait dormi que deux heures. Elle avait affreusement mal à l'estomac. Elle alluma, marcha jusqu'à la salle de bains et s'agenouilla sur le carrelage froid, près de la cuvette des toilettes. Elle avait eu un jour le mal de mer sur un voilier, au large de Long Island. La nausée ne s'en allait qu'une fois le corps délivré. Elle vomit violemment, encore et encore.

Elle avait peur. Seule dans une chambre d'hôtel, à des centaines de kilomètres de chez elle... La nausée ne disparaissait pas. Sa tête était de plus en plus lourde. Elle essaya de la relever. La salle de bains se mit à tourner. Il fallait qu'elle téléphone, qu'elle appelle Mack. Elle rampa vers la chambre. Il se passait quelque chose de grave. De très grave.

La salle de bains était devenue jaune.

109

— Madame Twomey, madame Twomey, cria Janie depuis le salon, maman n'est pas sur l'écran, ce matin !

La gouvernante apparut dans l'encoignure de la porte de la cuisine, s'essuyant les mains avec un torchon. Elle fixa le poste de télévision. Janie lui montra l'écran.

— Vous voyez ? Maman n'est pas là.

La petite fille avait raison. L'ami de Mme Blake, Mack, était assis à sa place dans le studio où, la veille encore, Eliza présentait l'émission.

— Bien, Janie. Et si tu regardais *Sesame Street* ?

— Mais où est maman ? Je veux la voir !

110

Elle n'était pas à l'écran ! Enfin ! Eliza avait avalé la gélule.

Celui qui en voulait à sa vie sourit. À présent, tout était en ordre.

111

Le docteur Randi Hagerman n'avait pas l'habitude qu'on l'appelle si tôt le matin.

Bien que le service des urgences du Twelve Oaks Hospital eût suspecté une grippe foudroyante ou une intoxication alimentaire, on avait jugé plus sage de déranger l'interne le plus compétent de l'équipe. La notoriété de la patiente n'incitait personne à assumer le risque d'une erreur de diagnostic.

Après avoir écouté le médecin de garde lui décrire au téléphone les symptômes présentés par Eliza, vomissements violents et vision altérée, le docteur Hagerman ordonna immédiatement un électrocardiogramme. Il eut les résultats dès son arrivée à l'hôpital.

Les traits hachés de l'électrocardiogramme ne l'étonnèrent pas. Il s'y attendait. Mais la surprise venait de la patiente. Il y avait une contradiction flagrante entre cette jeune femme apparemment en pleine santé et ce résultat désastreux.

112

— Je veux voir maman ! cria Janie, au bord des larmes.

— Mon ange, je suis sûre que ta maman a eu un travail de dernière minute à faire ailleurs. Elle va sûrement nous appeler bientôt.

La petite fille dévisagea la gouvernante d'un air peu convaincu. Mme Twomey changea de chaîne et *Big Bird* apparut. Les aventures du grand oiseau jaune distrayèrent l'enfant un moment.

Mme Twomey retourna à la cuisine et à ses petits pains aux myrtilles. Elle alluma le poste de télévision de la cuisine, déjà programmé sur Key, baissa le son pour que Janie n'entende rien. À l'antenne, Mack parlait à Harry Granger, en duplex depuis New York.

— Au milieu de la nuit, de violents maux d'estomac, Harry. Elle est hors de danger et se repose. En fait, on a dû l'obliger à garder le lit, au moins ce matin. D'après ce que j'ai entendu, elle tient absolument à reprendre le travail à la Convention dès ce soir.

Tout en glissant les petits pains dans le four, Mme Twomey, inquiète, se demanda si ce qu'elle avait entendu était la véritable histoire. Elle le saurait lorsque Eliza rentrerait à New York et lui raconterait tout de vive voix.

113

Le détective Colburn arriva au commissariat un peu plus tard que d'habitude. Bunny et les gosses partaient au bord de la mer et il avait tenu à les voir s'en aller. Il les rejoindrait là-bas deux jours plus tard. À moins, bien sûr, que ne se produise un événement important d'ici le week-end.

Il venait de s'asseoir à son bureau et d'enlever le couvercle en plastique de son gobelet de café lorsque son supérieur vint lui annoncer que des agents en patrouille avaient embarqué le suspect la nuit précédente. On le gardait au sous-sol.

— Je vais le voir, soupira Colburn en replaçant le couvercle sur son gobelet.

— N'espérez de lui aucune réponse sensée. Il est schizo.

L'homme était couché sur le côté dans un coin de la cellule, les yeux fermés, la bouche grande ouverte. Ses épaules et sa poitrine se soulevaient, puis s'abaissaient sans violence. Il dormait paisiblement, pensa le détective, comme il n'avait, sans doute, pas dormi depuis longtemps. Pourquoi interrompre son sommeil ? L'interroger maintenant ou après le déjeuner ne changerait rien. Le laisser dormir, lui servir ensuite quelque chose à manger. Le malheureux ne se plaindrait sûrement pas de la nourriture réservée aux prisonniers. Peut-être même la trouverait-il exceptionnelle.

Avant de remonter au rez-de-chaussée, Colburn s'arrêta pour examiner les affaires de l'homme.

— Pathétique, lui dit le sergent qui les avait répertoriées. Toute la fortune de ce pauvre type tient dans deux sacs-poubelle. Là-bas, contre le mur.

— Qu'est-ce qu'ils contenaient ?

— Voyez vous-même.

Colburn siffla doucement en apercevant les animaux de cuivre et les quatre bombes de peinture.

— Donc, quatre bombes, dit le sergent, de vieux vêtements, une couverture, un oreiller moisi, une casserole, une poêle à frire, deux livres, une barquette contenant de la nourriture chinoise à demi consommée et un paquet de nouilles. Dieu sait dans quelle poubelle il a déniché tout ça ! On a aussi trouvé un vieux prospectus du musée Guggenheim.

Colburn imagina le SDF se baissant pour ramasser le dépliant devant la magnifique façade blanche du musée.

Il y avait aussi un petit porte-clés en argent. Le détective le fit tourner au creux de sa paume. C'était une boucle avec une fermeture permettant d'ôter les clés ou d'en glisser de nouvelles. De cette boucle pendaient deux clés et un petit rectangle métallique de la taille d'une pièce de monnaie portant une inscription gravée : « Renvoyez à Tiffany & Co., New York ». Juste en dessous, un numéro, que Colburn nota.

Il retourna à son bureau et à son café froid. Il s'apprêtait à téléphoner chez Tiffany's lorsqu'il reçut un appel lui enjoignant de se rendre sur les lieux d'un cambriolage, dans une résidence de luxe de la 79e Rue.

Tiffany's attendrait.

114

— Avez-vous des problèmes de cœur ?

Eliza regarda le docteur Randi Hagerman, debout devant elle dans une des salles de consultation du Twelve Oaks Hospital.

— Problèmes de cœur ? Que voulez-vous dire ?

— Prenez-vous des médicaments contre les affections cardiaques, comme de la Digitaline ou de la Digoxine ?

— Non. Mon cœur est en parfait état. Je vais très bien. De quoi parlez-vous ?

Le médecin lui montra la transcription de l'électrocardiogramme.

— Vous voyez ces hachures, là ? Eh bien, elles indiquent, tout comme vos vomissements et le fait de tout voir en jaune, que vous avez ingurgité une trop grande quantité de Digitaline, un médicament utilisé contre les congestions liées à une déficience cardiaque.

Eliza n'en croyait pas ses oreilles.

— De la Digitaline ? Je n'en ai jamais pris de ma vie ! Et j'ai toujours eu une santé de fer ! Du moins jusqu'à présent.

Eliza se remémora sa soirée. Elle avait mangé ce poisson fumé à la réception.

— Vous êtes sûr qu'il ne s'agit pas d'une intoxication alimentaire ?

Le médecin secoua la tête.

— Cela aurait pu provoquer vos vomissements. Mais pas vos troubles de la vue ni un rythme cardiaque anormal. Êtes-vous vraiment certaine de ne pas avoir absorbé de médicaments, même par erreur ?

— Je n'ai pris, hier soir, que du Fiorinal avant de me coucher.

— Avez-vous le reste de la boîte ?

— Elle est à l'hôtel, dans la corbeille à papiers. Je me suis reproché de ne pas en avoir apporté une autre. En fait, j'ai été surprise de constater que celle-ci ne contenait plus qu'une gélule. J'étais persuadée qu'il en restait davantage.

115

On avait voulu la tuer !

Mais qui ? Même Mack, si calme d'ordinaire, si solide, était effondré. Quant à elle, elle ne maîtrisait pas son affolement. Quelqu'un cherchait à se débarrasser d'elle. Pourquoi ? Elle se rappela la soirée de la veille. Wingard, Heller et le juge Quinn.

Elle se sentait presque d'attaque, mais ses jambes pesaient une tonne. Elle enfila une robe de toile rouge, se demandant comment elle supporterait les longues heures qui suivraient. Elle avait appelé chez elle depuis l'hôpital et demandé à Mme Twomey d'autoriser Janie à veiller un peu plus tard, ce soir, pour regarder le début des reportages sur la Convention. Elle voulait que la petite fille la voie sur l'écran, qu'elle constate que sa mère allait bien et qu'elle travaillait, comme d'habitude.

Les paroles du docteur Hagerman lui revinrent en mémoire. Une dose un peu plus forte de

Digitaline l'aurait tuée. La perspective de laisser Janie seule au monde la glaça d'effroi. Elle s'efforça de chasser cette pensée de son esprit.

Le téléphone sonna dans la paisible chambre d'hôtel. C'était Yelena Gregory.

— Comment va ?

— À peu près aussi bien qu'il y a une heure, lorsque vous avez appelé.

— Dieu soit loué. Eliza, je souhaite que des agents de la sécurité vous soient spécialement affectés ce soir.

— Ce ne sera pas nécessaire.

— Oh, si ! S'il vous arrivait quelque chose, je ne me le pardonnerais jamais. Quelqu'un a essayé de vous empoisonner et je veux que vous bénéficiiez d'une protection. Nous ne devons prendre aucun risque.

— Yelena, si une seconde tentative doit avoir lieu, elle ne se produira pas au siège de la Convention. La sécurité, les détecteurs de métaux, les gardes du corps du candidat, la police, il y a de quoi dissuader n'importe qui. À moins qu'il ait envie de se faire prendre, mon agresseur ne tentera rien là-bas.

— Entendu. Mais je tiens quand même à ce qu'on vous accompagne partout hors de l'Astrodôme, pendant tout le reste de votre séjour à Houston.

Eliza réfléchit un instant. À l'intérieur du dôme, entourée de milliers de délégués et de journalistes, elle se sentait en sécurité. En plus, des gardes du corps sans cesse autour d'elle l'auraient distraite dans son travail. Sans compter le ridicule de se balader entourée de molosses. En revanche, l'idée de Yelena lui plaisait. La pensée de faire seule le chemin entre son hôtel et le stade, en effet, lui donnait des sueurs froides.

— C'est d'accord, Yelena.

— Bien. Êtes-vous déjà sortie de votre chambre ?

— Non.

— Parfait. Il y a déjà un garde posté devant votre porte. Il vous conduira à l'Astrodôme.

116

Le clou de la soirée fut l'allocution de Joy Wingard sur la Croisade contre le sida. L'épouse du candidat exhorta le peuple américain à poursuivre ses efforts pour venir à bout de cette terrible maladie. Elle cita une phrase de John Kennedy – ou s'agissait-il d'une déclaration de Franklin Roosevelt ? – affirmant qu'on ne pouvait juger un pays qu'à sa façon de traiter les plus faibles parmi ses concitoyens. Elle en appela au patriotisme des Américains, à leur détermination. Ce fut une allocution pleine de compassion et d'émotion. Les milliers de délégués et de journalistes présents lui réservèrent une ovation debout.

Le soir, le garde du corps affecté à la surveillance d'Eliza la raccompagna jusqu'à son hôtel et se mit en faction devant sa porte. Mack appela la jeune femme, lui proposant de la rejoindre.

— Merci, Mack, mais je suis épuisée et je dois me lever dans quatre heures. Je ne souhaite qu'une chose : m'écrouler. Avec le garde à ma porte, je me sens protégée.

— Entendu. Mais souviens-toi. Tu peux me joindre à tout moment.

— Comment l'oublierais-je ?

Elle se déshabilla, se glissa dans son lit et sombra dans un sommeil agité. Cinq heures plus tard, alors qu'il faisait encore nuit, un autre garde du corps la conduisit en voiture par l'autoroute 610, la rocade qui ceinturait la ville, jusqu'à l'Astrodôme.

Le rêve qu'elle venait de faire l'obsédait. Il commençait comme le cauchemar qui l'avait réveillée en sursaut la nuit de la mort de Bill. Le long d'un interminable couloir, Pete Carlson poursuivait Bill, qu'Eliza essayait de prévenir de quelque chose. Mais cette fois, Pete Carlson était devenu un énorme rongeur gris sombre, avec de tout petits yeux et des dents de devant menaçantes. Alors apparaissait Yelena Gregory. Le rongeur reniflait ses pieds. Eliza entendait Janie qui l'appelait, mais elle était incapable de bouger, paralysée, épouvantée par la grosse taupe noire agrippée au visage de l'enfant.

117

Le détective Colburn parcourut rapidement les gros titres du *Daily News* : WINGARD DÉSIGNÉ CETTE NUIT, L'ALLOCUTION DE JOY ACCLAMÉE. Il ignorait encore pour qui il voterait en novembre. Le président Grayson ne lui déplaisait pas, mais, après quatre ans, il semblait avoir fait son temps. D'un autre côté, Wingard ne l'enthousiasmait guère.

Le cambriolage de la veille l'avait accaparé toute la journée, lui faisant prendre du retard. Avant toute chose, il voulait régler le cas du vandale qu'il avait coincé. Le SDF était toujours dans la cellule du sous-sol. Était-ce lui qui avait volé le heurtoir de la porte de Bill Kendall, la nuit de son suicide, et l'avait abandonné près du corps du docteur Léo Karas ? Colburn priait le Ciel pour que cet homme, qui ne possédait plus toutes ses facultés, n'ait pas assassiné le psychiatre.

Il appela Tiffany's, dévoila son identité et présenta sa requête, débitant le numéro d'identification du porte-clés en argent. Une femme d'une politesse exquise lui répondit qu'il était contraire aux usages de la maison de communiquer ce genre d'information par téléphone. Toutefois, si le détective voulait bien passer en personne, avec le numéro, Tiffany's se ferait un honneur de coopérer.

Il poussa un gros soupir. Il s'attendait à cette réponse. Il ne lui restait plus qu'à trouver le temps de descendre la 57e Rue.

118

Paisiblement installé dans son salon, au second étage de l'évêché, le père Alec Fisco regarda les énormes ballons rouges, blancs et bleus se décrocher du plafond de l'Astrodôme tandis qu'éclataient les pétarades du feu d'artifice annonçant, en apothéose, la fin de la Convention. Les délégués dansaient, chantaient et trinquaient, enivrés par la perspective de leur ultime victoire. Le discours d'acceptation du candidat, songea le père Alec, alors que Wingard et sa femme, debout sur l'estrade, saluaient la foule avec un sourire extatique, constituait un véritable morceau d'anthologie. Même le petit homme d'ordinaire si bougon, que la caméra cadra un instant et dont le nom – Nate Heller, directeur de campagne – s'inscrivit au bas de l'écran, paraissait en transe.

Le candidat à la présidence allait-il développer le sida ?

Le prêtre se leva, éteignit la télévision et marcha jusqu'à la fenêtre. New York, depuis les Twin Towers jusqu'au pont George Washington, scintillait dans le lointain.

Le président des États-Unis et le sida. Cela faisait peut-être partie du plan de Dieu.

119

Le petit déjeuner avait été bon. Le sans-abri se demanda ce qu'on lui servirait pour le dîner. Il s'était délecté, la veille au soir, du ragoût de bœuf. À présent, il avait envie d'un bon hachis Parmentier. Il n'en avait pas mangé depuis des siècles.

Il rêvait de rester là, dans cette cellule. Il mangeait bien, dormait tout son soûl. Personne ne le houspillait, ne le bousculait en lui criant de passer son chemin. En fait, le flic avait été gentil. Comment avait-il dit qu'il s'appelait ? Cochran ? Kelberg ? Quelque chose comme ça. Ah, non. Colburn.

Il aimait bien parler avec lui. Colburn avait écouté toutes ses histoires de safaris, qui rendaient son existence un peu moins insupportable. Il paraissait vraiment intéressé, au point d'avoir établi une liste des animaux de la ménagerie. Il savait tout sur le renard, le loup, le chat, le lion, les chevaux, la licorne. Il savait même des choses que lui avait oubliées depuis longtemps.

Il lui avait alors posé des questions sur l'éléphant. Ah, son préféré. L'homme avait expliqué que la jolie dame de la télévision lui avait demandé de le voler. Elle lui avait aussi demandé de suivre le docteur.

Colburn l'avait ensuite interrogé au sujet du porte-clés. Il ne quitta sa cellule que lorsqu'il lui eut révélé où il l'avait ramassé.

Donnant, donnant, un prêté pour un rendu.

120

Yelena insista pour s'asseoir près d'Eliza lors du vol de retour vers New York.

— Vous avez failli être tuée ! s'écria-t-elle en avalant une grande gorgée de son whisky. Et j'ai si peur !

— Moi aussi, j'ai peur.

— Mais vous ne comprenez pas. J'ai dévoilé à Pete des choses sur vous. Je lui ai parlé de votre hospitalisation, de vos relations avec le docteur Karas. Je ne voulais pas admettre qu'il m'utilisait. Je le savais, oh oui, je le savais ! Mais j'avais tellement besoin de quelqu'un dans ma vie !

Elle pleurait sans retenue. Eliza éprouva pour elle un sentiment qui ressemblait à de la pitié. Comme tous les êtres humains, Yelena était assoiffée d'amour. Dans cette recherche éperdue, elle avait perdu tout respect d'elle-même.

— Pete redoute que je prenne sa place, c'est ça ?

— Pas depuis que Wingard est certain d'entrer à la Maison Blanche. Il ne s'en est pris à vous qu'au cas où Wingard perdrait.

— C'est donc lui qui est à l'origine de l'article du *Mole*, lui qui a essayé de me tuer ?

— En ce qui concerne le *Mole*, vous avez raison. Mais il n'a aucune raison de vous tuer. Il est sur le point d'obtenir ce qu'il désire. Et ce qu'il désire, je le sais, je crois que je l'ai toujours su. Mais ce n'est pas un assassin.

Eliza tremblait, pour elle-même, pour sa fille.

— Quelqu'un, en tout cas, souhaite ma mort. Ce quelqu'un estime que j'en sais trop. Mon psychiatre a été assassiné. Et Jenny, pauvre Jenny… J'aurais dû l'écouter. Elle voulait que je sache quelque chose venant de Bill. Des informations qui sont restées dans son ordinateur. Cela concernait Pete. Mais il y avait sûrement autre chose. Il faut absolument que j'aie accès à ses fichiers.

— J'ai la clé de son bureau, murmura Yelena.

121

Il avait peur de la perdre. Il aurait aimé rester près d'elle. Mais, en dépit de toutes ses démarches, Mack ne réussit pas à obtenir une place dans le même avion qu'Eliza. Le vol sur lequel on l'avait inscrit ne partait que trois quarts d'heure plus tard.

Les ragots du *Mole*, le meurtre de Léo Karas, la mort de Jenny White, Dennis Quinn serrant la main de Wingard, la tentative d'empoisonnement. C'était trop.

Il consulta sa montre. Il lui restait quelques minutes avant l'embarquement. Il mit son portable sous tension, appela les renseignements, puis composa le numéro du *Record*, à Hackensack, dans le New Jersey.

122

Colburn n'avait jamais cessé de se dire que rien ne pouvait plus l'étonner. Cette fois-ci, pourtant, il dut s'avouer vaincu. Il était debout, totalement abasourdi, dans le bureau du service clientèle de Tiffany's. Le nom et l'adresse gravés sur le porte-clés étaient bien connus. Trop connus.

Eliza Blake, Key News, New York.

123

Après l'atterrissage à l'aéroport La Guardia, Eliza et Yelena se rendirent directement à Key News. Yelena ouvrit le bureau de Pete.

Eliza s'installa devant l'ordinateur pendant que Yelena montait la garde à la porte. Elle ouvrit rapidement le disque dur et alla dans « mémo ». Défilèrent alors sur l'écran, par ordre alphabétique, tous les fichiers de Bill.

Le plus difficile restait à faire : trouver le mot de passe.

Il pouvait s'agir de n'importe quoi. Qu'avait choisi Bill ? Un mot, bien sûr, qu'il ne risquait pas d'oublier. Elle pensa très fort à lui, à l'homme, au professionnel, à l'ami, au père. Elle sélectionna le premier fichier: «Éthique. PC.» La boîte de dialogue apparut, demandant le fameux code d'accès. Elle tapa K-e-n-d-a-l-l.

Rien.

K-e-y-N-e-w-s.

Non plus.

N-e-b-r-a-s-k-a.

Rien.

— William ? dit-elle à haute voix.

Non.

Elle s'attarda quand même sur le fils de Bill. Louise lui avait affirmé qu'il ne se remettait toujours pas de la mort de son père. Il répétait du matin au soir: «Un éléphant n'oublie jamais, un éléphant n'oublie jamais.»

Éléphant ! Elle tapa les huit lettres.

124

— Quelqu'un est persuadé que je sais quelque chose. J'espère que ces notes m'apprendront de qui il s'agit, déclara Eliza en ouvrant la porte du taxi qui la déposait devant l'immeuble de Key. Je vous appelle.

— Très bien. J'ai du travail à terminer, je serai joignable à mon bureau, répondit Yelena.

Pendant le trajet jusque chez elle, Eliza commença la lecture du tirage-papier du disque dur de Bill. Le fichier «Éthique. PC.» confirmait ce que lui avait avoué Yelena, et plus encore. Pete avait menacé Bill de rendre public son… sida ?

Bill ? Le sida ? Mon Dieu, c'était horrible. Et Joy ! Et Wingard, le futur président des États-Unis !

Le taxi s'arrêta devant chez elle. Elle fourra les feuillets dans son sac.

Elle entendit, à travers la porte de l'appartement, la voix de Janie. En tremblant, elle introduisit la clé dans la serrure.

— Maman, c'est toi !

En robe de chambre rose et pantoufles assorties, la petite fille se jeta dans ses bras. Eliza la serra contre elle à l'étouffer, embrassant tendrement ses cheveux et ses joues.

— Merci, madame Twomey. Vous m'avez tellement manqué toutes les deux !

Elle embrassa encore Janie. Très calme, la gouvernante la dévisagea.

— Vous avez l'air pâle, madame Blake.

— Nos vacances, la semaine prochaine, devraient remédier à cette petite baisse de forme ! N'est-ce pas, Janie ?

Elle se força à détacher son regard de la petite fille agrippée à sa jupe et se tourna vers Mme Twomey.

— Vous aussi, vous avez l'air fatiguée. Vous devez être impatiente de rentrer chez vous.

— Oh, cela peut attendre encore un peu. La petite fée a déjà dîné. Je me proposais de vous préparer quelque chose de bon.

— Vous êtes si gentille, madame Twomey ! Entendu. Si vous n'y voyez pas d'inconvénient, je donnerai son bain à Janie pendant ce temps.

125

Mack héla un taxi à la sortie de l'aéroport. Une fois installé à l'arrière, il appela son bureau sur son portable.

— Des messages ?

Il avait reçu un fax du *Record* qu'une secrétaire lui lut au téléphone. Il s'agissait d'une interview très technique du juge Quinn, après sa nomination à la cour d'appel du comté de Bergen : assommante, jusqu'à ce que le magistrat évoque son passé. Très jeune, il avait perdu son père. Sa mère s'était remariée. Le beau-père de Quinn avait ensuite succombé à une crise cardiaque.

— Répétez-moi le nom de ce beau-père ! cria Mack.

126

Deux détectives de la police new-yorkaise étaient assis dans le bureau de la présidente de Key News.

— Vous l'avez manquée. Elle était ici il y a un instant, répondit Yelena à Colburn.

— Nous avons déjà essayé son appartement. Elle ne s'y trouve pas.

— Vous avez dû vous croiser. De quoi s'agit-il ?

— Nous désirons l'interroger. Un porte-clés enregistré à son nom a été trouvé près de la dépouille du docteur Karas.

Colburn paraissait mal à l'aise. Yelena bondit de son siège.

— Qu'est-ce que c'est que cette histoire ? Insinuez-vous qu'Eliza a quelque chose à voir avec la mort de Léo Karas ? Dans ce cas, vous faites totalement fausse route. Mme Blake et moi venons à peine de rentrer de Houston, où on a voulu attenter à sa vie ! Elle n'est pas une meurtrière, mais une victime !

— Calmez-vous, madame Gregory. Nous pensons simplement que Mme Blake a perdu son porte-clés, qu'elle l'a égaré là où personne n'aurait jamais dû le trouver. Nous souhaitons simplement éclaircir ce point avec elle.

127

— J'aime bien Mme Twomey, mais tu m'as manqué, dit Janie en s'aspergeant d'eau savonneuse.

Janie, sa précieuse Janie... Dire qu'elles avaient failli se perdre ! Eliza était enfin heureuse, là, assise sur le rebord de la baignoire à regarder sa fille jouer avec ses canards en plastique. Il fallait absolument qu'elle découvre qui avait essayé de la tuer. Et vite. Il en allait de leur sécurité à toutes les deux.

— Pourquoi tu as ton cartable ici, maman ? Tu as encore du travail ?

— Un tout petit peu, ma chérie. Je dois lire quelques papiers. Ce ne sera pas long.

— Promis ?

— Croix de bois, croix de fer.

Janie continua à s'amuser avec ses canards. Eliza s'empara, sur un tabouret, près de la baignoire, des notes de Bill. Le premier fichier concernait Joy Wingard. En découvrant l'histoire de leur amour, puis de leur rupture, les larmes lui vinrent aux yeux. Bill avait eu le cœur brisé. Le récit devenait ensuite un peu plus confus, notamment lorsque Bill parlait de sa peur d'avoir transmis à Joy une horrible maladie. Il se terminait par un renvoi à un autre fichier. « Voir Roumanie. Sida. »

Ce fichier, se souvint Eliza, se trouvait vers la fin. Elle tourna rapidement les pages, jusqu'à ce qu'elle tombe sur le compte rendu du voyage que Bill avait fait en Roumanie. Il était parti là-bas pour une émission spéciale sur les orphelinats. À la vue de ces véritables mouroirs, il décrivait son écœurement. Des enfants mentalement ou physiquement retardés étaient livrés à eux-mêmes, maltraités, oubliés dans des baraquements immondes. Il rapportait également des bribes du dialogue qu'il avait échangé avec les autorités civiles et dans lequel il ne cachait pas son dégoût pour le mépris du gouvernement envers son peuple.

— Maman, quand est-ce que tu auras fini ?

— Bientôt, chérie. Merci de te montrer si patiente.

Elle prit une grande respiration avant de poursuivre sa lecture.

À la fin, j'ai été, moi aussi, victime de leur mépris de la vie humaine. En rentrant d'un reportage sur un orphelinat situé à l'extérieur de Bucarest, nous avons eu un accident. Range et moi avons été sérieusement blessés. Mais j'ai été le seul à subir une transfusion sanguine.

Qu'on imagine ce que j'ai ressenti en découvrant que plus de 10 % du sang collecté à Bucarest était contaminé par le virus du sida.

— Oh, mon Dieu !

— Maman, qu'est-ce qui se passe ? s'écria Janie d'une voix inquiète.

— Oh, mon ange, pardon ! Je n'ai pas voulu te faire peur.

— S'il te plaît, maman, arrête de lire et joue avec moi.

128

Le téléphone sonna. Mme Twomey alla répondre.

— Mme Blake est en train de donner son bain à Janie, madame Gregory.

— Bien. Dites-lui, je vous prie, que des policiers viennent juste de quitter mon bureau. Ils voulaient lui parler à propos d'un porte-clés perdu.

129

Eliza avait hâte de prendre connaissance du fichier « Juge. Dollars. » Elle savait qu'il se passait quelque chose de louche avec le juge Quinn.

— Janie, si tu me laisses lire encore quelques minutes, je te promets de te raconter, ce soir, deux histoires de plus que d'habitude.

— Alors, ça fera six !

— D'accord.

Quinn, alors simple juge d'instance, avait été trésorier de la fondation New Visions for Living. Bill avait l'air de l'estimer. Il le décrivait comme sociable et accessible, et ajoutait que le juge s'était même déguisé en clown lors de goûters pour enfants handicapés.

Deux ans plus tard, poursuivait la note, Bill avait découvert que le juge avait détourné plus de 500 000 dollars des caisses de la fondation. Au cours de leur confrontation, Quinn, tout juste nommé à la cour d'appel, l'avait supplié de ne pas le confondre publiquement. La scène, telle que Bill la racontait, avait quelque chose d'étrange. D'après ce qu'elle comprenait, Bill avait choisi d'interpeller Dennis au cours d'un de ces fameux goûters, alors que ce dernier portait sa panoplie de clown.

— L'homme aux drôles de cheveux rouges dont parlait William ! s'exclama Eliza. Le clown !

— Quel clown, maman ?

— Oh, un très vieux clown, improvisa Eliza, impatiente de replonger dans ses papiers.

Je t'en supplie. Ne le fais pas pour moi, mais pour ma mère. Elle a déjà enterré deux maris. Elle a travaillé dur toute sa vie. Si elle l'apprenait, elle en mourrait.

Bill se doutait bien que Quinn n'avait pas obtenu sa promotion grâce à ses seuls mérites. Ses soupçons s'étaient confirmés lorsqu'il avait exigé du juge un remboursement des sommes volées. Quinn avait alors avoué qu'il avait acheté sa nomination avec l'argent de la fondation.

Bill avait retranscrit leur dialogue.

— Tu veux dire que les 500 000 dollars ont disparu ?

— *Presque.*

— *Eh bien, il faudra que tu les rendes. Jusqu'au dernier sou.*

— *Mais comment ?*

— *Nous trouverons une solution. Je pourrais vous faire tomber, toi et la petite bande de pourris qui a empoché tes pots-de-vin, tu sais ? Mais je suis trop bon. Et je suis navré pour ta mère. Donne-moi son nom. J'aimerais m'assurer qu'elle existe vraiment.*

— Maman, dit soudain Janie, j'ai oublié… Un policier, un vrai, est venu ici aujourd'hui.

130

Le téléphone d'Eliza sonnait occupé.

Le taxi de Mack était coincé dans les embouteillages, sur le pont de 59e Rue.

Il fallait absolument qu'il joigne Eliza. Janie et elle étaient en danger.

Il appela de nouveau.

Occupé.

131

Le téléphone sonna de nouveau. C'était Dennis, ravi de lui raconter son voyage à Houston.

— C'était grandiose. Un de mes meilleurs moments depuis des années. Je me sens tellement heureux de ne plus sentir sur mes épaules le fardeau de ces remboursements. J'ai le vent en poupe ! C'est curieux, maman, comme tout finit toujours par s'arranger de soi-même. D'abord, Bill Kendall se suicide. Ensuite, Léo Karas se fait assassiner.

Il gloussa, le cœur léger. À la fin de leur conversation, elle laissa le téléphone décroché. Ah, Denny… Tu n'as pas la moindre idée de ce que j'ai fait pour toi. De ce que je fais pour toi. Pour toi, mon fils. Je ne t'ai pas dit à quel point Eliza était près de te confondre. Bien trop près.

Frances Twomey songea à la jeune femme qui, à côté, donnait le bain à sa fille.

Les choses ne s'arrangent jamais d'elles-mêmes, Denny. Il faut toujours leur donner un petit coup de pouce.

132

Oh, mon Dieu ! Mon bébé est là et il y a une meurtrière dans ma cuisine !

En découvrant le nom de la mère de Dennis Quinn dans les notes de Bill, Eliza laissa tomber les feuillets sur le carrelage de la salle de bains, sortit Janie de la baignoire et l'enveloppa dans une serviette.

— Janie, tu restes là. Promets-le-moi.

La petite fille eut l'air effrayé.

— Tout va bien, mon ange, mais il faut que tu restes là. Maman te le demande. Ne bouge pas. Promets-le-moi.

Janie hocha la tête.

— Dis-le, mon trésor. Dis-le-moi. Je veux t'entendre.

— Je te le promets, maman.

Eliza ouvrit la porte de la salle de bains. Le couloir était vide. Elle se précipita dans sa chambre, marcha droit vers son dressing, se dressa sur la pointe des pieds. Sa main explora le sommet du placard. Elle trouva la boîte en acajou et la descendit. Ses doigts tremblaient lorsqu'elle l'ouvrit.

Elle était vide !

Elle se retourna pour courir vers Janie.

Mme Twomey était sur le pas de la porte, le revolver d'Eliza dans la main.

133

La voiture de police banalisée freina une nouvelle fois devant l'immeuble d'Eliza Blake.

Comme ils attendaient l'ascenseur, Colburn s'adressa à son collègue.

— Eliza Blake n'a peut-être pas tué son psychiatre, mais elle connaît le nom de l'assassin.

134

Mme Twomey pointait d'une main ferme le revolver sur Eliza. Elle parla avec un calme ahurissant.

— Mme Gregory a appelé. La police est en route. Je ne peux pas vous laisser leur dire que j'ai abandonné votre porte-clés près du cadavre du docteur Karas. Cela signifierait, pour mon fils, la ruine de sa carrière. Je dois empêcher cela.

— Vous avez tué le docteur Karas ? murmura Eliza en espérant de toutes ses forces qu'elle se trompait.

La gouvernante hocha la tête.

— Mais pourquoi ? hurla presque Eliza.

Elle se mit une main sur la bouche pour se retenir de crier.

— Il faisait chanter mon fils, Dennis.

— Et maintenant, vous allez me tuer ? Non, madame Twomey, vous ne pouvez pas faire ça.

La gouvernante plissa les yeux.

— J'ai tué la secrétaire de Bill Kendall, cette fouineuse, parce que j'ai cru qu'elle était sur le point de découvrir le secret de Dennis. Je peux vous tuer aussi. Il le faut.

— C'est vous qui avez poussé Jenny sous le métro ?

— Je n'ai aucune envie de vous abattre, madame Blake, mais je n'ai pas le choix.

— Vous laisseriez Janie orpheline ?

La gouvernante parut hésiter.

En une fraction de seconde, Janie fut derrière elle, à la porte de la chambre.

— Maman…

Mme Twomey se tourna à moitié vers elle.

Eliza bondit pour s'emparer du revolver.

135

En sortant de l'ascenseur, Colburn et le policier qui l'accompagnaient entendirent une détonation. Ils enfoncèrent la porte d'un coup d'épaule et se ruèrent dans l'appartement d'Eliza Blake, leur arme à bout de bras.

Une petite fille enveloppée dans une serviette rose pleurait au fond du couloir. Les policiers se précipitèrent. L'un d'eux écarta la petite fille, l'autre aplatit au sol la femme qui se tenait debout dans l'encadrement de la porte.

Eliza Blake gisait sur le sol ensanglanté de la chambre.

136

Mack sauta hors du taxi, jeta de l'argent au chauffeur. Les gyrophares d'une ambulance clignotaient de façon agressive devant l'immeuble d'Eliza.

Il arrivait trop tard !

Non. C'était impossible. Il ne pouvait pas être trop tard.

Il passa en trombe devant le portier, courut jusqu'à l'ascenseur, appuya frénétiquement sur le bouton.

Vite, vite !

Les portes de l'ascenseur s'ouvrirent sur deux infirmiers. Ils portaient une civière sur laquelle gisait Eliza, pâle, les yeux fermés.

– Écartez-vous, monsieur. Elle est en train de perdre tout son sang.

137

Le juge Quinn s'apprêtait à se rendre à sa banque pour retirer 500 000 dollars lorsque le téléphone retentit.

— Monsieur le juge, nous avons le regret de vous informer que nous venons d'arrêter votre mère pour meurtre. Elle refuse de parler en l'absence d'un représentant légal. Elle vous réclame.

Dennis raccrocha.

Si Wingard était élu, il ne ferait jamais du fils d'une meurtrière un juge fédéral.

138

Le baiser de Mack était chaud et tendre.

— Tu as l'air bien mieux, ce matin, ma chérie.

Il avait quitté son travail à l'heure du déjeuner pour passer voir Eliza à l'hôpital Roosevelt. La balle qui avait traversé la poitrine de la jeune femme lui avait fait perdre beaucoup de sang mais n'avait par miracle touché aucun organe vital. Eliza souriait dans son lit. Mack constata avec bonheur que ses joues commençaient à se teinter de rose.

— Tu viens de rater ma mère et Janie. Je me morfonds, ici, dit-elle avec une moue de lassitude. Raconte-moi tout !

Il eut un grand sourire.

— Maintenant que tu vas mieux, lui répondit-il en tirant une chaise près du lit, je veux bien te donner quelques nouvelles fraîches. Le staff de Wingard a démenti tout lien avec le juge Quinn.

— Bien entendu…

— Comme il n'a lui-même enfreint aucune loi, en dehors, bien sûr, des détournements que nul ne peut prouver, il restera magistrat à son poste actuel.

— Nous pourrions prouver ses malversations en rendant publiques les notes de Bill.

Ils réfléchirent un instant.

— Laissons Bill Kendall reposer en paix, murmura enfin Eliza.

— J'allais te le proposer, dit Mack.

— Quel bel exemple des failles du système… déclara rêveusement la jeune femme. Notre justice ne rend pas forcément la justice.

Elle secoua la tête avec tristesse.

— Et Pete Carlson ?

Mack la fixa droit dans les yeux avant de répondre.

— Sa carrière à Key News est terminée.

139

Nate Heller éteignit brutalement son poste de télévision en poussant un soupir de soulagement. Le reportage sur l'arrestation de la meurtrière du docteur Karas et de la secrétaire de Bill Kendall, auteur, également, de la tentative d'assassinat sur la personne d'Eliza Blake, mentionnait effectivement que Frances Twomey était la mère d'un juge de la cour d'appel du New Jersey, mais aucune allusion n'était faite à un lien quelconque entre lui et l'équipe de Wingard.

Grâce au Ciel, Quinn n'avait pas eu le temps de venir avec l'argent.

En bon général, Nate ne vit que le bon côté des choses.

« Je n'aurai sans doute jamais un demi-million de dollars en poche, mais bientôt, je serai à la Maison Blanche », se dit-il en souriant de toutes ses dents.

140

Les résultats étaient arrivés.

Négatifs.

Wingard se sentait délivré. Un peu amer aussi. Jamais plus il ne pourrait faire confiance à sa femme, ni à son directeur de campagne. Virer Heller lui ferait un immense plaisir, il fallait bien l'avouer. C'était pourtant impossible. Nate savait que le futur président des États-Unis avait triché à son examen de droit.

141

Assise en tailleur sur sa serviette jaune et bleue, Eliza caressait machinalement le porte-bonheur de sa grand-mère tout en regardant Janie creuser le sable fin de Gooseberry Beach. Une légère brise soufflait du large et adoucissait avec bonheur la canicule de juillet. Elle leva un instant les yeux pour contempler l'océan. Tout, ici, était si beau, si apaisant.

Les épaules de Janie rougissaient à vue d'œil. Eliza sourit en fouillant son sac de plage à la recherche de la lotion solaire. Elle aurait voulu que cette semaine passée avec sa fille, loin de tout, ne prenne jamais fin.

Elle frotta doucement le sable qui couvrait les épaules de Janie et appliqua la lotion avec précaution sur la tendre peau de l'enfant. La pensée qu'elle aurait pu perdre la petite lui serra brusquement le cœur.

— Tu viens faire un château avec moi ?

— Plutôt deux fois qu'une, chérie.

Ensemble, la mère et la fille plantèrent chacune une pelle dans le sable mouillé.

Eliza n'avait pas encore complètement réalisé ce qui s'était passé. Sa chère Mme Twomey, en qui elle mettait toute sa confiance, était un monstre capable de tuer de sang-froid ! Comment avait-elle pu se tromper sur elle à ce point ? Qu'elle ait eu si peu d'intuition, qu'elle lui ait confié Janie sans crainte continuait à l'effrayer.

En y réfléchissant bien, Mme Twomey ne lui avait jamais, jamais donné la moindre raison de se méfier d'elle. Elle s'était merveilleusement bien occupée de Janie. Jusqu'à la fin. Et elle avait tué pour protéger son fils. Eliza frissonna sous le soleil d'été.

Le communiqué de presse officiel que lui avait lu Yelena le matin même, de New York, résonna à ses oreilles. Pete Carlson, présentateur de « À la une ce soir », avait démissionné. Pour le remplacer, la chaîne avait nommé une femme : Eliza Blake.

Sa vie allait s'en trouver bouleversée. Le peu de liberté qui lui restait encore se réduirait bientôt comme peau de chagrin. Serait-elle capable de supporter une telle contrainte ? D'un autre côté, elle accédait enfin au poste dont elle avait toujours rêvé. Présentatrice du journal du soir ! Le sommet.

Mack se courba pour se faufiler sous le parasol. Il avait une tasse de thé glacé dans chaque main, qu'il faillit renverser sur les serviettes.

— Merci, chéri.

En croisant son regard, Eliza pensa furtivement à John. Il aurait été si fier de son triomphe. Et elle si heureuse de le partager avec lui… John faisait à présent partie d'un passé qu'elle continuerait à chérir. Mais c'était Mack qui était là désormais. Et lui, il incarnait un avenir plein de promesses.

Il n'avait cessé de veiller sur elle, cachant son émotion sous une humeur enjouée. Plus tard seulement, il lui avait avoué à quel point il avait eu peur ; peur de la perdre. Et elle aussi avait eu une peur terrible de perdre, une fois encore, quelqu'un qu'elle aimait. Pourtant, elle avait également compris que jamais, plus jamais elle ne laisserait l'angoisse l'empêcher de vivre. À présent, elle était prête. Prête pour une seconde chance, avec Mack. Le docteur Karas aurait été heureux d'apprendre qu'elle allait enfin de l'avant. Et Bill, lui aussi, se réjouirait de la voir si sereine. Bill. Il avait joué un rôle essentiel dans sa vie. Elle eut une pensée émue pour ces deux hommes maintenant disparus et chassa bien vite la tristesse qui l'envahissait.

Une mèche de cheveux dans les yeux, Janie décorait son château avec de petits coquillages ramassés au bord de l'eau. Elle se redressa pour contempler son œuvre.

— N'est-ce pas que c'est une jolie maison, maman ?

— Superbe, Janie.

— J'aimerais bien qu'on ait une maison, maman.

— Moi aussi, mon ange. Quand nous serons rentrées chez nous, je crois que nous devrions en chercher une.

— Tu crois vraiment ? s'écria la petite fille, ravie.

— Croix de bois, croix de fer.

Janie s'assit près de son château et eut l'air de méditer un instant la réponse de sa mère.

— Mack vivra dans la maison avec nous ? demanda-t-elle, ses grands yeux tournés vers Eliza et Mack.

Tous deux se regardèrent longuement. La question de la petite fille ne les embarrassait ni l'un ni l'autre.

DE LA MÊME AUTEURE
CHEZ LE MÊME ÉDITEUR

PIÈCE MONTÉE

En attendant un nouveau rôle, Piper Donovan, jeune actrice new-yorkaise dont la carrière peine à décoller, aide sa mère, qui possède une pâtisserie, à décorer des gâteaux de fête.

Quand son amie Glenna Brooks, comédienne vedette, lui apprend qu'elle va se remarier, Piper est loin de se douter que leur vie sera bientôt bouleversée.

Un ancien amant de Glenna meurt tragiquement. Et il ne sera pas la seule victime… Comme si quelqu'un voulait à tout prix empêcher la noce !

Avec le soutien de son ami Jack, du FBI, Piper mène l'enquête. Mais, à se montrer trop curieuse, elle pourrait attirer l'attention du criminel…

« À la façon d'Agatha Christie,
Mary Jane Clark multiplie les fausses pistes…
Jusqu'au dénouement, elle tient le lecteur en haleine. »
Booklist

archipoche.com

ISBN 978-2-3773-5162-6 / H 26-5119-4 / 288 pages / 7,80 €

CRIME GLACÉ

Niché sur les collines de Hollywood, un spa ultrachic accueille en toute discrétion des célébrités en quête de bien-être et de jeunesse éternelle.

Jillian Abernathy, la fille du propriétaire de l'Elysium, fait appel aux talents de créatrice de pièces montées de Piper Donovan afin qu'elle réalise son gâteau de mariage – une pièce unique.

Seule condition : passer quelques jours sur place – ce que Piper accepte volontiers. Qui refuserait un séjour gratuit dans cet écrin de rêve ?

Mais le spa n'est pas le paradis sur terre que se figurait la jeune femme. Peu après son arrivée, un premier crime glaçant est commis…

« Chapitres courts, pistes multiples, rebondissements…
Les pages se tournent toutes seules ! »
Booklist

ISBN 978-2-3773-5274-6 / H 49-4576-3 / 288 pages / 6,95 €

Cet ouvrage a été composé
par Atlant'Communication
au Bernard (Vendée)

Dépôt légal : juin 2019

Imprimé en France par EPAC Technologies
N° d'impression : 4550414310720
Dépôt légal : juin 2020